KB033867

혐오스런 마츠코의 일생 上

혐오스런 마츠코의 일생 上

야마다 무네키 지음 | 지문환 옮김

북스토리

contents

제1장

뼈

2001년 7월 11일 자 신문기사 발췌

아다치 구 히노데마치의 아파트에서 독신 여성 주검 발견

10일 오전 9시경 도쿄 아다치 구 히노데마치의 히카리 아파트 104호에서 문이 열린 채 악취가 난다는 연락을 받은 아파트 관리인이 방에서 중년 여성의 시체를 발견하여 경찰에 신고했다. 사망한 여성은 104호에서 혼자 살던 53세의 여성이다. 경찰은 여성의 복장은 흐트러지지 않았으나 온몸에 심한 폭행 흔적이 있고, 해부 결과 사인이 내장 파열인 점으로 미루어보아 살인 사건으로 단정하고 수사에 착수했다.

1

나는 상대가 누구인지 확인하고 현관의 렌즈에서 눈을 뗐다.

"옷 입어."

"누군데?"

"어쨌든 옷부터 입어."

나는 고개를 숙이고 내 복장부터 확인했다. 아래는 짧은 반바지에, 윗도리는 마릴린 먼로 티셔츠였다. 이상하게 보일 여지는 전혀 없는 것 같다.

다시 현관 벨이 울리기 시작했다. 없는 척해버릴까, 잠깐 그런 생각이 들었지만 아버지의 말을 무시하고 싶지는 않았다.

벨은 계속 울렸다.

잠시 심호흡을 한 뒤 뒤 체인을 벗기고 현관문을 열었다. 처음 눈에 띈 것은 잿빛 이마에 흐르는 땀이었다. 아버지는 양팔에 흰 천으로 감싼 유골함을 안은 채 땀을 닦지도 못하고 있었다.

나는 아무 말도 못 하고 32도의 무더운 날씨에 회색 정장을 입고 유골함을 든 아버지를 쳐다보았다. 아버지는 오른편 어깨에 커다란 갈색 숄더백을 메고 약간 치켜뜬 눈에 땀이 들어갔는지 계속 깜박거리고 있었다. 두툼한 입술은 여전했으나 짧게 깎은 머리에는 백발이 섞여 있었다. 몸도 약간 왜소하게 변해버린 것 같은 느낌이다.

"잘 있었지?"

아버지는 아무 감정도 없는 목소리로 물었다.

"뭐예요, 갑자기."

"응, 그냥 일이 좀 있어서. 네게 부탁할 일도 있고."

아버지는 유골함을 천천히 내려다보면서 말했다.

"올 거면, 전화라도 하지 그랬어요."

"들어가도 되니? 도쿄가 이렇게 더운 곳이라고는 생각지도 못했다."

"그런데……."

나는 뒤를 돌아보며 중얼거렸다.

"왜, 무슨 일 있어?"

"친구가 와 있어서……."

"그럼 인사라도 해야지. 잠깐, 이것 좀 가져가거라."

아버지가 유골함을 나에게 건네주었다. 상자는 생각보다 가벼웠다. 기울어진 상자에서 또르르, 하고 희미한 소리가 들렸다.

"이게 뭐예요?"

"뼈다."

아버지가 구두를 벗으며 대답했다.

"누구 건데요?"

"우리 누나."

"누나? 그럼, 고모란 말이에요? 아버지 형제는 쿠미 고모 한 분뿐인 줄 알았는데."

아버지는 아무 말 없이 내 옆을 지나 좁은 부엌을 거쳐 거실을 향해 가셨다.

"아, 잠깐."

여전히 남의 말 같은 건 들으려 하지 않는다.

거실 입구에 서서 양복을 벗으며 "어, 시원하다" 하고 기분 좋게 혼잣말을 하던 아버지가 동작을 멈췄다. 아버지는 양복을 다시 입고 나를 돌아보더니 작은 눈을 동그랗게 떴다.

"아까 말했잖아요. 친구가 와 있다고."

나는 큰 걸음으로 아버지를 앞질러 방 안으로 들어갔다. 아스카는 흰 반바지에 오렌지색 탱크톱을 걸치고 카펫에 바른 자세로 앉아 있었다. 겨우 준비가 끝난 것 같았다. 혹시 그녀가 팬티만 입고 침대에 누워 있는 모습을 아버지가 봤다면 부정맥으로 쓰러졌을지도 모른다.

아스카가 양손을 무릎에 올리고 웃는 얼굴로 "신세 지고 있습니다"라고 말하면서 고개를 숙였다. 그 바람에 탱크톱의 가슴 부분이 벌어져 흰 젖가슴이 훤히 들여다보였다.

아버지는 당황한 표정으로 눈을 돌렸다.

"어……, 아버지. 이쪽은 와타나베 아스카. 학교 친구예요."

아스카가 살짝 눈썹을 올리며 나를 쳐다봤다. 부드러워 보이는 입술을 달싹이며 '친구?'라고 소리 나지 않게 묻는다.

나는 아스카를 향해 고개를 돌려 "우리 아버지"라고 작게 말했다.

아스카가 그 말을 듣자 웃음을 거두며 "와타나베 아스카입니다. 부족한 부분이 많지만 잘 부탁드립니다"라고 의도를 알 수 없는 인사를 했다.

아버지는 수긍해야 할지 어쩔지 몰라 어정쩡하게 손을 내저으면서도 "그래요"라고 인사를 받았다. 그러고는 금방 손끝으로 내 팔을 쳤다.

"아야!"

"여자 친구가 와 있으면, 그렇다고 얘기를 했어야지."

아버지가 굳은 표정으로 입을 닫았다.

"아버님, 시원한 마실 거라도 드릴까요?"

아스카가 아버지의 안색을 살피며 일어섰다.

"아니, 괜찮아. 맥주나 있으면 그거나 마시지."

아스카가 풋 하고 웃었다. 아버지는 왜 웃는지 모르겠다는 얼굴로 서 있었다.

"네, 맥주 가져올게요."

아스카는 부엌으로 나를 스쳐 지나가며 사랑스러운 웃음을 보냈다. 나는 아버지 앞에 유골이 들어 있는 상자를 살짝 내려놓으며 앉았다.

"서 있지 말고 앉으세요. 방석은 없지만."

아버지가 방을 둘러보며 책상다리를 하고 앉았다. 이 아파트 월세는 6만 5천 엔이었다. 니시오기쿠보 역에서 도보 10분 거리로 이 가격이라면 일반적인 아파트였다. 월세는 시골에서 부쳐오는 돈으로 내고 있으나, 생활비는 아르바이트와 장학금으로 충당했다. 상경 시에 부모님과 한 약속이다.

“꽤 깨끗한데.”

“언제 올라왔어요?”

“어제.”

아스카가 캔 맥주와 컵을 가지고 왔다. 가지고 온 컵은 하나뿐이었다.

“너희들은 안 마셔?”

“저희들은 미성년자라서…….”

아버지가 고개를 끄덕였다. 그 미성년자가 살고 있는 집에 맥주가 있다는 모순에 대해서는 전혀 알아차리지 못한 것 같았다.

“저한테 부탁할 일이 있다고 했던 것 같은데요.”

아스카가 캔 맥주를 두 손으로 잡고 “아버님 드세요”라며 권했다.

아버지의 볼이 야위어 보이는 건 기분 탓일까. 아버지는 순순히 컵을 내밀어 아스카가 따르는 맥주를 쳐다보고 있었다. 다 따르자 가볍게 컵을 들어 올려 단숨에 마셔버렸다.

“어, 시원해.”

아스카가 재빨리 컵을 다시 채웠다.

“그런데, 부탁이 뭐예요?”

"이거야."

아버지가 유골함을 향해 턱짓을 했다.

"아버지, 더 자세하게 이야기해봐요. 아버지는 항상 이딴 식이라니까."

"쇼, 아버님한테 그런 말투는 못써."

아스카가 뾰로통하게 눈을 흘기며 말했다.

아스카는 화장기 없는 얼굴에, 머리도 다듬지 않은 검은 단발머리다. 화장이 필요치 않을 정도는 아니지만, 살결이 희고 눈이 작아서 굳이 말하자면 순수한 일본형의 평범한 얼굴이다. 그러나 기분 좋게 웃을 때는 무척이나 귀여웠다.

"괜찮아. 쇼는 어렸을 때부터 원래 그랬어."

아버지가 이렇게 말하자 아스카는 입술을 내민 채 고개를 끄덕였다.

"내 누이의 이름은 마츠코라고, 나보다 두 살 위지. 쉰셋이 될 나이인데, 벌써 몇 년이나 지났을까, 한 30년 전쯤 사라진 다음부터 그동안 소식이 전혀 없었어. 그런데 3일 전에 도쿄의 경찰로부터 전화가 왔다. 카와지리 마츠코라는 사람이 댁의 친척이냐고 묻더군."

"왜 경찰에서……."

"아파트에서 시체를 발견했다더구나."

나는 힐끗 유골함을 쳐다봤다.

"자살?"

"아니, 살해당했어."

"사, 살인이라니……."

"몸에 끔찍한 상처가 남아 있었다. 사인은 내장 파열이란다."

"누가 그런 짓을……."

"범인은 아직 잡히지 않았어."

아버지가 컵을 비웠다. 아스카가 잠깐 있다 맥주를 다시 따라주었다. 에어컨으로 차가워진 공기가 더욱 차갑게 느껴졌다.

"아!"

아스카가 갑자기 소리를 질렀다. 나와 아버지는 동시에 몸이 쭈뼛했다.

"그러고 보니, 신문에 났어요. 히노데마치의 아파트에서 중년 여성의 시체가 발견되었다고. 몸에 폭행 흔적이 남아 있어서 살인 사건으로 보고 수사가 시작되었다고 쓰여 있었는데. 혹시 그게……."

아버지가 얼굴을 찌푸렸다.

"정말로 마지막까지 귀찮게 한다니까."

"그 마츠코 고모가 도대체 어떤 분이었는데요? 우리 친척 중에 도쿄에 살고 있는 사람은 없는 줄 알았는데.”

“집에서 내놓은 사람이야. 그 얘기는 이제 그만하자. 쇼에게 부탁할 건, 고모 아파트에 가서 뒤처리를 해주었으면 한다. 이제 방을 비워야지.”

“뒤처리?”

“아버진 내일 아침 일찍 돌아가야 해. 아무래도 일이 있어서 말이야. 오늘은 화장하느라 아무것도 못 해서, 아파트 뒷정리까지는 할 수 없었다. 부동산에는 이야기 다 해놨으니까 가서 정리만 하면 될 게다.”

아버지가 양복 주머니에서 네 번 접은 메모지를 꺼냈다. 나는 귀찮은 얼굴로 메모지를 받아서 펼쳐봤다. 볼펜으로 ‘히카리 아파트 104호’라고 주소가 갈겨쓰여 있었다. 글씨 못 쓰시는 건 여전하네, 라고 생각했으나 말을 하면 아스카가 내 글씨도 만만치 않다고 말할 것이 분명하기에 가만히 있었다.

메모지의 아래에는 ‘마에다 부동산’이라고 주소와 전화번호가 인쇄되어 있었다. 기타센주의 역 앞 상점가 어딘가에 있는 것 같다.

여기서부터 가려면 니시오기쿠보 역에서 소부 선을 타고 아키하바라 역까지 가서, 야마노테 선, 조반 선으로 계속 갈아타야 한다. 꽤 시간이 걸리겠는걸.

"저, 그렇게 한가하지 않아요."

"거짓말, 한가하잖아."

나는 끼어든 아스카를 곁눈으로 째려봤다.

"암튼, 마츠코 고모는 왜 사라졌는지, 그 정도는 가르쳐줘도 되잖아요."

"모른다니까. 카와지리 가문의 수치, 그뿐이야."

아버지가 내뱉듯이 말했다. 나는 입을 굳게 다물고 그 이상 아무것도 말하지 않는 아버지의 모습을 보고 한숨을 쉬었다.

"그런데, 오늘은 어디서 주무세요?"

"……호텔을 찾아봐야지."

"그럼 그러세요……."

아버지가 뭔가 이야기하려는 눈빛으로 나를 보았으나, 난 얼굴을 돌렸다. 다시 조용해졌다.

아버지가 자, 하면서 일어섰다.

"용건은 그거야. 잘 마셨다."

"아버님, 벌써 가시려고요?"

"너무 방해하면 안 되잖아."

"방해라니요, 말도 안 돼요."

아버지가 내 얼굴을 봤지만 난 아무 말도 하지 않았다.

아버지가 유골함을 안고 현관으로 향했다. 구두를 신

을 때는 내가 유골함을 들어주었다. 기울어지지도 않았는데 또르르, 하는 소리가 났다.

"그럼, 잘 있어라. 가끔은 전화도 좀 해. 엄마가 쓸쓸해 한다."

"네……."

강렬한 햇빛과 매미 소리가 요란한 가운데 아버지와 마츠코 고모의 유골은 떠나갔다. 어쩐지 아버지의 등이 작아 보였다. 돌아볼 듯한 기분이 들어 문을 닫았다. 돌아서니 아스카가 노려보고 있다.

"왜 그래?"

"주무시고 가라고 하면 좋잖아. 어렵게 후쿠오카에서 올라오셨는데, 오랜만에 하나밖에 없는 아들과 대화라도 하고 싶으시지 않겠어? 아버님께 정말 너무하잖아."

"괜찮아. 우린 언제나 이런 식이니까. 부자간에 대화하는 고루한 습관은 없어."

"그럼, 적어도 역까지는 배웅해드리자."

"그렇게까지 하지 않아도 돼."

나는 왼손으로 아스카의 허리를 잡았다. 잡아끄는 것과 동시에 오른손으로는 가슴을 잡았다.

"우리 아까 하던 거 계속할까?"

아스카가 내 양손을 꽉 잡아서 몸에서 떼어놓았다.

"그럴 기분 아냐."

아스카가 몸을 돌려 거실로 들어가자 난 쫓아가서 뒤에서 껴안았다. 아스카는 돌아보는가 싶더니 짝! 소리를 내며 나의 뺨을 올려붙였다. 왼쪽 볼이 바로 빨갛게 달아올랐다.

"정신 차려! 가슴을 만지면 아무 때나 기분이 좋아질 거라고 생각한다면 큰 실수하는 거야!"

아스카가 입술을 꽉 다물고 콧구멍을 벌렁댔다.

난 얼굴을 숙였다. 눈을 살짝 치켜뜨고 아스카의 표정을 살폈다.

"미안, 잘못했어."

아스카는 양손을 허리에 올렸다.

"난 말이야, 부모를 공경하지 않는 사람, 정말 싫어."

"막 대할 생각은 없어."

아스카가 바닥에 떨어져 있던 메모지를 주워들었다. 껴안으려 할 때 떨어진 것 같았다.

"어찌 됐든, 아버님한테 부탁받은 것이라도 잘 처리하자고. 우선, 이 부동산에 가보자."

"너도 가려고?"

아스카가 메모지에서 얼굴을 들었다. 그녀는 눈을 가늘게 뜨고 노려봤다.

“싫어?”

“싫은 건 아니지만, 사람이 죽은 집이야. 기분 나쁘지 않아?”

“살해당한 사람이 쇼의 고모잖아.”

“만난 적도 없고, 그런 고모가 있는지도 몰랐으니까, 모르는 사람이나 마찬가지잖아.”

또르르.

갑자기 귀 안에서 유골함의 소리가 되살아났다. 나는 등에 차가운 기운을 느끼며 침을 삼켰다.

“……아니, 모르는 사람이란 말은 좀 지나친 건가.”

아스카가 얼굴을 찡그렸다.

“실은 처음 신문기사를 읽었을 때부터 신경이 쓰였어.”

“뭐가?”

“살해당한 여자 말이야. 쉰 살도 넘어서 혼자 살다가, 삶의 마지막에까지 그런 식으로 죽음을 맞이하다니……. 어떤 인생을 살아왔을까, 문득 그런 생각이 들었거든.”

마음속으로부터 감탄이 밀려오기 시작했다. 지금까지 몰랐던 아스카의 새로운 면을 발견한 느낌이었다.

“뭐야, 그 멍한 표정은?”

“아스카, 신문에서 살인 사건 기사를 읽을 때마다 그런 생각 하는 거야?"

"항상 그렇지는 않지만……."

난 웃으면서 아스카의 콧등을 손가락으로 톡 쳤다.

"아스카는 역시 알 수 없는 여자야."

아스카는 금방 울 것 같은 표정을 지었다. 나는 그런 아스카의 얼굴을 멍하니 바라보았다. 왜 그런 얼굴을 할까, 난 전혀 알 수가 없었다.

2

1970년 11월.

기차의 창밖을 보다가 눈을 돌려 그물로 만든 선반을 올려다봤다. 그물을 통해 여행 가방의 밑이 보였다. 아버지는 언제부터 이걸 사용해왔을까. 내가 철이 들었을 때는 이미 우리 집에 이 가방이 있었다. 아버지는 이것을 메고 집을 나서는 날이면, 집에 돌아오지 않았다. 어머니와 나, 남동생과 여동생만이 저녁을 먹고, 목욕을 하고, 잤다. 어린 마음에 그렇게 이해했다. 가방을 멘 아버지를 배웅할 때는 쓸쓸하기도, 안심이 되기도 하는 묘한 기분이었다. 그 가방을 지금은 어른이 된 내가 사용하고 있다.

천장에 설치되어 있는 선풍기를 쳐다봤다. 역시 이 계절에는 정지한 상태였다. 파리 한 마리가 선풍기 옆을 날아다녔다. 천천히 날고 있는 파리를 눈으로 좇으며 오른손으로 아랫배를 문질렀다. 보기에 좋지 않으리라고 생각은 했으나, 이렇게라도 하지 않으면 남은 1시간의 여정을 견뎌낼 수가 없을 것 같았다. 스커트 벨트라도 풀고 싶었으나, 그렇게까지 얼굴이 두껍지는 않았다.

손목시계를 봤다. 오후 5시 정각. 열차가 정차해서 1분도 지나지 않았다.

"카와지리 선생님께서는 여행을 좋아하십니까?"

옆자리에서 들려오는 목소리에 저절로 몸이 긴장하기 시작했다.

"네, 하지만 여행을 많이 하지는 못했어요. 고교 시절의 수학여행이 마지막이었으니까요."

"그때는 어디로?"

"교토와 나라였습니다."

"즐거우셨습니까?"

실제로는 기차 안에서 토하고, 그 때문에 '토쟁이'라는 바보 같은 별명이 붙게 된 여행이었지만 "네, 즐거웠어요"라고 대답했다.

"그거 참 잘됐군요. 수학여행은 사실 여학생을 위한 게 아닐까, 하는 생각이 듭니다. 남자들은 취직해서도 여기저기 여행이 가능하지만, 여자들은 결혼해서 가정에 파묻히면 거의 밖에는 나갈 수가 없으니까요."

나는 기대고 있던 등을 앞으로 내밀었다.

"그래도 이제부터는 여성도 사회에 진출할 시대가 된 것 아닐까요?"

타도코로 후미오 교장은 의외라는 눈초리다. 나는 순간적으로 머리를 숙였다.

"죄송합니다. 제가 주제넘은 말을 했나요?"

"아녜요, 확실히 카와지리 선생님이 말씀하신 대로입니다. 아무래도 제 또래의 사람들은 생각이 고루해서 안 된다니까요."

타도코로 교장이 양손으로 양복의 앞섶을 여미면서 웃음을 지었다.

타도코로 교장의 베이지색 양복에는 격자무늬가 들어가 있어, 내 눈으로 봐도 고급품이었다. 넥타이는 붉은색. 학교에서는 특징 없는 색상의 넥타이를 매고 있었기에, 아마 따로 준비했을 것이다. 붉은색 넥타이를 하고 있는 남성을 본 것은 처음이었다.

"이제부터는 선생님처럼 젊고 교육에 열정을 가지고 임할 수 있는 사람이 필요합니다. 저도 카와지리 선생님에게 거는 기대가 큽니다."

"저는 이제 막 학교를 졸업한 초년생인데요."

나는 어깨를 움츠렸다.

"아니, 그러지 마세요. 여기는 학교가 아니니까요. 함께 기차 여행을 즐깁시다."

타도코로 교장이 웃음을 띤 채 내 어깨에 손을 얹었다. 어깨에서 온몸으로 긴장이 흘러들었다.

타도코로 교장은 둥근 얼굴에 검은 테 안경을 쓰고 있었다. 앞머리 부분이 벗겨져 있으나, 볼은 붉은색을 띠고, 피부도 윤기 있고 주름도 많지 않았다. 비스듬히 위쪽으로 톡 튀어나온 귓불이 보는 사람에게 약간은 기묘한 인상을 불러일으키지만, 얼굴에는 부드러운 웃음이 끊이질 않고, 말솜씨도 좋아서 신사란 이런 사람을 말하는구나, 하고 생각하게 하는 기품이 있었다.

올해 나이가 쉰이라고 하니까 우리 아버지와 같은 나이다. 그러나, 엄격하기만 하고 말씀이 없는 아버지와 비교해보면 타도코로 교장이 훨씬 현대적이고 세련되었다.

그러나 부임 첫해인 나에게 타도코로 교장은 역시 가까이하기에는 어려운 존재이기도 했다. 확실히 표정은 부드러웠으나, 눈 안쪽에는 냉기가 느껴지는 부분이 있었다. 아마도 그것이 교장이 교장다운 이유, 권위라는 것이라고 나는 생각했다.

타도코로 교장은 항상 교무실 구석에 있는 교장실에 파묻혀 있다가, 적당한 시기를 가늠하여 교내를 돌아다녔다. 교실 창문으로 교장의 모습이 보일라치면 위가 줄어드는 느낌이 들 정도였다.

그렇게 권위 있는 타도코로 교장과 단둘이서 여행을 하고 있었다. 긴장하지 않는다면 그게 오히려 이상했다.

오늘 아침부터 음식물이 목으로 넘어가질 않았고, 기차에 타고부터는 아랫배를 쥐어짜는 듯한 아픔마저 느껴지기 시작했다. 나는 어릴 적부터 극도의 긴장에 시달리면 배의 상태가 나빠지곤 했다.

나는 긴장을 풀기 위해 다시 차창 밖 풍경을 내다봤다. 승강장 건너편에 증기기관차가 서 있었다. 연기가 나지 않는 것을 보니 아직 대기하고 있는 듯했다. 운전사의 목소리가 들리고 연이어 배기 소리가 울려 퍼졌다. 내흔드는 느낌의 진동이 느껴지면서 디젤 기관의 흔들림이 커졌다. 무쇠덩어리의 웅장한 모습이 뒤로 멀어져갔다.

"왜 그러세요?"

눈을 돌리자 타도코로 교장의 얼굴이 바로 앞에 있었다. 은단 냄새가 코를 찔렀다. 난 무의식중에 몸을 뒤로 뺐다.

"아뇨, 아무것도 아녜요."

타도코로 교장이 다시 웃음을 지었다.

서서히 열차속도가 올라가 드디어 정상속도에 이르렀는지 소리가 조용해졌다. 대신에 선로 연결 부분을 지나갈 때의 진동이 규칙적으로 좌석에 전달되었다.

국철 벳푸 역에 도착했을 때는 오후 7시 반을 넘었고 이미 날이 저물고 있었다.

개찰구를 나서자 양복 입은 남자가 가까이 와서 허리를 깊숙이 숙였다.

"교장 선생님, 긴 여행에 수고가 많으십니다."

숙인 머리에 가르마가 하나 그어져 있어 살색으로 길을 냈다. 머리를 한가운데에서 양쪽으로 정갈하게 가다듬은 모습이었다. 남자는 얼굴을 들었다. 남자의 얼굴은 작고 눈 사이는 떨어져 있으며 앞니가 튀어나와 있었다. 왠지 쥐가 생각났다.

타도코로 교장이 그 남자에게 짐을 맡겼다.

"소개하지요. 이쪽은 올해 4월에 우리 학교에 부임하신 카와지리 마츠코 선생님. 국립대학의 재원으로 지금은 2학년 부담임을 맡고 있는데, 내년부터는 3학년 담임선생님이 될 예정이에요. 카와지리 선생님, 이쪽은 수학여행을 주선해주실 태양 여행사의 이노데 씨입니다."

"카와지리입니다."

내가 인사를 하자 이노데가 머리를 숙였다.

"이노데라고 합니다. 짐을 제가 들겠습니다."

"아녜요, 제 건 됐습니다."

나는 여행 가방을 가슴에 안았다.

이노데는 "알겠습니다"라고 말하며 뒤로 물러섰다.

"차를 대기시켜놓았으니까 그쪽으로 가시지요."

자동차는 고급스러운 검은 차였다. 내가 먼저 타고 옆에 타도코로 교장이 올라탔다. 이노데는 조수석에 탔다.

"자네 회사는 불황하고는 관계없지? 수학여행은 워낙 여행사에겐 남는 게 많은 상품이니까."

이노데가 몸을 틀어 돌아봤다.

"아닙니다, 저희 회사도 어렵습니다. 선생님 학교 덕분에 겨우 버티고 있는 정도지요."

"혹시나 경비 절약을 위해 우리들 숙소를 허술한 곳으로 정하지는 않았겠지?"

이노데가 얼굴로 손을 끌어올려 힘껏 저었다.

"그럴 리가 있겠습니까? 작년과 같은 곳으로 예약해두었습니다."

"그거 잘됐군."

"저……."

나는 주저하다가 입을 열었다.

"수학여행의 답사란 어떤 일을 하는 겁니까? 교감 선생님께는 여하튼 교장 선생님과 같이 행동하라고만 듣고 와서요."

"교감 선생님이 말씀하신 대로 나와 함께 행동하면 괜찮습니다. 답사라 해도 매년 오는지라, 그저 휴식한다는 생각으로 계시면 돼요."

"오늘 묵을 장소도 실제 수학여행 때에 사용하겠군요."

타도코로 교장이 입을 열었으나 말은 하질 않았다.

"그게요, 오늘은 다른 장소를 예약해두었습니다."

이노데가 얼굴을 내게 돌리며 이야기했다.

"그렇게 해서 답사가 되는 건가요? 여관의 안전 등을 확인해야……."

나의 이 말에 이노데가 구원을 청하는 시선으로 타도코로 교장을 쳐다본다.

"그건 걱정 없어요. 매년 사용하는 여관이니까."

타도코로 교장이 간단히 말하고는 얼굴을 돌렸다.

그렇다면 답사를 올 필요가 있었을까? 라는 생각이 들었지만, 굳이 말하지는 않았다.

차에서 내린 곳은 벳푸의 중심가를 벗어난 장소였다. 유카타를 입고 걸어 다니는 사람들도 없고, 한적하고 조용했다. 여관은 좁은 골목 안 깊숙이 들어간 곳에 있었다. 문에는 '미스즈야'라고 쓰인 초롱불이 달려 있었다. '우아하게 숨어 있는 집'이라는 느낌으로 시골 중학교 수학여행의 숙소로 사용할 만한 곳은 아니었다.

어른 두 사람이 겨우 구부리고 들어갈 만한 문을 들어서자 일본식 정원이 펼쳐져 있었다. 등불이나 가로등같이 생긴 전등이 몇 개인가 켜져 있어 낮처럼 환했다. 빼곡히 깔아놓은 자갈에 징검돌이 안채까지 연결되었다. 자그마한 소나무가 배치되어 있는 공간은 정적에 묻혀 있고, 어디선가 작은 폭포 소리가 들려왔다.

"좋은 곳이지요?"

타도코로 교장이 옆에 서서 말했다. 이노데는 방을 확인하겠다며 여관으로 들어갔다. 타도코로 교장이 저 돌은 섬을 표시한다는 등 정원에 대해 설명했으나 나로서는 잘 이해되지 않는 이야기뿐이었다.

"최근에는 좋은 설비에, 철근 콘크리트로 지은 여관이 유행하던데, 정서를 만끽하기에는 이렇게 전통 있는 건물이 좋지."

타도코로 교장이 들뜬 얼굴로 정원을 둘러봤다.

"학생들이 사용할 여관은 어디에 있습니까?"

"그건 내일 이노데가 안내해주겠지요."

조급한 발소리가 들리더니 이노데가 얼굴빛을 바꾸며 급히 뛰어왔다. 꺼림칙한 예감이 들었다.

"왜 그러나, 이노데. 그렇게 당황해서 오다니, 무슨 일이야."

"죄송합니다. 방을 두 개 예약해야 했으나, 제가 실수로 하나밖에 예약을 안 했습니다. 저……."

"비어 있는 방이 하나 정도야 있겠지."

"그게, 전부 예약이 완료되어서요. 만약 괜찮으시다면, 두 분이 한 방에서……."

"몹쓸 사람!"

타도코로 교장의 입에서 침이 튀었다.

"카와지리 선생님에게 나와 한 방에서 자라는 거야?"

"아니, 그게, 그 방은 특별히 넓은 구조라서, 칸막이를 치면……."

"입 다물게!"

이노데가 움츠러들었다. 앞니가 나온 입을 열고 얼이 빠진 얼굴로 타도코로 교장을 쳐다봤다.

"여행사가 방 예약 하나 제대로 못 하다니 말이 되나? 변명의 여지가 없어요. 이런 상황이라면, 더 이상 당신

여행사에 우리 아이들의 수학여행을 맡기는 일은 할 수 없네."

타도코로 교장이 얼굴이 상기된 채로 말을 내뱉자, 이노데의 얼굴이 일그러졌다.

"교장 선생님, 그것만은……."

"저, 전 다른 싼 여관이라도 괜찮은데…… 아, 학생들이 실제로 사용할 여관이 좋겠어요."

타도코로 교장과 이노데가 동시에 나를 쳐다봤다. 두 사람의 시선이 일순간 서로 얽혔다.

"저, 그 여관도 빈방이 없을 것으로 생각합니다."

이노데가 기분이 나빠질 정도로 어색하게 미소를 지으며 말했다.

"아, 그래요, 맞아요. 그래서 급히 그 여관에 연락을 했었거든요. 아무래도 11월은 벳푸라도 손님들이 많은 시기라서 빈방이 없을 겁니다."

"그래도, 아까는 확실히……."

타도코로 교장이 신음했다.

"하여튼 말도 안 돼. 카와지리 선생님에게 나와 같은 방에서 머물라는 게 가당키나 한 일인가? 만약 칸막이로 막는다 해도, 카와지리 선생님은 미혼 여성이야. 그런 실례가 있을 수 있다고 생각하나? 농담하지 말게. 당신 회

사와는 해약할 거야. 카와지리 선생님, 갑시다. 일부러 여기까지 와주셨는데, 죄송하지만 이번 답사는 없던 것으로 합시다. 여행지도 다시 알아보는 게 좋겠네요."

타도코로 교장이 발길을 되돌려서 재빨리 문을 향해 걸어갔다. 이노데가 내게 구원을 요청하는 눈길을 던졌다. 내가 어떻게 행동해야 할지 몰라 머뭇거리자, 이노데가 타도코로 교장이 간 방향을 향해 자갈을 어지르며 무릎을 꿇었다.

"제발, 그것만은. 그렇게 되면, 전 회사에서 잘립니다. 집에 두 살 된 아이도 있습니다!"

이노데는 쥐어짜는 목소리로 절규했다.

"저는 괜찮아요……."

난 그렇게 말하고 말았다.

동정심으로 그런 건 아니다. 여행의 피로감도 있었고, 한시라도 빨리 이런 난감한 사태를 정리하고 싶었다. 더욱이 밖은 추워서 어서 빨리 방에 들어가고 싶었다.

"그렇지만, 카와지리 선생님……."

"칸막이로 막아놓으면 다른 방이나 다름없습니다. 하룻밤뿐이고요."

"저, 카와지리 선생님이 그리 말씀해주신다면……. 이노데 군, 그렇게 하지. 카와지리 선생님에게 고맙다고 말씀드려."

타도코로 교장이 험악한 표정을 지은 채 여관으로 향했다. 이노데는 가슴을 쓸어내리며 일어섰다. 그는 어색하고 죄송한 웃음을 지으며 나에게 고개를 숙였다.

여관에 들어가자 와후쿠• 차림의 여종업원이 붙임성 있게 맞아주었다. 나는 안내대로 슬리퍼로 갈아 신었다.

타도코로 교장이 종업원과 아주 친숙하게 말을 주고받으며 복도를 앞서서 걸어갔다. 나와 이노데는 그 뒤를 따랐다.

"여관에는 아버지와 딸로 예약해놓았습니다. 아버님의 출장에 갑자기 따님이 동행한 것으로 했어요."

뒤에서 이노데가 알려주었다. 나는 멈춰 서서 이노데를 돌아봤다.

"설마, 교장 선생님과 젊은 여교사가 한 방에서 잤다고 한다면, 여러 가지로……."

이노데가 징그럽게 웃었다. 나는 이노데의 얼굴을 불이라도 붙을 듯 뚫어지게 노려보고는 외면했다.

종업원이 불투명 유리로 된 방문을 열었다. 작은 현관

•일본 전통의상.

••다다미 2장이 한 평의 넓이.

에서 슬리퍼를 벗고 방으로 올라섰다. 다다미 15장** 정도의 넓이다. 방 한가운데에 코타츠가 있었다. 심호흡을 하자, 다다미의 푸릇푸릇한 향기가 가슴에 꽉 들어찼다. 미닫이문은 열려 있어서 깨끗한 정원이 내다보였다. 밖에서 소리가 들리던 작은 폭포가 눈앞에 있었다. 창 옆은 거실이고, 테이블과 안락의자가 놓여 있었다. 방 한쪽 구석에는 다리가 네 개 달린 텔레비전이 놓여 있었는데, 컬러텔레비전을 나타내는 3색 마크가 뽐내듯이 붙어 있었다. 거실에는 비싸 보이는 청자 항아리가 장식으로 놓여 있고, 그 뒤로는 수묵화가 걸려 있었다.

칸막이를 열자 그곳에도 다다미 10장 정도의 방이 있었다. 이곳에는 텔레비전은 없고 수납장뿐이다. 기둥은 검은색을 띠었고 다다미도 약간은 색이 바래 있었다. 아마도 오래된 방에 새로운 방을 연결해서 증축한 것 같았다. 그래도 종업원은 이 여관에서 제일 넓은 방이라고 자랑스럽게 설명했다.

종업원이 "그럼 편안히 쉬십시오"라고 공손하게 인사를 한 뒤 물러갔다.

"자, 이노데는 이제 돌아가지."

타도코로 교장은 이미 붉은색 넥타이를 풀고 있었다.

이노데는 "그러면 내일 다시 모시러 오겠습니다"라고

말하며 몇 번이나 머리를 숙이고 물러갔다.

"카와지리 선생님께서는 안쪽 방을 사용하세요. 정말, 이런 결과가 되어 많이 화나셨죠?"

"아닙니다."

"어차피 이렇게 되었으니, 유카타로 갈아입는 게 어떻겠습니까? 온천을 다녀온 후에 저녁을 먹도록 하지요."

타도코로 교장은 아까까지 불편했던 심기가 거짓처럼 느껴질 정도로 태평하게 말을 했다.

나는 안쪽 방으로 갔다. 칸막이로 막아버리자, 확실히 방으로서는 독립적인 방이었다. 그러나 칸막이 한 장 너머에 성인 남자가 있다는 것을 생각하면 역시 긴장할 수밖에 없었다. 더욱이나 위엄 있는 교장이다. 나는 편히 지낼 상황이 아니라는 사실을 겨우 깨달았다.

숨을 내쉬고는 천장에 달려 있는 전등을 껐다. 창 옆에서서 밖을 보니 전등에 비친 정원이 묘하게도 추워 보였다. 옆방에서 타도코로 교장이 옷을 갈아입는 소리가 들려왔다. 나는 커튼을 치고 여관에서 준비해준 유카타를 펼쳤다. 미닫이문 사이로 새어들어오는 가는 빛에 의지해 옷을 벗고 유카타에 팔을 꼈다.

빛이 흔들렸다.

깜짝 놀라 앞을 가리고 미닫이문을 보았다. 타도코로

교장이 몰래 훔쳐보는 것이 아닐까? 그런 의심이 들었으나, 곧 지워버렸다. 아무리 그래도 교장이다. 그런 파렴치한 행동을 할 리가 없었다.

온천욕 후, 방에서 같이 저녁을 먹었다. 식사는 종업원이 방까지 날라다 주었다. 우리 집은 결코 가난하지는 않았지만, 그래도 이 정도로 화려한 음식은 그리 자주 먹을 수 없었다. 그럼에도 불구하고 나는 선뜻 수저가 가지 않았다. 반대로 타도코로 교장은 쉬지 않고 먹었다.

나는 타도코로 교장과 마주 앉아 있는 것이 피곤했다. 빨리 이 분위기를 벗어나 누워 있고 싶었다. 마시지 않던 술을 마셔서 그런지 눈꺼풀이 무거워졌다. 타도코로 교장의 입은 쉴 틈 없이 움직이고 있었지만 내 귀에는 아무것도 들리지 않았다. 그런데도 타도코로 교장은 술로 붉어진 얼굴로 등을 구부리고 따분한 이야기를 계속했다.

"난 도쿄 제국대학, 지금은 도쿄 대학의 학생이었을 때에 군대에 소집되었어요. 학생징병이죠. 그때는 이제 죽었다고 각오했었습니다. 30년이나 지난 후에 선생님처럼 매력 있는 여성과 둘이서 식사를 할 수 있으리라고는 꿈에도 상상하지 못했습니다."

타도코로 교장이 술잔을 잡았다.

"어때요, 한 잔 더."

“아뇨, 전 더 이상…….”

“그러지 말고 한 잔만 더 하시죠.”

“그러면 이것을 마지막으로 하고 쉬겠습니다. 내일도 있으니까요.”

“뭐 그런 쓸쓸한 말씀을 하십니까? 오늘 밤은 실컷 마십시다, 카와지리 선생님. 그런데, 사에키 선생님과는 사이가 좋으신 것 같더군요.”

타도코로 교장이 아무 일도 아니라는 말투로 말을 꺼냈다. 나는 타도코로 교장의 얼굴을 주시했다.

“사에키 선생님은 확실히 괜찮은 남자고, 젊디젊은 여성이 마음을 뺏길 만하다는 건 압니다. 그렇다고 해서 학교 복도에서 붙어 있는 건 좀…….”

“잠깐만요, 제가 언제 사에키 선생님과 붙어 있었다는 거죠?”

졸음이 확 날아가 버렸다.

타도코로 교장이 얼굴을 찡그리며 턱을 잡아당겼다.

“아니, 제가 봤다는 게 아니라 학생들 사이에 그런 소문이 퍼져 있는 걸 다른 선생님한테 들었어요. 아무래도 중학생이라면 성에도 눈을 뜰 시기이니, 사실이 아니라도 다른 사람들 이목에 바람직하지 않은 소문의 근원이 될 만한 행동은 피해야지요. 카와지리 선생님 자신을 위해서도 말이죠."

난 눈을 감고 필사적으로 호흡을 가다듬었다. 눈을 뜨고 타도코로 교장의 얼굴을 쳐다보지도 않은 채 머리를 약간 숙였다.

"전 이만 실례하겠습니다. 취한 것 같아서요."

대답을 듣지 않은 채 일어서서 옆방으로 갔다. 미단이 문을 닫고 전등을 끄고 이불을 덮었다.

어두웠다.

아침은 아닌데……. 답답함이 느껴졌다. 뭔가에 짓눌리는 꿈을 꾸는 걸까. 필사적으로 빠져나오려고 발버둥 쳐도, 도저히 어떻게 해볼 수가 없는 악몽 같은 느낌이었다. 또 항상 꾸는 꿈일까. ……아니, 아니야.

얼굴 옆으로 한 가닥 빛이 들어왔다. 그래, 이곳은 여관이지. 칸막이 너머에 타도코로 교장이 있는 여관. 그런데 어떻게 된 일인지 몸이 움직여지지 않았다. 무거운 것에 눌린 느낌 때문에 목소리도 나오지 않았다.

심상치 않은 일이 일어나고 있었다. 유카타 속으로 꺼칠꺼칠하고 차가운 것이 미끄러져 들어오면서 가슴 끝이 둔하게 아파왔다. 거친 숨소리를 내며 뜨뜻미지근하게 젖은 무엇인가가 미친 듯이 목덜미를 기어다녔다.

옆방에서 새어 나오는 빛 속에서 먼지 입자들이 날아다니고 있었다. 내가 뭘 하고 있는 것일까? 무슨 일을 당하고 있는 거지? 머리가 몽롱해서 알 수 없었다. 가슴을 돌아다니던 손이 배 쪽으로 옮겨갔다. 더욱 밑으로 내려간다고 생각한 순간, 하복부에 예리한 아픔이 전해져와서 신음이 터졌다. 머릿속에 차 있던 안개가 걷히면서 무슨 일이 일어나고 있는지 알았다. 도저히 믿을 수가 없었다.

나는 필사적으로 위에서 누르고 있는 몸을 밀어내려고 애썼다. 팔에 힘이 들어가지 않아서 악다문 이 사이로 소리가 새어 나왔다. 곧이어 차가운 손이 내 입을 틀어막았다. 술 냄새 나는 거친 숨소리가 바로 앞에서 끊임없이 들렸다.

"심하게 굴지는 않을 테니까, 알겠지?"

소름이 끼쳤다. 아직까지 경험해보지 못한 분노가 온몸으로 번졌다. 나는 더러운 짐승을 밀어젖히고 뺨을 때렸다.

타도코로 교장이 움직임을 멈췄다.

귀뚜라미 소리와 작은 폭포 소리가 들려왔다.

나는 흐트러진 옷자락을 고쳐 앞섶을 꽉 매고는 타도코로 교장을 노려봤다. 방은 두 사람의 숨소리만으로 꽉 차 있었다. 이윽고 타도코로 교장이 웃음을 터뜨렸다.

“아니, 카와지리 선생님. 뭔가 잘못 알고 계신 것 같은데요? 많이 취하신 것 같네요.”

나는 그를 노려본 채로 가만히 있었다.

“나도 쉬어야겠어요.”

타도코로 교장이 입가를 닦으며 일어서서 미닫이문을 닫으며 방을 나갔다. 나는 웅크린 채 가슴을 안았다. 누구에게도 만지게 한 적이 없었는데.

분노가 다시 몸속에서 요동치면서 떨림이 멈추질 않았다. 갑자기 정신이 들어 두 다리 사이에 손을 넣어보았다. 축축한 느낌이 들어 손가락을 빛에 비춰보니 피가 묻어 있었다. 나는 입술을 깨물면서 닫혀 있는 미닫이문으로 눈을 돌렸다. 지금 수건으로 목을 조르면 죽일 수 있을까. 죽일 거야. 죽여버리겠어. 머릿속으로는 그렇게 생각했지만 몸은 움직여지지 않았다.

한숨도 자지 못했다.

창이 환해질 무렵 타도코로 교장이 일어나는 기색이 보였다. 난 미닫이문에서 눈을 떼지 않았다. 교장의 움직임이 가까워질 줄 알았지만 화장실에라도 갔는지 아무런 기척이 없었다. 나도 소변이 마려웠다. 화장실에 가기 위해서는 타도코로 교장의 방을 지나야만 한다. 간다면 지금이 기회다.

나는 일어나서 칸막이를 열었다. 빠른 걸음으로 방을 지나 현관에 내려서려 할 때 불투명 유리에 사람 그림자가 비쳤다. 속이 뒤집히는 느낌에 난 한 발 뒤로 물러나 멈춰버렸다. 문을 열고 현관에 들어선 타도코로 교장이 나를 쳐다보고 미소를 지었다.

"안녕하십니까? 잘 주무셨어요?"

타도코로 교장이 아무 일도 없었다는 표정으로 인사를 하며 슬리퍼를 벗고 방으로 들어왔다. 교장은 내 옆을 지나다가 발을 멈췄다.

"아, 참."

타도코로 교장은 나와 정면으로 마주 보고 섰다.

"카와지리 선생님, 지난밤의 일은 기억하고 계십니까? 꽤 취하신 것 같던데요."

"네, 정확하게 기억하고 있습니다."

나도 모르게 반사적으로 대답했다.

"오해가 있으면 안 될 것 같아 확실하게 해두겠습니다만, 지난밤은 카와지리 선생님이 만취하셔서 제대로 걷지도 못하는 상황이었습니다. 그래서 제가 도와드리려고 옆방까지 모셨는데, 갑자기 저를 껴안더군요. 그대로 이불에 쓰러져서 놔주려고 하질 않아 저도 할 말이 없었습니다."

난 말을 잃어버렸고 그제야 확실히 알았다. 눈앞에 있는 사람은 성직자의 우두머리가 될 인물이 아니다. 비겁하고, 비열하고, 추악하며, 경시받아 마땅한 남자였다.

"교장 선생님, 수학여행 답사라는 명목하에 실제로 사용하지 않을 여관에 머물기도 하고, 젊은 여교사와 한 방에 머물러도 되는 겁니까? 더군다나, 여교사에게 난폭한 짓을 하려고……."

타도코로 교장의 얼굴에서 웃음이 사라졌다.

"한 방이라도 괜찮다고 한 건 카와지리 선생님, 당신이에요. 잊으셨나요? 더욱이나 아까도 말씀드렸듯이 당신이 먼저 저를 껴안았습니다. 이불에 쓰러지면서 자신이 한 말을 정말로 잊어버린 겁니까?"

"……제가 뭐라고 했다는 겁니까?"

나도 모르게 목소리가 떨렸다.

"입에 올리기도 더러운 단어입니다. 여하튼, 내가 당신에게 난폭한 짓을 하려고 했다는 망상을 가졌다면, 나야말로 천만의 말씀이지요."

"말도 안 돼……."

타도코로 교장이 여유로운 얼굴로 숨을 내쉬었다.

"이렇게 됐으니 말씀드립니다만, 당신에 대한 좋지 않

은 소문이 여러 가지 있습니다. 사에키 선생님과의 관계에 관해서도 당신이 유혹했다는 말들이 무성합니다. 아시겠어요? 만약 아까 같은 망상을 퍼뜨린다 해도 주위에서는 믿지 않겠지요. 당신 입장만 난처해질 따름입니다. 자중하시길 바랍니다."

나는 입술을 깨물면서 얼굴을 숙였다. 억울했지만 우는 모습만은 보여주고 싶지 않았다. 절대로 울지 않을 거야. 울지 않기 위해 오직 그 말만을 되새겼다.

3

다음 날은 기온이 내려갔다. 더위가 사그라지면서 지내기는 편했지만, 대기가 불안정하므로 외출 시에는 우산을 잊지 말라고, 일기예보를 하는 귀여운 여자 아나운서가 알려주었다. 올해의 태평양 고기압은 아직 강하지 않았다.

나와 아스카는 아침 9시 넘어 눈을 떠서 곧 히노데마치를 향해 출발했다. 목적지는 기타센주 역이었다.

보통 때라면 아파트에서 니시오기쿠보 역까지 학교나 친구들의 이야기를 하면서, 어떤 때는 배를 움켜쥘 정도로 웃으면서 걸어가지만 오늘 아스카는 조용했다. 내가 말을 걸어도 성의 없는 대답밖에 안 했다. 나도 기분이

나질 않아 소부선, 야마노테선, 조반선으로 갈아타는 동안 평소답지 않게 말이 없었다.

기타센주 역 동쪽 출구로 나가자, 아사히초 상점가가 코앞이었다. 돌로 포장된 거리는 차가 양방향으로 겨우겨우 다닐 수 있을 정도의 넓이로, 틈도 없이 줄지어 있는 상점에는 라면 가게, 파친코 가게, 다방, 비디오대여점, 편의점, 구둣방, 치과부터 미용실까지 수많은 간판이 붙어 있었다. 한 블록 떨어진 곳에는 '학교 거리'라고 쓰인 아치가 있었고, 아치에 설치된 전광판은 아사히신문 뉴스를 전하고 있었다.

옆으로 눈을 돌리자 역사의 벽 가까이 있는 목재 진열대에, 비닐봉지에 들어 있는 김치가 나란히 놓여 있었다. 가격을 보니 한 봉지에 350엔이다. 얼마 안 있어 반백의 노파가 나타나 진열대 옆에 있는 접이식 의자에 앉아서 무표정하게 거리를 쳐다보았다.

앞을 보니 아스카가 빠른 걸음으로 앞서가는 게 보였다. 나는 좀 더 구경하고 싶은 미련이 남았지만 그곳을 떠나 아스카를 따라갔다.

"야, 배고프지 않냐? 아침도 안 먹었는데."

아스카 등에 부딪칠 뻔했다. 아스카가 갑자기 서버렸기 때문이다.

"왜 그래?"

아스카는 서서 패스트푸드점을 가리키고 있었다.

"왠지, 운치 있는 동네야."

감자튀김을 입에 넣으면서 계속 거리를 쳐다보던 아스카가 말했다. 나는 햄버거 두 개, 감자튀김과 콜라를 주문했지만, 아스카는 달랑 감자튀김과 우롱차만 시켰다. 원래는 나보다 더 많이 먹지만 오늘은 별로 입맛이 없어 보였다.

시간이 이른 탓인지 사람 왕래는 많지 않았다. 아직 열지 않은 상점도 있었다. 몇 대인가 맥주병을 실은 트럭이나 택배 회사 차들이 빈번하게 왕래했다. 장사에 대한 임전 태세를 갖추고 있다는 느낌이었다. 몇 명인가 보인 거리를 오가는 사람들은 양복 입은 남자나 커리어우먼 풍의 여자에서부터 앞치마를 한 할머니, 자전거에 애를 태운 젊은 엄마, 편의점 봉투를 손에 든 잠이 덜 깬 듯한 남자까지 다양했다.

"세상에는 여러 종류의 사람들이 있어."

나는 아스카의 옆얼굴을 쳐다보았다. 오늘 아스카는 이상했다. 기운이 없을 뿐만 아니라 가끔 골똘히 생각하는 눈빛이다. 우리 둘 사이의 분위기도 어제 아버지가 돌아간 후부터 이상하게 부자연스러워졌다. 결국 아스카는 어젯밤에는 관계도 허락하지 않았다.

내가 햄버거 두 개를 다 먹었는데도 아스카의 감자튀김은 반도 줄지 않았다.

"안 먹어?"

아스카가 아무 말도 없이 감자튀김을 내밀었다. 나는 접시를 받아서 대여섯 개를 한꺼번에 볼이 미어지도록 입에 넣었다.

"왜 그래? 잘 못 먹네."

"쇼, 그게 잘 넘어가? 이제 마츠코 고모가 돌아가신 집으로 가야 하는데."

"배가 고프면 전쟁을 할 수 없잖아."

아스카가 다시 가라앉은 표정을 지었다. 아스카에게 그런 표정은 어울리지 않았다. 나는 아스카의 웃는 얼굴을 좋아했다.

"가기 싫으면 안 가도 돼."

아스카는 나를 노려봤다. 어제부터 계속 이런 상태인 것이다.

"그런 말이 아니잖아."

아스카가 자리에서 일어나 매장의 출구를 향해 걸어갔다. 나는 남은 감자튀김을 아스카가 남겨놓은 우롱차와 함께 먹어버리고는 서둘러 뒤를 따랐다.

마에다 부동산은 패스트푸드점에서 멀지 않았다. 조촐하고 아담한 건물에 나뭇결무늬의 새시 문 입구에는 임대건물의 소개 카드가 빈틈없이 붙어 있었다. 카드 사이로 안을 들여다봤지만 사람의 움직임은 보이지 않았다.

"아무도 없는 것 같은데."

뒤에서 자전거 브레이크 밟는 소리가 들려서 돌아보니 안경을 쓴 중년의 남자가 있었다.

"어서 오세요. 어떤 물건을 찾으시나요?"

부드럽게 물어보는 남자는 반팔 니트 셔츠에 회색 바지 차림이었다. 남자의 머리에는 금방 일어난 흔적이 역력히 남아 있었다.

"아니, 저희들은 그……."

"마에다 부동산 사람이십니까?"

아스카가 침착한 어투로 물었다.

"네, 네, 그렇습니다. 제가 마에다 츠구오, 이곳의 주인 되는 사람입니다만."

마에다 츠구오는 기분 좋은 목소리로 대답하면서 자전거에서 내렸다.

"별명은, 아사히초 상점가의 축제 남자!"

마에다는 눈을 크게 뜨고 가부키•의 제스처를 취했다. 난 무의식중에 피식하고 웃었으나 아스카는 조금도 웃지 않았다.

"카와지리 마츠코 씨의 건으로 찾아뵈었습니다. 어제 연락을 받으셨을 겁니다."

"카와지리라고 하면…… 아!"

마에다의 얼굴에서 장난기가 사라졌다. 그는 나와 아스카의 얼굴을 차례로 바라보더니 아스카의 얼굴에서 시선이 멈췄다.

"뭐야, 손님이 아니네요?"

"죄송합니다."

아스카가 얌전하게 머리를 숙였다. 나도 얼른 고개를 숙였다.

"그 살해당한 사람 말이죠? 저, 뭐라 할까. 이런 일이 일어나서 얼마나 애통하시겠습니까. 그런데, 조카 되시는 분이 뒤처리하기 위해 온다고 했는데……."

"네."

나는 손을 들고 애써 웃어 보였다.

"댁은?"

• 대중적인 일본 전통극으로 음악, 무용, 연기로 이루어짐.

마에다의 눈이 아스카에게 향했다.

"친구입니다. 같이 가자고 하기도 하고 혼자 가기엔 어쩐지 기분이 좋지 않다고 해서요."

순간 그건 아니지! 하고 따지려는데, 마에다가 팔짱을 끼면서 말했다.

"뭐야, 댁은 남자잖아. 혼자 오는 것이 겁나다니, 한심하구먼. 아가씨도 힘들겠네. 이런 남자 친구가 있다니. 참, 여기 서 있지 말고 안으로 들어갑시다."

마에다가 새시 문을 열고 안으로 들어갔다.

"누가 같이 가달라고 했어?"

나는 아스카를 보고 퉁명스럽게 말했다.

"소심하기는."

안으로 들어가자 에어컨이 켜져 있었는지 서늘했다. 마에다가 에어컨 방향을 향해 리모컨을 누르자 삐 소리가 나며 바람 소리가 작아졌다.

좁은 방에는 왼편 벽을 따라 회색 철제 책상 두 개가 있었다. 앞쪽 책상에는 중고 컴퓨터가, 안쪽 책상에는 프린터가 놓여 있었다. 정면의 책장에는 건물 리스트로 보이는 파일이 나란히 꽂혀 있었다. 그 왼쪽 판자벽에 걸려 있는 달력은 두 종류였다. 하나는 아사히초 상점가의 이름이 들어 있는 달력으로 날짜와 메모난만으로 이루어진

실용적인 것이었다. 다른 하나는 수영복을 입은 여자가 해변에 엎드려 있는 사진이 있는 달력이었다. 달력의 숫자는 민망할 정도로 작았다.

"적당한 곳에 앉으시죠."

마에다가 책장에서 파일을 꺼내면서, 책상 안으로 밀어 넣었던 의자를 꺼내서 푹 하고 앉았다. 차를 내줄 분위기는 아니었다.

방 한가운데에는 유리로 덮여 있는 작은 테이블과 비닐로 싸여 있는 둥근 의자가 두 개 있었다.

나와 아스카는 둥근 의자를 빼서 앉았다.

마에다가 에, 하고 중얼대면서 파일을 들춰봤다.

"아, 있다. 히카리 아파트, 카와지리 마츠코 씨⋯⋯ 흠, 월세는 밀리지 않았네. 그리고 3개월분의 보증금을 맡겨 놓았는데, 집 안이 말이죠⋯⋯."

마에다가 얼굴을 찡그렸다.

"뭡니까?"

"사건이 사건인지라 별일이 다 있죠. 말하자면, 핏자국 같은 거."

"끔찍한가요?"

아스카는 물어보면서 어두운 표정을 지었다.

"그렇죠."

"지금도 그대로인가요?"

"네. 짐이 많지는 않지만, 그걸 옮기지 않으면 다다미 교체도 불가능하잖아요."

마에다가 입술을 내밀었다.

나는 피로 얼룩진 다다미를 상상했다. 사람 하나가 죽임을 당한 처참한 현장, 아비규환의 흔적, 지옥 그 자체……. 이제부터 그 방으로 가야 한다. 나는 처음으로 아스카와 같이 오길 잘했다고 생각했다.

"그런데 그 보증금을 수리비로 쓸 수 있으면 나로서는 상당히 도움이 되겠는데……."

이유가 정당한지 어떤지 잘 모르겠으나 그럴듯하게 들렸다. 마츠코 고모의 돈을 마에다가 임의로 갖는다는 느낌이 들었지만 다른 말을 하지는 않았다.

"카와지리 씨가 월세는 꼬박꼬박 지불했나요?"

"그랬죠. 월세가 밀려서 난처했던 일은 없었는데, 다만……."

"네?"

"근데, 죽은 사람 이렇게 이야기하기도 뭣하지만, 그렇게 좋은 세입자는 아니었어요. 주위 세입자들한테서 항의도 여러 번 받았죠."

"항의라뇨?"

"아니, 하나하나 따지고 보면 별것 아닌데. 쓰레기 버리는 날이 아닌데 쓰레기를 내놓는다든가, 이상한 냄새를 풍긴다든가, 한밤중에 소란을 피운다든가 하는 일들이었죠."

"한밤중에 소란이라고요?"

"그래요, 그게 말이죠."

마에다가 몸을 앞으로 내밀었다.

"가끔 엄청나게 고함치는 소리가 들린다는군요. 누군가와 진짜 싸우는 느낌이라는데, 누가 출입한 흔적은 없고요. 혼자서 연극하는 느낌인데, 그저 시끄럽다기보다는 왠지 기분이 좋지 않다는 사람이 많았죠."

"그 집에서 유령이 나와서 그걸 쫓으려고 한 게 아닐까? 이제는 마츠코 고모 유령이 나오겠는걸."

나는 그럴듯한 말을 한 것 같은데, 아스카가 머리를 숙이고 한숨을 내쉬더니 한마디 했다.

"바보냐?"

마에다도 황당한 얼굴을 했다. 나는 말실수를 했다는 걸 깨닫고 이를 만회하기 위해 재빨리 질문을 했다.

"고모는 어떤 곳에서 일을 하고 있었습니까? 혹시, 호스티스로?"

"호스티스는 무리겠지. 나이도 그렇지만, 그 덩치로

는……. 뚱뚱한 여자 전문이라면 모를까.”

마츠코 고모는 뚱뚱했었나 보다. 왠지 나는 마츠코 고모에 대해 날씬한 호스티스라는 이미지를 가지고 있었다. 혼자 상경한 여인, 술장사, 호스티스, 최초의 대면은 뼈. 날씬할 거라고 무의식중에 연상해버린 것 같았다.

“하지만 월세를 지불한 점을 보면 이전에 재산을 모아놓았거나, 어디선가 아르바이트라도 하지 않았을까요? 아무튼, 일단 아파트로 가볼까요?”

마에다가 양손을 무릎에 올리고는 힘주어 일어섰다.

“그런데, 아무것도 가지고 오지 않았나요?”

나는 아스카와 시선을 교환했다.

“아니, 뒤처리를 하는 거 아닌가요? 짐 쌀 끈이나 쓰레기봉투는?”

“아…….”

“아, 라고 할 게 아니지. 할 수 없지. 좋아요, 오늘은 내가 부의금 대신에 서비스하죠.”

마츠코 고모가 살던 히카리 아파트까지 걷기로 했다. 아사히초 상점가의 학원 거리를 역과 반대방향으로 열심히 걷자 T자 거리가 나왔다. 그곳을 왼쪽으로 꺾어 식당, 부동산, 욕실과 세탁소를 옆으로 하고 계속 걸으니 주택

들이 나란히 있는 곳이 보였다. 몇 분 걷자 차 한 대가 겨우 지나갈 만한 골목이 나타났다. 골목 안으로 들어가서 담배만 파는 작은 담배 가게가 있는 왼쪽으로 길모퉁이를 돌았다.

돌아선 지점에는 좁은 골목이 연이어 있었다. 길을 따라 오래된 다세대 주택이나 민가가 빈틈없이 서 있어서 건물 사이에 간격이 거의 없었다. 골목을 걸으니 어디선가 텔레비전 소리가 들려왔다. 오락 프로라도 보는지 작은 웃음소리도 함께 들려왔다. 가츠오다시* 냄새도 감돌았다. 짙은 생활의 모습이 몸으로 느껴졌다. 마치 남의 집에 무단으로 침입한 기분이다.

"아직 멀었나요?"

"거의 다 왔어요."

왼쪽에 신축 중인 주택이 보였다. 초록색의 망을 설치해서 안은 보이지 않았다. 망에는 텔레비전 광고에 자주 보이는 주택회사의 이름이 여봐란듯이 걸려 있었다.

그 집을 지나온 지점에서 마에다가 발을 멈췄다.

"이제 다 왔어요."

신축 주택 옆은 검게 변한 벽돌 벽으로 둘러싸인 작은

* 가다랑어포를 끓인 국물.

주차장이었다. 흰색의 구형 스카이라인•과 에어로파츠가 너덜너덜 붙어 있는 붉은색 패밀리어••, 10년 정도는 세차하지 않은 듯한 왜건 차가 나란히 세워져 있었다. 지면은 시멘트가 벗겨져 있었고 스카이라인의 주위에는 물이 들어 있는 페트병만 몇 개 뒹굴고 있었다.

벽돌 벽 부근 땅에는 잡초가 무성했고 잎은 아침 이슬로 젖어 있었다. '월정액 주차장. 무단 주차 시 만 엔 벌금 징수'라고 쓰인 간판이 없었다면 단순한 공터로밖에 보이지 않았을 것이다. 그리고 이 주차장의 반대편에 오래된 아파트가 덩그러니 서 있었다. 그 아파트가 바로 히카리 아파트였다.

히카리 아파트는 목조 모르타르로 된 2층 건물로 각층에 4세대 정도가 거주하는 구조였다. 벽이나 대문은 오래된 베이지색으로 지붕은 갈색 양철지붕이었다. 2층은 녹이 슨 철제 계단을 통해 올라갈 수 있지만 각도가 60도는 넘어 보여서 위험하게 느껴졌다. 계단 위에는 차양이 달려 있지만 여기저기에 구멍이 나 있었다. '관계자 외 출입 금지'라고 쓰인 플라스틱 판이 계단 입구에 걸려 있으나, 관계자라도 출입하고 싶지 않은 모습이었다.

• 일본의 자동차 이름.

•• 일본의 자동차 이름.

"꽤 오래된 건물이네요."

"그렇죠, 지은 지 25년이나 지났으니까. 그 대신에 월세는 3만 엔이에요. 욕실은 없지만 화장실과 부엌이 딸려 있어서 이 정도 가격이면 나쁘진 않죠."

뒤쪽에서 사람 소리가 들렸다. 돌아보니 깡마른 남자가 골목에서 주차장으로 막 들어서고 있었다. 노란 러닝셔츠에 카키색 반바지 차림, 그리고 샌들을 신었다. 파마한 금발머리에 예리한 홑겹 눈을 가졌으며 코 밑에는 엷은 콧수염을 길렀다. 여기에 문신이라도 있으면 완벽한 야쿠자였으나, 어깨와 팔의 피부에는 얼룩 한 점 없어서 남자로서는 우아할 정도로 하얗게 보였다. 오른손에 편의점 비닐봉투를 들고 있었는데 콜라 병이 비쳐 보였다.

"아, 오쿠라 군, 안녕."

마에다가 큰 소리로 인사했다.

오쿠라라고 불린 남자가 적당히 머리를 숙였다. 그러나 그 시선은 아스카의 몸을 훑고 있었다. 그 순간 나는 오쿠라라는 남자는 좋지 않은 녀석이라고 결론지었다.

"아니, 여기 들어와요? 이 두 사람?"

그가 이를 드러내며 웃었다.

"아니, 이 두 사람은 104호의 카와지리 씨 친척인데, 뒤처리 때문에 왔어."

오쿠라가 입을 벌린 채 얼굴을 찌푸렸다.
“역시, 이런 낡은 아파트에 이렇게 귀여운 아가씨가 살리 없지.”
“이 사람은 누구죠?”
내 말에는 가시가 돋쳐 있었다.
“103호의 오쿠라 슈지 씨.”
“그렇다면, 고모님의 옆집 분이군요.”
“그런 셈이죠.”
오쿠라가 곁눈질로 나를 봤다.
“저…….”
아스카가 입을 열었다.
“이따가 카와지리 마츠코 씨에 대해서 말씀 좀 여쭤봐도 될까요?”
“괜찮은데, 이 사람도 같이 오나?”
오쿠라가 가리킨 손가락이 나를 향하고 있었다.
“물론 나도 함께죠.”
내가 불쾌한 기색으로 대답하자 오쿠라가 재미없다는 표정을 지었다.
“나도 잘 몰라요. 아무리 옆집이라 해도…….”
“어떤 이야기라도 괜찮습니다. 부탁드릴게요.”
“알았어요, 알았어. 뒤처리가 끝나면 불러요. 오늘은

집에 쭉 있을 테니까."

오쿠라가 졌다는 듯이 두 손을 가볍게 들어 올리더니 나를 한 번 쳐다보고 103호로 들어갔다. 오쿠라가 103호실로 완전히 들어가는 것을 확인한 나는 아스카에게 투덜대기 시작했다.

"왜 저런 놈한테 물어보는 거야?"

"그럼, 생전의 고모님에 대해서 여러 가지 알고 싶지 않아?"

"난 흥미 없어."

"난 있어!"

"그래도 저 남자에게 물을 이유는 없잖아."

"아니, 옆집 사람이잖아."

"아무리 옆집 사람이라도……."

"잠깐만!"

마에다가 양손으로 두 사람을 말리며 끼어들었다.

"당신 둘, 사이가 나쁘네. 싸울 거라면 용건을 끝내고 나서 하시죠."

마에다가 노끈과 쓰레기봉투를 꺼내 들었다.

마에다는 일이 끝나면 전화를 달라고 말하고는 곧 돌아갔다.

나는 마에다에게 받은 열쇠로 104호의 문을 열었다. 판을 붙인 문은 음산하게 삐걱거리며 놀랄 만큼 가볍게 열렸다. 방 안에 갇혀 있던 공기가 확 하고 얼굴을 감쌌다. 후덥지근한 습기와 곰팡이 냄새, 썩은 물과 같은 비린내에 뭔가 발효되어 생기는 것으로 느껴지는 신 냄새. 이 중에 피 냄새도 섞여 있을까.

안으로 들어가자마자 다다미 반쪽 정도를 차지하는 현관이 있었다. 고무 샌들과 거무스름해진 운동화가 한쪽에 쌓여 있었고, 운동화의 끈은 풀려서 양쪽으로 처져 있었다.

나는 구두를 벗고 안으로 들어갔다.

정면에 화장실로 보이는 문이 있었다. 부엌은 들어서면서 오른쪽이다. 제일 앞쪽에 가스레인지가 있는데 두 개의 버너 주변은 갈색 기름투성이였다. 불소 코팅 프라이팬이 가스레인지와 벽 사이에 처박혀 있었다.

가스레인지의 건너편에는 물때에 덮인 싱크대가 있었다. 수도꼭지는 하나뿐인데 틀어봐도 더운물은 나오지 않았다. 수도꼭지 옆에 세워놓은 세제 용기에는 엷은 초록색 액체가 반쯤 남아 있었다. 싱크대 안에는 너덜너덜해진 바짝 마른 스펀지와 알루미늄 주전자가 있었는데 주전자의 밑부분은 검게 변색되어 있었다. 싱크대 옆에는 붉은 플라스틱 식기 보관함이 있었고 찻잔이나 컵, 사용했던 나무젓가락 몇 벌이 아무렇게나 널려 있었다.

"실례합니다."

나는 발소리를 죽이며 걸어갔다. 발을 옮길 때마다 삐걱거리는 소리가 났다. 벽을 돌아서자 거실로 통하는 문이 열려 있었다. 저편 너머로 희뿌연 공간이 이지러지듯 흔들리고 있었다. 처참한 살인 현장이었던 곳이다. 죽은 사람의 원한이 이곳을 찾는 사람을 반겨줄지도 모른다는 생각이 왈칵 들었다.

"뭘 우물쭈물하고 있어?"

뒤에서 아스카가 재촉했다. 나는 목구멍까지 올라오는 비명을 삼켜버렸다. 무섭다고 하면 끝까지 웃음거리가 될 게 틀림없다. 나는 숨을 크게 들이마시고는 거실로 들어섰다.

상상했던 것과 같은 참상은 아니었다. 다다미에 피가 흩뿌려져 있는 것도 아니고 방이 어지럽혀져 있는 것도 아니었다. 다만, 햇빛이 잘 비치지 않는 탓인지 음울한 공기가 차 있어 기분이 좋은 방은 아니었다. 아스카가 어느새 옆에 와 섰다.

"마츠코 씨는 이곳에서 최후의 날을 보냈다는 거네."

멀리서 전철 소리가 들려왔다.

"시작하자. 죄송하지만……."

아스카가 재촉했다. 왜 내게 사과하는지 이상하게 생각했으나, 금방 마츠코 고모에게 하는 말이라는 것을 알았다.

나와 아스카는 타는 쓰레기와 타지 않는 쓰레기의 분리부터 시작했다. 그것이 한차례 끝나고, 의류나 가구, 가전가구류의 처분을 나눠서 끝마치기로 했다.

나는 우선 수납장에서 습기를 흠뻑 먹은 이불을 꺼내 끈으로 묶었다. 수납장 안에는 오래된 스포츠 가방과 내용물을 알 수 없는 골판지 상자가 아직 남아 있었다. 스포츠 가방을 들어보니 매우 가벼웠다. 지금은 아주 보기 드문 염화비닐 제품이다. 지퍼를 열어보니 안은 역시 비어 있었다. 그러나 가방을 거꾸로 들고 털자 작은 봉투가 펄럭이며 떨어졌다.

나는 그 봉투를 집어 들었다. 봉투에는 아무것도 쓰여 있지 않았다. 봉인도 되어 있지 않았다. 그러나 뭔가가 들어 있었다. 난 봉투 입구를 열고 내용물을 꺼냈다.

한 장의 사진이었다. 가장자리가 변색된 흑백사진에는 긴소매 옷을 입은 여성이 찍혀 있었다. 양손을 무릎 위에 올리고 의자에 앉아 있었다. 약간 비스듬히 자세를 잡고 있는 것이 아마도 선을 보기 위한 사진으로 보였다.

"아름다운 분이네."

옆으로 바싹 다가온 아스카가 사진을 들여다봤다.

"이분이 마츠코 고모?"

난 사진을 돌려보았다. 왼쪽 밑에 만년필로 '1968년 2월 촬영. 마츠코, 성인식'이라고 쓰여 있었다.

"그런가 본데."

"쇼 아버님과 닮았네. 눈 주변 같은 곳 말이야."

마츠코 고모의 눈은 길고 쌍꺼풀 진 눈으로 아버지와 똑같이 추켜올라가 있었다. 그러나 눈동자에 차 있는 의지는 아버지보다 훨씬 강해 보였다. 턱 옆부분이 튀어나와서 얼굴 윤곽은 사각형에 가깝지만, 턱이 작고 뾰족하며 목이 가늘기 때문에 청초한 분위기를 풍기고 있었다. 적어도 스무 살 때에는 날씬했었나 보다. 코는 작아서 귀여운 편이었지만 입은 부자연스러울 정도로 딱딱하게 다물고 있었다. 마치 사진 찍는 게 본인의 의사가 아니라고 말하는 듯했다. 수정을 거쳤는지 모르겠으나 피부는 진주처럼 매끄러웠다. 머리는 2대 8로 나누어 뒤로 묶었다. 시간이 많이 흘렀음을 느끼게 하는 머리 모양이었다.

이 사진 속 여성과는 어디에선가 만난 적이 있다. 기억난다 할 정도로 확실한 것은 아니지만, 그냥 느낌만으로 하는 말이 아니다. 그러나 내가 태어난 것은 마츠코 고모가 실종된 지 약 10년 후니까, 만났을 리가 없다.

나에게는 작은고모가 한 명 있었다. 쿠미라는 이름의 고모는 내가 다섯 살이 되어 고모가 죽을 때까지 함께 살았다. 이 사진 속 여자는 쿠미 고모와 닮았는지도 모른다. 그러나 내 기억 속에 있는 쿠미 고모는 새하얀 둥근 얼굴에 온화한 웃음을 머금은 조용한 사람이었다. 이 사진에서 느껴지는 강인함은 없었고, 인상도 달랐다. 그래도 난 마츠코 고모의 얼굴을 어디선가 봤다고 느꼈다. 이것이 혈연이라는 것일까.

"남자들한테 인기가 많았을 것 같은데?"

"글쎄. 성격이 강해 보이기 때문에 의외로 멀리했을지도 모르지."

아스카가 사진을 들었다. 우울한 얼굴로 마츠코 고모를 계속 쳐다보고 있었다.

"왜 그래?"

"아무것도 아냐."

아스카가 사진을 돌려주고 나서 등을 보이며 작업을 다시 시작했다.

나는 사진을 봉투에 다시 넣었다. 타는 쓰레기와 함께 버리려고 생각했으나 왠지 마음이 꺼림칙해서 옆에 놓았다. 거의 타인과 마찬가지인 고모 사진을 가져서 뭐하나 하는 생각도 들었지만 차마 버릴 수는 없었다. 아버지께 보내드리자, 라고 자신을 이해시키곤 다시 수납장으로 향했다.

남아 있는 건 골판지 상자 하나. 이것도 가벼웠다. 뚜껑도 테이프로 막혀 있는 것도 아니고 그저 덮여 있을 뿐이었다. 이 뚜껑을 열 때 나도 모르게 "와!" 하고 소리를 질렀다.

"왜 그래?"

"이거 봐."

나는 상자에 아무렇게나 들어 있는 것 중의 하나를 집어서 꺼냈다. 몹시 구겨진 팬티였다. 아스카의 것보다 두 사이즈 정도 크다. 상자에는 브래지어, 팬티 등의 내의 종류가 꽉 들어차 있었다. 아스카가 잽싸게 달려오더니 내 손에서 팬티를 뺏었다.

"쇼는 저기 있는 거 해. 이건 내가 할게."

"왜?"

"아무리 죽은 사람이지만, 여자는 여자야. 쇼가 만지는 걸 좋아하지 않을 거라고 생각해. 자, 저쪽으로 가."

나는 일어섰다.

"아스카는 이상한 데서 예의를 찾는단 말이야."

아스카는 대꾸도 않고 마츠코 고모의 내의를 한 장 한 장 꺼내서 정중하게 접기 시작했다.

"어차피 버릴 거잖아. 그렇게 하지 않아도……."

"보지 말라고 했잖아!"

나를 보는 아스카의 눈이 붉게 젖어 있었다. 뺨도 발그레하니 미세하게 떨리고 있었다. 나는 한숨을 내쉬고 아스카에게서 등을 돌렸다.

"이상한 말 한 것도 아니잖아."

나는 푸념하면서 치우는 일에 열중했다.

오후 2시가 지나서 작업이 끝났다. 휴대전화로 부동산에 연락하자 5분도 지나지 않아서 자전거를 타고 마에다가 왔다. 마에다는 방 안을 한 번 둘러본 뒤 남아 있는 쓰레기봉투와 끈을 받아들고 돌아가 버렸다. 난 배도 고팠고 빨리 돌아가고 싶었으나 아스카가 아무래도 옆집 사람에게 이야기를 듣고 싶다며 강경하게 주장했다. 뭣하면 나 먼저 돌아가라고까지 말을 해서 나도 같이 있지 않을 수가 없었다. 그런 놈과 아스카가 둘만 있게 할 수는 없었으니까.

아스카가 오쿠라의 집 벨을 누르자 기다렸다는 듯이 콧수염 남자가 나타났다.

"그런데 말이야, 당신 둘 사이가 별로 안 좋더군. 여기는 벽이 얇아서 전부 들리거든."

나는 정말로 기분이 나빠졌지만 아스카는 아무렇지도 않은 표정이었다.

"시간을 뺏어서 죄송합니다. 여기서라도 괜찮으니까, 몇 말씀 여쭈어봐도 될까요?"

"당신, 형사 같네. 그래, 좋아. 그런데 뭘 듣고 싶은데?"

"마츠코 씨에겐 여러 가지 좋지 않은 소문이 있었다고 들었는데 진짜 그랬습니까?"

"아, 진짜야. 당신들한테는 미안하지만, 그 아줌마, 사람들이 싫어했어. '혐오스런 마츠코'라고 부르는 사람도 있었지. 2층 친구는 그 아줌마가 차에 흠집을 냈다고도 말하더군."

"차에…… 말입니까?"

"저, 주차장의 스카이라인. 6개월 정도 전이었지. 음, 확실히 작년 말이었어. 차 앞에서 뒤까지 돌멩이로 확 긁어버렸어."

오쿠라가 옆으로 선을 긋는 흉내를 냈다.

"마츠코 씨가 흠집 내는 걸 본 사람이 있었나요?"

"목격자는 없었지."

"그런데 왜 마츠코 씨가 범인이라고?"

"그게 말이야……."

오쿠라가 말을 머뭇거렸다.

"좌우지간에 그 아줌마가 범인이라는 사실은 틀림없어. 여기 사는 사람들은 다 그렇게 생각하고 있으니까."

"너무 일방적이네요. 증거도 없는데!"

아스카가 얼굴을 쑥 내밀자 오쿠라가 눈을 크게 뜨며 몸을 뒤로 뺐다.

"뭐, 뭐야, 당신. 무섭잖아."

아스카가 머리를 숙였다가 곧 얼굴을 들었다.

"직업은 있었나요?"

"아니, 거기까지는 모르겠는데. 매일 망보는 것도 아니잖아."

"이야기를 한 적은요?"

"없어, 없어. 그런 사교성 없는 아줌마하고는 아무도 이야기한 적이 없을 것 같은데."

"그렇군요……."

아스카가 슬픈 표정을 지었다.

"그러니까 생각나는데, 아라카와 강의 제방에서 몇 번인가 만난 적이 있어. 멍하니 아라카와 강을 바라보고 있던데."

"강을?"

난 무의식중에 반문했다. 오쿠라가 너도 있었냐고 말하는 듯한 표정으로 날 쳐다봤다.

"아라카와 강이 가까워요?"

"바로 저기야. 아, 생각났다. 바라본 게 아니고 울고 있었다. 눈물을 줄줄 흘리고 있어서 미치지 않았나 하고 생각했거든. 하긴, 원래 이상한 아줌마였었으니까."

"……강을 바라보며 울고 있었다고?"

"강이 뭐가 어때서?"

아스카에게 대답을 하려 하는데 뒤에서 발소리가 들렸다. 돌아보니 두 명의 남자가 주차장에 들어서고 있었다. 사십 대로 보이는 한 명은 낡은 회색 양복, 다른 한 명은 청바지에 흰색 칼라를 열어젖힌 셔츠, 선글라스를 낀 복장으로 아직 젊어 보였다. 그들은 이쪽을 확인하더니 바로 걸어왔다.

"아, 형사님들."

오쿠라가 알려주었다.

"형사……?"

나는 청바지에 선글라스를 쓴 젊은 쪽에 시선을 멈췄다. 이런 스타일의 형사는 텔레비전 드라마에만 나오는 줄 알았는데, 정말 실존인물이라니.

"자꾸 와서 미안하네. 손님이신가?"

선글라스 형사가 가벼운 말투로 물었다.

"아주 잘됐네요. 이 두 사람, 피해자의 친척이라네요."

형사들이 얼굴을 마주 봤다.

"그래? 동생은 어제 경찰서에 왔었는데."

나이 든 형사가 부드럽게 말했다.

"저, 정말 형사세요? 특히……."

나는 선글라스 형사를 쳐다보았다. 렌즈에 나와 아스카가 비쳤다.

선글라스 남자가 흰 이를 보이며 씩 웃었다. 그는 뒷주머니에서 검은 가죽 수첩을 꺼내더니 펼쳐서 내 눈앞에 댔다. 수첩에는 사진과 계급이 적혀 있었다. 선글라스 남자가 수첩을 접어 주머니에 넣은 뒤 선글라스를 벗었다. 선글라스를 벗으니 사진과 동일한 얼굴이 드러났다. 꽤 잘생긴 편이었다.

"이제 알겠네요."

"고마워."

"그런데, 죽은 사람과 어떤 관계이신가?"

나이 든 형사는 여전히 부드러운 어조로 물어왔다.

"저는 조카입니다. 어제 경찰서에 가신 분은 제 아버지고요. 이쪽은 제 친구인데 도와주러 온 겁니다."

"도와준다고?"

"오늘 고모님의 방을 비워야 하는데, 그걸 도와주는 겁니다."

나이 든 형사가 고개를 두 번 끄덕였다.

"피해자와 생전의 교류는 자주 있었는가?"

"전혀요. 고모님이 계시다는 사실조차 몰랐으니까요."

"범인은 잡힐 것 같습니까?"

오쿠라가 물었다. 나이 든 형사가 양복 주머니에서 사진을 꺼내 우리들 앞으로 내밀었다.

"잠깐 봐줬으면 하는데."

한가운데 있던 아스카가 사진을 받아들었다. 나와 오쿠라가 사이좋게 들여다보는 자세로 쳐다보는 바람에 일순간 서로의 시선이 부딪쳤다.

"이 남자를 본 적이 있나?"

중년 남자가 찍혀 있는 사진이다. 증명사진과 같은 앵글로 찍은 무표정한 얼굴의 사진이다. 눈, 코의 생김새가 선명해서, 젊었을 때는 틀림없이 여자들깨나 울렸을 것 같았다. 하지만 얼굴 전체에 거친 주름이 패어 있어서 행복과는 상당한 거리를 두고 살아온 것처럼 보였다.

"아뇨, 본 적 없는데요."

"당신은? 최근에 이 근처에서 본 적 없나?"

나이 든 형사가 오쿠라에게 눈을 돌렸다.

오쿠라가 "글쎄요"라고 말하며 사진에 얼굴을 가까이 가져갔다. 아스카의 몸에 가까이 가려는 속내가 확실했기 때문에 나는 사진을 아스카의 손에서 빼어, 오쿠라의 눈앞에 들이댔다. 오쿠라가 나를 노려보며 사진을 손으로 잡았다. 그는 사진을 한 번 슬쩍 보고는 "본 적 없는데요"라고 말하며 사진을 나이 든 형사에게 돌려주었다.

"누군데요?"

아스카가 사진 쪽을 바라보며 물었다.

"18년 전까지 피해자와 동거하던 남자야. 살인 사건으로 복역하고, 한 달 전에 코쿠라 교도소를 나온 사람이지."

선글라스 형사가 대답했다. 나이 든 형사가 이봐, 하며 질책하자 선글라스 형사가 죄송하다는 듯이 머리를 살짝 숙였다.

"살인……."

"그 사람이 마츠코 씨를?"

"아직은 몰라. 하지만 비슷한 남자를 이 부근에서 목격했다는 정보가 있지. 지금은 그 이상 말할 수 없어. 이 정도면 많이 알려준 거야."

선글라스 형사가 이를 보이며 웃었다.

나와 아스카는 연락처를 알려주었고, 두 명의 형사도 이름을 알려주었다. 나이 든 형사가 시미즈 형사, 선글라스 남자는 고토 형사였다. 고토 형사가 뭔가 생각이 나면 자신들에게 알려달라고 하자 아스카가 “마츠코 씨를 살해한 범인이 잡히면 알려주세요”라고 말했다. 고토 형사는 “꼭 알려줄게, 아가씨”라고 대답했는데 선글라스 때문에 보이지는 않았지만, 윙크를 했을 것임이 틀림없었다.

형사들이 돌아간 후에도 아스카는 오쿠라에게 이야기를 계속 들었으나, 결국 마츠코 고모에 대한 구체적인 사항은 알 수 없었다. 난 그것보다도 강에 대해 신경이 쓰였다. 마츠코 고모가 울면서 바라보았다던 아라카와 강. 나는 빨리 내 눈으로 확인해보고 싶었다.

“이봐요, 다음에 둘이서 쇼난 해안으로 놀러가지 않을래요? 쇼난에선 내가 좀 통하거든.”

나는 오쿠라의 말에 깜짝 놀랐다. 나는 아스카의 팔을 잡고 “정말 고마웠습니다. 그럼 이만”이라고 말하곤 그녀를 끌고 가듯이 데리고 떠났다.

“이것 좀 놔. 아프잖아.”

아스카의 화난 목소리가 귀에 들렸다. 난 멈춰 서서 팔을 놓았다. 히카리 아파트는 다른 건물의 그늘에 가려 보이지 않았다.

“왜 그래? 난폭하게 굴지 마!”

나와 아스카는 길 한가운데서 서로 다른 방향을 쳐다보며 입을 다물었다. 무거운 침묵이 흘렀다.

야옹, 하는 소리가 들렸다. 발밑을 보자 흰색과 검은색이 섞인 얼룩 고양이가 도망갈 준비가 되어 있는 태세로 우리들을 올려다보고 있었다. 아스카가 허리를 굽히자 고양이는 몸을 돌려 도망갔다. 어느 정도 떨어져 멈춰 서서 이쪽을 돌아보고는 야옹, 하며 울었다.

"이 근처에는 들고양이가 많네."

아스카가 얼굴을 고양이 쪽으로 향한 채 말했다. 그 말은 평소의 아스카 말투였다.

"아라카와 강에 가보지 않을래?"

아스카가 눈을 들었다.

"웬일이야?"

"신경이 좀 쓰여서."

대충 동쪽이라고 느껴지는 곳으로 가보기로 했다. 걸어서 가다 보니 작은 대중식당이나 술집들이 보였다. 모두 대대로 물려받은 것처럼 오래된 가게들로 역 앞 상점가에서 멀리 떨어진 장소인데도 불구하고, 주택 사이에 둘러싸여 있듯이 남아 있었다.

걷고 있는 도중에 보육원을 발견했다. 2층 건물에 담으로 둘러싸인 작은 운동장. 그 운동장 너머로 높은 제방이 보였다.

내 방향감각도 아직은 살아 있네, 라고 생각했다.

보육원을 돌아가자 T자 길과 마주쳤다. T자 길에서 제방을 따라 나 있는 도로로 나오니 일방통행이라서 트럭이나 승용차가 많이 달리고 있었다.

나와 아스카는 차가 없는 틈을 타서 길을 건넜다. 그곳에 '강아지의 배설물은 주인이 처리합시다'라는 간판이 서 있었다. 그 좌측으로 옅은 분홍색 페인트를 칠한 철제 계단이 보였다.

계단을 오르자 아스팔트 도로가 나타났다. 2차선으로 되어 있으나 차는 없었다. 왼편으로 시선을 돌리니 차량의 진입을 통제하는 봉이 4개 서 있었다. 이것이 말로만 듣던 아라카와 강 제방의 중단도로였다. 중단도로를 횡단하는 곳에 도로보다 약간 높은 제방이 우뚝 서 있었다.

오른쪽에는 돌계단이 있었다. 나는 돌계단까지 뛰어올라갔다. 다음 순간, 눈앞이 갑자기 환해졌다.

그곳은 역시 제방의 정상이었다. 정상에서 돌계단을 내려선 지점에 다시 하나의 중단도로가 있었다. 제방을 사이에 둔 형태로 안쪽과 바깥쪽에 2개의 중단도로가 있는 셈이다.

돌계단 중간쯤에 마 소재의 모자를 쓴 남자가 앉아서 한가로이 독서를 즐기고 있었다. 체육 수업이 있는지 체육복을 입은 남자 고등학생들이 중단도로를 띄엄띄엄 뛰어오고 있었다. 선글라스에 큰 모자를 쓴 여인은 작은 개와 함께 걷고 있었다. 건강을 위해 팔을 힘차게 흔들며 걷고 있는 할아버지도 보였다. 마흔 살 정도의 여성이 오른발을 끌면서 지팡이에 의지해 한 발 한 발 앞으로 걷고 있었다. 얼굴은 진지하기 이를 데 없었다.

중단도로 너머의 광대한 녹지에는 야구장과 축구장이 정비되어 있었다. 그리고 녹지 너머로는 아라카와 강이 조용히 흘렀다. 강폭은 200미터 정도. 강 위로는 평온하게 여름의 푸른 하늘이 비치고 있었다.

강 건너에는 2개의 수도고속도로가 구불구불하게 서로 엉켜 있다. 그 위를 트럭이나 버스가 천천히 움직였다. 정반대편에는 유달리 위용을 자랑하는 건물이 가로놓여 있는데, 증축 중인지 옥상 위에 건설용 크레인이 3개가 달려 있었다.

도시의 소음이 하나의 낮은 소리로 바뀌어 쉬지 않고 들렸다. 덜컹덜컹하고 무거운 소리가 들려서 왼쪽을 보니 아라카와 강에 걸린 철교 위를 기차가 천천히 건너오고 있었다.

철교는 2개가 놓여 있는데 기차가 달리고 있는 다리는 앞쪽이었다. 기차 색을 보니 토부 이세사키 선이었다. 그렇다면 더 저쪽의 다리는 조반 선인가. 우측 멀리 강 하류에 눈을 돌리니 그곳에도 철도와 차량용, 2개의 다리가 놓여 있었다. 케이세이 본선과 호리키리 교겠지.

흰 물체가 눈앞을 스쳤다. 새, 무슨 새일까. 강 위를 아슬아슬하게 미끄러지듯이 날아간다. 나는 새의 모습을 뒤좇았으나 건너편 강기슭의 녹지 부근에서 그 모습을 놓쳤다.

나의 몸 어딘가에서 슬프기도, 기쁘기도, 울고 싶기도 한 묘한 기분이 북받쳐 올라왔다.

이때, 돌아가신 마츠코 고모의 마음과 내 마음이 작은 부분이지만 무언가 공유하는 부분이 있다고 생각했다. 카와지리 마츠코라는 사람은 역시 남이 아니었다. 나와 같은 집안에 태어나 같은 곳에서 자라난 가족이었다.

"신경이 쓰인다는 게 뭐야?"

아스카가 물었다.

"이 강 말이야."

나는 조금 고개를 숙이고 아라카와 강을 바라보면서 숨을 내쉬었다. 뺨에 부딪치는 바람이 기분 좋았다.

"쉰 살을 넘긴 마츠코 고모가 울면서 바라본 이 강 말이야…….”

나는 아스카의 얼굴을 보며 그다음 말은 삼켜버렸다. 아스카는 눈을 크게 뜨고 깜박거리지도 않은 채 돌계단의 아래쪽을 응시하고 있었다. 입술이 보라색으로 변한데다, 뺨까지 창백했다.

“왜 그래?”

나는 아스카의 시선을 눈으로 좇았다.

아까까지 돌계단에 앉아 책을 읽고 있던 남자가 얼굴을 이쪽으로 돌리고 있었다. 그 눈도, 아스카와 같이 크게 뜨고 있었다. 저 얼굴은 본 적이 있는 얼굴이었다.

“아까…… 그 사진의 남자 아니야? 형사가 보여줬던?”

아스카가 떨리는 음성으로 물었다.

“그, 그런 거 같아.”

내 목소리도 떨리고 있었다.

남자가 당황한 모습으로 일어섰다. 마른 체형이지만 키가 컸다. 그 거구가 우리들을 향해 돌계단을 올라오기 시작했다. 그 형상이 짐승처럼 느껴졌다.

“아스카, 도망가자!”

난 아스카의 손을 잡고 제방을 따라 달렸다. 남자가 거기 서, 라거나 기다려줘, 라고 외친 것 같았지만 기다려줄 수 없었다.

안쪽 중단도로를 중년 남자가 검고 큰 개를 데리고 걷고 있었다. 나와 아스카는 넘어질 듯이 제방을 뛰어 내려갔다.

"도와주세요!"

나는 개를 데리고 있는 나이 든 남자에게 소리를 질렀다. 그 사람이 놀란 얼굴로 나와 아스카를 쳐다봤다.

"잠깐, 뭔데……."

악마 같은 눈을 갖고 있는 검은 개가 이빨을 드러내며 머리를 낮추고 사납게 으르렁거렸다. 나와 아스카는 개의 모습에 압도당해 서버렸다. 돌아보니 남자가 바로 뒤에까지 와 있었다. 남자가 멈춰 섰다. 숨이 가쁜지 어깨를 올렸다 내렸다 하며 헐떡거릴 뿐 말은 하지 않았다.

"이놈은 살인자예요!"

난 남자에게 손가락질을 하면서 소리쳤다. 남자가 눈을 크게 떴다. 오르락내리락하던 어깨가 움직임을 멈췄다. 그의 양손이 힘없이 늘어지면서 손에서 뭔가가 떨어졌다.

남자가 얼굴을 찡그리고는 등을 움츠리며 양손으로 얼굴을 감쌌다. 떨리는 손가락 사이로 새어 나오는 숨소리가 이곳까지 들려왔다.

나는 떨고 있는 아스카의 어깨를 감싸 안았다. 검은 개가 짖어댔다.

남자가 양손으로 얼굴을 감싼 채 이상한 소리를 내기 시작했다. 싫다고 도리질하듯 몸을 좌우로 비틀었다. 그러더니 갑자기 양손으로 머리를 껴안고 소리를 지르며 제방을 달려 올라갔다. 나와 아스카가 어이없어하는 사이에 남자의 모습은 제방의 바깥쪽으로 사라졌다. 남자가 서 있던 장소로 눈을 돌리니 뭔가가 떨어져 있다. 그 남자가 읽고 있던 책이었다.

아스카가 책 쪽으로 다가갔다. 허리를 굽혀 책을 들어 잠깐 안을 보던 아스카는 얼굴을 제방 쪽으로 돌렸다. 갑자기 아스카는 책을 덮고 남자 뒤를 따를 듯이 제방을 뛰어올라갔다.

"어이, 아스카!"

아스카는 부르는 소리에 아무 대답도 없이 제방을 다 올라 그 너머로 사라졌다.

"아니, 뭐야? 진짜로 살인자야? 아까 그 남자 말이야. 정말 그렇다면 경찰에 신고할까?"

개를 데리고 온 남자가 물었다.

"아니, 저……."

말이 막혔다. 그 남자가 살인을 한 것이 사실일지도 모르지만, 이미 감옥에서 출소한 뒤다. 그러나 마츠코 고모의 죽음과 관계가 없다고 단언할 수는 없었다. 이미 형사들도 그 남자를 찾고 있다. 그렇다고 해도…….

"죄송합니다. 사람을 잘못 봤나 봅니다. 죄송해요!"

나는 머리를 숙이고는 아스카의 뒤를 쫓았다.

나는 제방을 넘고 바깥쪽의 중단도로를 건너 철제 계단을 내려갔다. 차 경적 소리가 매우 요란스럽게 난다고 생각한 순간 화물차가 내 앞을 스쳐 지나갔다. 다음 차가 오는 것을 확인하고 도로를 건넜다. 시선을 이곳저곳으로 돌렸다. 아스카의 모습은 보이질 않았다. 다리가 저절로 움직이면서 뛰었다.

"아스카, 어디 있어!"

"쇼!"

뒤를 돌아보니 아스카가 가쁜 숨을 몰아쉬며 손을 가슴에 대고 서 있었다. 난 아스카에게 달려들었다.

"어떻게 된 거야, 갑자기……."

"그 사람, 어디로 갔을까? 보이질 않아."

아스카가 울기 직전의 표정으로 말했다.

"뭐라는 거야! 그 남자가 마츠코 고모를 죽였을지도 몰라. 그런 놈을 혼자서 쫓아가다니, 만약에 무슨 일이라도 일어나면 어쩌려고!"

"그 사람, 마츠코 씨를 죽이지는 않았을 거야."

아스카가 호흡을 가라앉히며 말했다.

"어째서 그렇게 말할 수 있는 거야? 살인자라고 소리 지르니까 도망갔잖아."

아스카가 오른손에 들고 있던 걸 내밀었다.

"이거, 그 사람이 떨어뜨린 책이야."

나는 책을 흘깃 쳐다보았다. 문고판보다 약간 컸고 자주색 표지는 손때로 더러워져 있었다.

"그래서…… 뭐야?"

"안을 봐."

아스카가 초조하게 말했다.

나는 책을 집어 들었다. 책을 펴니 안은 연필로 써넣은 글씨나 밑줄로 굉장히 지저분했다. 나는 밑줄이 그어진 부분을 적당히 선택해서 읽어보고 깜짝 놀랐다. 당황하며 책을 덮고 표지를 보았다.

그건 신약성경이었다.*

---

* 일본에는 기독교 신자가 많지 않고, 일반인들은 거의 성경책을 가지고 있지 않다.

4

1971년 5월.

나는 선착장 입구에 다다라 자전거에서 내렸다. 부두 근처에는 벌써 20명 가까운 사람들이 건너갈 배를 기다리고 있었다. 대부분은 양복 입은 남성이나 교복을 입은 중고생 등이지만 허리가 굽은 할머니도 섞여 있었다.

선착장은 ㄷ자형으로 치쿠고 강을 향해 입구가 나 있는 형상이다. 툭 튀어나온 두 개의 부두는 통나무를 엮어 만든 토대 위에 시멘트 판을 펼쳐놓은 간소한 형태였다. 선착장의 왼편에는 얼마 전까지만 해도 갈대가 무성해서 가끔 뱀이 나타나곤 했다.

나는 자전거의 받침대를 세워 넘어지지 않도록 핸들의 균형을 잡은 후에 부두를 걸었다. 얼굴을 아는 몇 사람과 인사를 하면서 부두 끝에 서서 심호흡을 했다. 강 위를 어루만지며 불어오는 5월의 바람이 볼에 닿아 머리칼이 흩날렸다. 저 건너편 강기슭에 나란히 서 있는 집들의 옥상이 희미하게 보였다. 잔잔한 파도가 천천히 시간을 새기며 밀려왔다.

"카와지리 선생님, 안녕히 주무셨어요?"

돌아보자 검고 흰 줄이 가 있는 세일러복의 여학생이 부두를 뛰어왔다. 등에 멘 빨간 배낭이 흔들리고 있었다.

"어머, 안녕. 어제는 잘 잤어?"

"너무 신이 나서 한잠도 못 잤어요."

3학년 1반의 카나키 준코였다. 갸름한 얼굴에 목각인형 같은 눈과 코가 사랑스럽다. 보리색의 피부가 금방 터져버릴 듯한 젊음을 감싸고 있었다. 단발머리가 아침 햇살을 반사하여 반짝반짝 빛이 났다.

내가 태어나서 자란 곳은 후쿠오카 현 오카와 시의 오노시마라는 곳이다. 오노시마는 치쿠고 강과 하야츠에 강에 둘러싸여 있는 넓은 삼각주 지대다.

소학교 6학년 사회 시간에 오노시마의 역사에 대해 조사한 일이 있다. 그때 배운 지식에 의하면 치쿠고 강의 강 입구에 삼각주가 생긴 것은 16세기 초반이고, 16세기 후반에는 갈대가 자랐다고 했다. 오노시마의 개척이 시작된 것은 1601년 봄, 츠무라 사부로자에몬이라는 인물이 동지들과 함께 이곳으로 들어온 후부터라고 했다. 개척의 주인공이 된 사람은 코가, 이마무라, 나카무라, 나가오, 에이시마, 츠츠미, 타케시타, 후루카와 등으로 모두 지방의 토착 무사들이었다. 지금도 오노시마에서는 이들의 성을 가지고 있는 사람들이 많다. 이런 이야기를 들었을 때, 카와지리는 다른 지방 사람이라고 어린 마음에 상처를 받았던 기억이 있다.

오노시마의 대부분은 지금도 논이다. 6월의 모내기 계절이 되면 종횡으로 나 있는 용수에서 티 없이 맑은 물소리가 들려왔다. 밤에는 수천수만의 개구리 울음소리가 물결이 되어 끓어올랐다. 넓디넓은 삼각주에는 시선이 멈출 만한 언덕이나 산이 없다. 하늘은 끝없이 넓고, 지평선은 어디가 끝인지 알 수 없이 멀다.

예로부터 오노시마에서는 본토와의 왕래에 나룻배를 사용해야 했다. 2차 대전 후 얼마 지나지 않아 교량건설 이야기가 나와, 1951년 하야츠에 강에 하야츠에 교가 완성되어 오노시마는 본토와 연결되었다. 그러나 치쿠고 강은 4년 전에 교량본체 공사가 막 시작되어 현재도 진행 중이었다.

그래서 지금도 오카와 제2중학교에 가기 위해서는 나룻배로 치쿠고 강을 건너야 했다. 중학교부터 고등학교까지 매일 아침 이용해온 배를, 모교의 교사로서 다시 이용하리라고는 그때는 꿈에도 생각하지 못했다.

나룻배는 통학을 위해서만 있는 게 아니었다. 본토로 출근하는 사람은 물론, 오노시마 주민의 일상생활에 아주 중요한 다리였다. 부두 주변에는 생선 가게 외에 잡화를 파는 작은 상점들이 늘어서 있었다. 강 건너편에도 2층 건물이 있는데, 1층은 과자점이다. 과자와 함께 공책이나 컴퍼스 등의 문구류도 있어 준코도 가끔 이용했다.

난 준코의 담임은 아니지만 매일 아침 같은 배를 타고 다니면서 마음 편하게 이야기하는 사이였다. 이전에 그 애가 이야기해준 일이지만, 나와 배에서 한 대화가 친구들 간에 자랑거리라고 한다. 무엇이 자랑거리가 되는지 모르겠지만 준코는 부끄러운 듯 웃기만 하고 대답하지 않았다.

배가 엔진 소리를 내면서 선착장으로 들어왔다. 어른 20명 정도가 탈 수 있는 크기였지만, 지붕이나 좌석은 없었다. 나룻배는 후쿠오카 현에서 운영하고 있고 운임도 무료다.

뱃머리가 발판에 연결되자 기다리고 있던 사람들이 계속 올라탔다. 나는 제일 뒤에서 자전거를 밀며 올라탔다. 오늘 아침은 간조이기에 강물의 수위가 낮았다. 그래서 부두보다 배가 낮아서 발판에 상당한 경사가 있었다. 만조 때는 부두 높이와 배의 높이가 같기 때문에 타기 쉽지만 간조 때는 언제나 무섭다는 생각이 들었다. 나는 발판 위를 미끄러지지 않도록 조심하면서 배에 올라탔다.

나와 준코가 녹이 난 손잡이를 잡자 뱃사공이 신호를 보내고 배가 움직이기 시작했다. 승객들은 선 채로 강변을 바라보기도 하고, 아는 얼굴들과 세상 이야기를 하기도 했다.

파도는 없었다. 이른 아침의 부드러운 바람에 몸을 맡기고 있으면 기분 좋은 편안함을 느꼈다. 강변에서부터 멀어짐에 따라 오노시마의 전경이 보이기 시작했다. 내가 태어나서 자란 땅. 그립기도 하고, 때로는 꺼림칙하기도 하다. 이런 게 고향이라는 것일까. 십 대 시절에는 그런 감정으로 섬을 바라본 적이 없었다.

멀지 않은 강 하류에 공사 중인 교각이 서 있었다. 소문에 의하면 상당히 큰 다리라고 한다. 교각의 저쪽은 아리아케 해(海)였다. 멀리서 고기잡이를 마치고 돌아오는 배가 작게 보였다. 어선의 엔진 소리가 바람을 타고 들려왔다. 상류를 돌아보니 진홍색 승강교가 아침 햇살을 받으며 솟아 있었다. 이 철교는 오카와 역과 사가 역을 연결하는 단선이기 때문에 사람이나 차는 통행이 불가능하다. 큰 선박이 지나갈 때는 다리 중앙부를 들어 올리는 구조였다. 이런 형태의 철교로서는 아시아에서 최대라는 사실이 이 지역 사람들의 자랑거리이다.

드디어 배가 강 한가운데의 제방에 다다랐다. 이 제방은 도로의 중앙선과 같이 강 한가운데에 돌로 쌓은 제방으로 강 입구 가까이에 토사가 쌓이는 걸 막아 항로를 확보하기 위하여 만들었다고 들은 기억이 있다. 바닷물이 빠지면 모습을 나타내고, 들어오면 잠기니까 이 지역 어부들은 '잠기는 암초'라고 불렀다. 제방은 6킬로미터에 걸쳐 축조되어 있으나, 나룻배의 길에 해당되는 곳에는 통로가 있어서 나룻배는 그 통로를 통해 왕래했다.

"저, 선생님."

준코가 조심스러운 목소리로 불렀다.

"오늘 류, 와요?"

"그럴 거야. 어제저녁 선생님이 류네 집에 갔다 왔으니까."

나는 온화하게 웃었다. 준코도 힘들게 웃어주었다.

류 요이치에 관한 이야기를 할 때의 준코는 볼이 달아

오르고, 눈에 눈물도 글썽해져, 불쌍할 정도였다. 류 요이치는 2반, 즉 내가 맡은 반 학생이다. 가정환경이 복잡해서 그런지 불량 학생이어서 교사들 사이에서도 문제아로 취급받고 있었다. 준코는 류를 영화배우 타미야 지로와 닮았다고 말한 적이 있는데, 명암이 확실한 얼굴은 어른다운 면이 있어 어떨 때는 나조차도 깜짝 놀라는 경우가 있었다.

바로 이 류가 이번 수학여행에서 내게 제일 신경 쓰이는 부분이었다.

오전 8시 45분. 3학년생 94명과 인솔교사 5명은 학교 운동장에 정렬했다. 우선 타도코로 교장이 단상에 올라, 수학여행이란 배움을 연마하기 위한 여행이라는 취지의 진부한 연설을 했다. 계속해서 스기시타 교감으로부터 주의사항 확인이 있었고, 그 후 드디어 출발을 했다. 출발이라 해도 학교에서 오카와 역까지는 개미 행렬과 같이 줄줄 걷고, 열차로 국철인 쿠루메 역까지 가서 그곳에서 처음으로 수학여행 전용열차를 탔다.

쿠루메 역에서 15분 정도 기다렸다. 드디어 우리들 앞에 나타난 차량은 반년 전에 타도코로 교장과 탔던 것과 동일한 형태의 열차였다. 도착지를 표시하는 곳에는 '수학여행'이라고 쓰인 종이가 붙어 있다. 승강장에 열차가 들어오자 학생들이 환성을 질렀다.

이 수학여행에 타도코로 교장은 동행하지 않았다. 이야기를 들어보니 교장이 수학여행에 동행하지 않은 것은 부임 이래 처음 있는 일이라고 했다.

타도코로 교장은 수학여행 답사를 다녀온 후에도 변함없이 가슴을 펴고 교내를 순시했다. 처음에 나는 눈이 마주치는 것도 싫어서 피해 다녔다. 그러던 중 언젠가 복도 모퉁이에서 마주친 적이 있었다. 나는 뱀에게 발견된 개구리처럼 경직되어 그의 얼굴을 응시했다. 그러나 다음 순간 예상외의 일이 일어났다. 타도코로 교장이 어색한 듯이 눈을 피하며 아무 말도 없이 지나쳐버린 것이다. 나는 뒤로 돌아 교장의 뒷모습을 바라보았다. 교장이 내게 부담을 느끼고 있다는 것을 느끼자 뭐라 말할 수 없는 쾌감이 온몸을 감쌌다.

그 후 나는 기회가 있을 때마다 타도코로 교장을 똑바로 쳐다보곤 했다. 그는 내 시선을 의식하면 일부러 기침을 하면서 고의로 무시하기로 한 것처럼 행동했다. 그러나 그때마다 감출 수 없는 건, 손에 잡힐 듯이 확실하게 나타나는 타도코로 교장의 이마에 살짝 솟은 땀이었다. 어쩌면 이번 수학여행에 동행하지 못한 것도 그것이 원인인지도 모르겠다. 쌤통이다.

나는 교장의 파렴치한 행동을 입 밖에 낼 생각은 없었다. 교장이 말한 대로 방을 함께 쓰자고 말한 것은 나였고, 결국 상처를 받았다는 소문이 나서 손해를 보는 쪽은 여자인 나였다. 집도 학교도 가까운 좁은 시골사회에서 추문은 순식간에 퍼져 더 이상 이 지방에 있을 수 없게 될 것이다. 차라리 타도코로 교장을 이렇게 괴롭게 만드는 것이 더욱 효과적이다. 불쌍하다고는 조금도 생각하지 않았다.

수학여행 열차의 장점은 학생들이 아무리 떠들어도 다른 승객으로부터 불평이 없다는 점이다. 쓰레기는 수거해 가고, 바닥에 떨어진 과자 부스러기 등도 청소할 것이지만, 다소 흥에 겨워 도가 지나치더라도 관대하게 처리하자고 출발 전의 교직원회의에서 확인한 바 있다.

열차의 첫 차량에는 3학년 1반과 2반이 탑승했다. 복도를 가운데 두고 양옆으로 2인용 좌석이 2열로 배치되어 있고, 좌석의 방향은 앞뒤 어느 쪽으로도 바꿀 수 있게 되어 있다.

나는 1반 담임인 사에키 슈지 선생과 제일 뒤쪽 자리에 앉았다. 사에키 선생은 나보다 3년 선배로 학교 내에서 세대 차이가 제일 없을 뿐만 아니라 유일한 미혼 남성이기도 했다. 같이 서 있으면 나보다 키가 작아 보일 정도지만 경쾌하게 보이는 날씬함과 앞머리를 내린 핸섬한 얼굴은 이성으로 의식하기에 충분했다. 웃을 때는 조그만 몸매에 안 어울릴 정도로 항상 호쾌한 웃음소리를 내서 옆 교실에서 이 소리를 들으면 수업에 지장을 받을 정도다. 언젠가 한번 불평을 했더니, "웃음소리가 큰 건 타고난 거예요. 저도 어떻게 해보려고 하는데, 어쩔 도리가 없습니다"라고 전혀 부끄러워하지도 않고 대답하며, 여느 때와 같이 크게 웃어버렸다. 그렇게 나오니까, 나도 웃어버리고 그 이상 화를 낼 수 없었다.

사에키 선생은 나에겐 스스럼없이 대할 수 있는 유일한 동료 교사였다. 연애감정을 품었다고까지는 할 수 없으나 그가 없다면 매일 매일이 퇴색되리라는 점도 부인할 수 없는 사실이었다.

학생들은 출발 직후이기에 배정된 좌석에 얌전히 앉아 있었으나 10분도 지나지 않아 각자가 멋대로 이동을 하기 시작했다. 결국에는 평상시에 사이가 좋았던 학생들끼리 모여 카드놀이를 하거나 수다를 떠는 등 가지각색으로 여행을 즐겼다. 남학생 중에는 장기판을 가지고 온 애도 있어 사에키 선생에게 도전해왔다. 사에키 선생은 희희낙락하며 응하더니 자리에서 일어나 발걸음도 가볍게 통로를 걸어갔다.

나는 사에키 선생을 보내며 복잡한 심경이 되었다. 이 때만은 그의 태평한 성격이 부럽기도 하고 질투가 나기도 했다. 나에게는 사에키 선생과 같은 여유는 없었다. 준코가 카드놀이를 하자고 권했으나 게임에 몰두해 있을 동안에 학생들 중 누군가에게 무슨 일이 생길지도 모른다고 생각하니 거절해야만 했다. 가끔 이런 내 성격이 싫다.

나는 한숨을 쉬고 나서 일어섰다. 열차의 통로를 왕복하며 멀미로 몸이 안 좋아진 학생이 없나 하고 돌아보기로 했다.

이야기나 게임에 열중해 있는 학생들에게 짧은 말을 건네면서 통로를 지나갔다. 남학생과 장기를 두고 있던 사에키 선생이 득의양양해서 윙크를 보냈다. 내가 일부러 진지한 체하는 얼굴로 째려보자 무섭다는 듯이 어깨를 으쓱해 보였다.

걱정되는 학생은 앞에서 두 번째 좌석에 앉아 있었다. 옆에 앉아 있던 학생은 다른 데로 가버렸는지 그 자리만 공기가 머무는 느낌이었다.

그는 내가 가까이 가도 모르는 척했다. 지겨운 듯이 턱을 괴고 차창 밖을 내다보는 옆모습에 표정을 볼 수 없었다. 그러나 나에게는 누가 불러라도 주기를 바라는 것처럼 보였다. 그 남학생은 준코의 짝사랑 상대인 류였다.

나는 류 옆에 멈췄다. 류는 아직도 무시하고 있었다.

"류, 힘이 없어 보이는데, 기분이 안 좋아?"

나는 웃으며 말을 걸었다. 류는 눈으로만 나를 올려다보더니 곧 다시 차창으로 눈을 돌렸다.

"그냥 그래요."

무뚝뚝한 대답이다.

"그래, 그렇다면 괜찮지만……."

등 뒤로 시선을 느껴 돌아보니 준코가 손에 든 카드 너머로 이쪽을 보고 있다.

"류도 다른 애들과 함께 게임을 하면 어때?"

류는 네, 하고 대답하곤 바로 입을 다물었다. 나를 보려고도 하지 않았다.

나는 포기하고 통로로 돌아왔다. 준코의 옆을 지나면서 미안하다는 얼굴로 머리를 좌우로 흔들었다. 준코가 입술을 내밀었다.

제일 뒤쪽의 좌석으로 돌아오자 마침 사에키 선생이 돌아왔다.

"장기는 끝났어요? 굉장히 빠르네요."

"그 정도 상대라면 장기도 아니지요. 더욱 연마해서 도전하라고 한마디 해주고 왔어요. 저와 겨루기에는 10년 정도 이르다고."

사에키 선생이 호쾌하게 웃었다. 나는 어색하지 않을 정도로 따라 웃어주었다.

"카와지리 선생님, 왜 그래요? 힘이 없잖아요."

"아무것도 아녜요."

"아무것도 아닌 게 아니잖아요. 나와 카와지리 선생님 사이에, 망설이지 말고 말씀해보세요."

사에키 선생이 양손을 일부러 크게 벌렸다. 자기 가슴으로 뛰어들라는 태도였다.

"두 분, 너무 뜨거워요!"

갑자기 앞좌석에서 세 명의 여학생이 키득키득 웃으며 얼굴을 내밀었다.

"사에키 선생님, 침 좀 닦으세요!"

"이놈들! 쓸데없는 말 하지 마!"

사에키 선생이 화난 척하자 여학생들이 날카로운 소리를 지르며 도망갔다.

"정말, 요새 여자애들은 조숙해서……."

사에키 선생은 아주 싫지만은 않은 표정을 짓더니, 나와 눈이 마주치자 당황하며 입을 다물었다.

"카와지리 선생님, 긴장 풀고 어깨 힘을 좀 빼세요."

"그래도, 학생들을 인솔하고 있잖아요."

"벌써부터 그러면 2박 3일의 일정을 어떻게 견디려고 그래요."

"그렇기는 하지만……."

"뭐 신경 쓰이는 일이라도?"

나는 목소리를 낮췄다.

"류 문제 때문이에요."

사에키 선생이 껄껄 웃었다.

"그 애라면 언제나 그렇잖아요. 뾰로통해 있으면 사람들이 비위를 맞춰주리라고 생각하고 있어요. 어리광입니다. 그냥 놔두면 될 거예요."

"사에키 선생님!"

갑자기 1반 반장을 하고 있는 남학생이 달려왔다.

"왜?"

"이마무라가 토할 것 같대요!"

멀미로 상태가 좋지 않았던 학생이 있기는 했지만, 첫 번째 날 벳푸에서의 일정은 순조롭게 소화했다. 점심을 먹은 식당에서 학생들이 너무 시끄럽게 굴어 스기시타 교감이 야단을 치기도 했으나, 무사히 수학여행의 두 번째 날을 맞았다.

문제는 그날 밤에 일어났다.

여관의 큰 방에서 학생들이 저녁을 먹고, 전원 목욕도 끝내고, 오늘도 무사히 마치려 하는 시점에 인솔교사들에게 임시소집령이 떨어졌다.

내가 스기시타 교감이 머물고 있는 방에 들어서자, 1반 담임인 사에키 선생, 3반 담임인 미야케 만타로 선생, 그리고 양호실의 토도 미사오 선생이 이미 모여 있었다. 스기시타 교감은 아직 와이셔츠에 양복바지 차림이었으나 사에키 선생은 항상 수업시간에 입고 있는 회색 트레이닝복을 입고 있었다. 나도 짙은 자주색에 흰 선이 들어간 트레이닝복으로 갈아입고 있었는데, 이건 수학여행용 실내복으로 일부러 산 것이었다.

첫날 밤은 학생들 취침시간이 얼마 지나지 않아, "자, 지금부터는 어른들의 시간이니까 즐겁게 마시자고!" 하며 술자리가 열렸으나, 오늘은 그런 분위기가 아니었다.

나는 방석 위에 정좌했다.

"정말 난처한 일이 생겼습니다."

스기시타 교감이 한심한 듯이 눈초리를 밑으로 내렸다. 보통 때라면 완벽하게 빗어 올렸던 백발도 오늘은 헝클어져 있었다. 평상시라면 부처가 옷을 입고 걸어 다니는 것 같은 사람이었으나, 이렇게 되니까 교감의 위엄은 간데없다.

"대체 무슨 일이 있었다는 겁니까?"

3반 담임인 미야케 선생이 재촉하듯이 물었다. 유카타를 입고 책상다리를 하고 앉아 있었기 때문에 새하얀 허벅지가 가끔 보였다. 이 약간 살찐 남자는 삼십 대 중반의 수학교사인데, 남자가 쩨쩨하게 꼬치꼬치 캐묻는 버릇이 있어서 난 그다지 좋아하지 않는다.

"조금 전에 여관 사람에게 나쁜 말을 전해 들었는데요……. 매점의 금고에서 돈이 없어졌다는군요."

"어머, 저런!"

소리를 지른 사람은 크림색 원피스를 입은 토도 선생이었다. 그녀는 도수가 높은 안경을 쓴 뼈만 앙상한 사십 대 독신 여자다. 젊었을 때는 꽤 미인이었으나, 무남독녀로 부모를 돌보느라 좋아하는 사람과 맺어지지 못했다. 데릴사위를 들이는 일도 없이 결국은 독신으로 생애를 보내기로 했다고 들었다. 왜 내가 이런 것을 알고 있느냐 하면 이번 수학여행 첫날 밤 잠자리에서 한참을 들었기 때문이다. 지금 입은 원피스는 무릎 위 10센티 정도의 미니로 옷자락이 신경이 쓰이는지 왼손으로 계속 붙잡고 있었다.

"설마, 우리 애들을 의심하고 있다는 건가요?"

사에키 선생이 물었다.

스기시타 교감이 씁쓸한 표정을 지었다.

"이 여관은 전부 우리가 사용하고 있어요. 지금부터 학생들에게 확인하시기 바랍니다. 여관 측은 돈을 돌려주면 경찰에는 알리지 않겠다고 하니까요."

"어떤 일인지 자세하게 말씀해주실 수 없으신지요? 그렇지 않으면 학생들에게 물어본다고 해도……."

사에키 선생이 말하자 교감이 "아, 이거 미안하게 됐구먼. 나도 갑자기 경황이 없어서"라고 말하며 설명을 하기 시작했다.

설명에 의하면, 돈이 없어진 곳은 여관 1층에 있는 토산물 판매장이었다. 목걸이나 열쇠고리 등의 기념품을 파는 매점으로 저녁 시간 전의 자유시간에는 학생들로 북적댔다고 한다. 그때는 매점에 여관 사람이 있어서 문제는 없었다. 그런데 저녁 시간이 되어 학생들의 발길이 끊기자 매점을 지킬 필요가 없다고 판단했는지 여관 종업원도 매점을 떠났다. 식사 시간이 끝날 무렵에 돌아와 보니 돈을 넣어놓는 금고의 위치가 달라져 있었다. 안을 살펴보자 지폐가 모두 없어졌다는 것이다. 피해 금액은 만 2천 5백 엔. 내 월급의 반에 가까운 금액이다.

"금고를 잠그지 않았었다는 겁니까? 그건 부주의한 일

이었네요."

고개를 저으며 사에키 선생이 말했다.

"그러나 역으로 말하면 우리 학생들을 신뢰했다고 말할 수 있겠지요. 그 믿음을 배반하는 행동을 해버렸다는 말입니다. 정말, 교장 선생님께 뭐라 보고를 드려야 할지……."

투덜대며 잘 들리지 않는 푸념이 이어졌다.

"그래도 갑자기 학생을 의심한다는 것은 찬성할 수가 없네요. 누군가가 밖에서 들어올 가능성도 있지 않나요?"

내가 묻자 스기시타 교감이 눈꼬리를 치켜세웠다.

"그걸 확인하기 위해 학생들에게 물어보라는 겁니다. 나도 학생을 의심하고 싶지 않습니다. 그러나 만일 경찰이 개입되면 우리들 문제가 될 수도 있지요. 신문기사가 되지 말라는 법도 없고요. 어떻게 해서든지 조용히 끝내지 않으면 안 됩니다."

"확실히 수학여행을 온 학생들의 매너가 나쁘다고 이전부터 신문 사설에서도 지적한 적이 있으니까요."

미야케 선생이 안경을 손으로 닦으면서 말했다.

"말씀을 들어보니, 돈이 없어진 것은 저녁 식사 시간이라는 것이네요. 생각해보니까 2반의 류가 중간에 자리를 뜨지 않았었나요?"

미야케 선생이 끈적끈적한 눈으로 날 쳐다봤다.

"그건 화장실에 가기 위해서예요!"

난 거친 목소리로 말했다. 주위의 시선이 2반 담임인 나에게 쏠렸다.

"류 외에 저녁 식사 시간에 자리를 뜬 학생이 있었나요? 또는 저녁 식사를 하지 않은 학생은?"

스기시타 교감이 물었다. 침묵이 잠시 이어졌다.

"……그럼, 류가 훔쳤다는 말씀입니까?"

"카와지리 선생님, 그걸 확인해주세요. 경우에 따라서는 소지품 검사를 해도 괜찮습니다."

스기시타 교감에 이어 미야케 선생이 입을 열었다.

"그렇다면 학생들에게 묻기 전에 우선 류에게 확인해보는 게 괜찮지 않을까요? 만약 류가 범인이라면, 다른 학생들에게 사건을 알릴 필요도 없겠지요. 어쨌든 여행 중이라서 학생들의 동요도 염려되니까요."

"범인이라니, 그런 말씀 하지 마세요. 그 애가 저질렀다고 결정된 게 아니잖아요!"

미야케 선생은 입술 끝을 움직이며 외면했다. 얼굴이, 이래서 여자는……, 이라는 표정이다.

"자, 카와지리 선생님, 류에게 확인해주십시오. 지금

바로 말입니다. 우리들은 이곳에서 기다릴 테니까."

스기시타 교감이 재촉하는 눈으로 날 쳐다봤다. 항변할 수 있는 분위기가 아니었다.

"알겠습니다……."

나는 떠밀리는 심정으로 일어서서 방을 나섰다.

무거운 발걸음으로 사람이 없는 복도를 걷고 있는데, 뒤에서 누군가 이름을 불렀다.

사에키 선생이었다.

"저도 함께 가지요. 혼자서는 허전하니까요."

나는 사에키 선생과 마주 섰다.

"사에키 선생님도 류를 의심하고 계신가요?"

사에키 선생이 머뭇거리다가 마지못해 대답했다.

"상황상 의심받아도 어쩔 수가 없다고 생각합니다. 평소 행동이 그랬으니까요."

"저는 제 학생을 믿어요."

사에키 선생의 눈에 따뜻한 빛이 잠시 스쳤다. 나는 뺨에서 열이 나기 시작했다.

"그 마음은 감사합니다. 그러나 저는 2반의 담임이니까 혼자서 처리하겠습니다."

"그래요? 알겠습니다. 그러면 저는 물러갑니다."

사에키 선생이 등을 돌려 언제나와 같이 가벼운 발걸

음으로 교사들이 모여 있는 방으로 돌아갔다.

"사에키 선생님."

그가 돌아봤다.

"감사합니다."

내가 머리를 숙이자 사에키 선생이 웃으며 엄지손가락을 치켜들었다.

사에키 선생과 헤어지자마자 나는 미미하게 자기혐오에 빠졌다. 난 류를 믿고 있는 게 아니다. 미야케 선생이 류가 식사 중에 자리를 이탈했었다고 말했을 때, 그 아이라면 '그랬을 것'이라고 생각했다. 그러나 담임선생으로서 바로 인정할 수만은 없었다. 미야케 선생이 류를 지적했다는 사실도 울화가 치밀었다.

"어떻게 할까……."

십중팔구 범인은 류다. 스기시타 교감이 화난 걸 보니 모르겠다고 우겨서 될 일이 아니었다. 이렇게 된 이상, 류에게 죄를 인정하도록 하고 여관에 돈을 돌려준 뒤 사죄시키는 방법밖에 없다. 깊이 반성하고 있는 모습을 보여주면 여관에서도 납득해줄 것이 틀림없다. 미야케 선생에게 불쾌한 소리 한두 마디는 듣겠지만 담임으로서의 체면은 찾을 수 있다. 난 마음을 다잡고 류의 방 앞에 서서 숨을 들이마셨다.

"카와지리 선생님이야, 잠시 들어갈게."

문을 열었더니 남색 체육복을 입은 남학생들이 놀라서 허둥댔다. 마치 콘크리트 블록을 땅에서 들어 올릴 때 갑자기 햇빛에 노출되어 이리저리 도망가는 벌레들의 움직임을 연상시켰다.

"아니, 뭐예요. 갑자기 들어오지 마세요. 인권유린이잖아요."

언제나 학생들을 잘 웃기는 모토하시 켄타가 말했다.

"뭐하는 거야, 너희들?"

자세히 살피니 이불 밑으로 잡지 화보 같은 커다란 사진이 보였다.

"모토하시, 그 이불 밑에 감춰놓은 걸 보여줘봐."

그러자 갑자기 학생들이 조용해졌다. 모토하시가 걸렸다, 하는 표정으로 혀를 차며 성인잡지를 꺼내 들었다.

나는 받아서 잡지를 펼쳤다. 벌거벗은 여성이 핑크색 침대에 엎드려 있었다. 인조 속눈썹과 아이섀도로 진한 화장을 한 눈은 유혹하듯이 이쪽을 보고 있었다. 페이지를 넘기니 알몸의 남자가 위에서 여자를 감싸 안은 채 유방을 거칠게 잡고 있었고 여자는 황홀한 표정으로 눈을 감고 있었다. 이런 사진을 보는 것이 처음이라 심장박동이 격렬해지기 시작했다. 나도 모르게 타도코로 교장의 얼굴이 떠올라서 거칠게 잡지를 덮었다.

"불결한 잡지야. 모토하시가 가지고 왔어?"

"전데요."

대답을 한 것은 류였다. 다른 학생들은 얌전히 앉아 있는 데 비해 류만은 누워 있다. 좋은 핑곗거리가 생겼다고 생각했다.

"류, 잠깐 이리 와봐."

"그거 압수하면 되잖아요."

"여하튼, 좀 와봐."

류가 마지못해 일어섰다.

나는 류를 내 방으로 데려가려고 생각했다. 양호 선생님인 토도 선생과 같이 쓰는 방이지만, 지금 그녀는 스기시타 교감 방에 있었다.

그러나 문을 열었을 때, 류를 이 방으로 데리고 온 것을 후회했다. 여관 종업원이 벌써 두 사람분의 이불을 펴놓아서 사춘기의 어른스러워진 남학생과 단둘이 있는 상황이 되고 말았다. 더구나 지금 나는 트레이닝복 바지 속에 내의 하나만 입고 있었다. 나는 동요하는 마음을 가라앉히며 방구석에 쌓아놓은 방석을 들어 류에게 건넸다.

"잠깐 할 이야기가 있어. 앉아."

류가 방석에 책상다리로 앉았다. 그러나 내가 방석을 깔고 무릎 꿇어 정좌하자 류는 귀찮다는 듯이 무릎을 꿇고 고쳐 앉았다.

"이건 선생님이 보관할게."

나는 성인잡지를 류에게 보이면서 말했다.

"돌려줄 거예요?"

"네가 스무 살이 되면."

"가지세요, 또 얼마든지 있으니까요."

류가 얼굴을 숙인 채 말했다. 성인잡지는 어찌 돼도 상관없다. 도난 사건 얘기를 어디서부터 꺼내야 하나, 그것만을 고민하고 있었다.

류가 눈을 치켜뜨고 나를 쳐다봤다.

"이제 가도 되죠?"

"류, 저녁 먹을 때 화장실에 갔었지?"

류는 고개를 갸웃했다.

"시간이 오래 걸렸었는데……."

"뭘 말씀하시는 거예요, 선생님?"

"저…… 말이야……."

나는 숨을 한 번 크게 들이마셨다.

"여관의 매점에서 돈이 없어졌어. 정확히 저녁 식사 시간에."

류가 딱딱한 웃음을 지으며 눈을 크게 떴다.

"제가 했다고요?"

"난 널 믿어. 그런데 다른 선생님이 의심하고 있어. 그래서 류의 입으로 직접 듣고 싶어. 돈을 훔친 게 류야?"

류의 얼굴에서 웃음이 사라졌다.

"그건……, 믿는다는 사람이 할 말이 아니잖아요!"

"응?"

"믿는다면 그런 거 물어볼 리가 없잖아요."

나는 대답을 할 수 없었다.

"선생님도 제가 훔쳤다고 생각하잖아요."

나는 방석에서 몸을 일으켜 류에게 다가갔다.

"그런데 식사 중에 자리를 뜬 학생은 류밖에 없어. 선생님한테만은 가르쳐줘. 네가 했어?"

류가 얼굴을 옆으로 돌렸다.

"뭐야, 그 태도는. 이 이상 선생님을 부끄럽게 만들지 마!"

류는 아무런 말도 하지 않았다.

"여관에서는 돈을 돌려주고 사과하면 경찰에는 알리지 않겠다고 했어. 입 다물고 있으면 교도소에 가게 될지도 몰라."

류의 눈이 빨갛게 충혈되었다. 조금만 더 설득하면 이야기할 것 같았다.

"류, 선생님도 같이 갈 테니 여관 사람에게 사과하자."

내가 류의 무릎에 손을 올리자 류가 그 손을 거칠게 뿌리치면서 일어섰다. 나는 숨을 멈췄다. 류는 양 주먹을 꽉 쥐었다. 충혈된 눈으로 나를 노려보더니 거칠게 등을 돌리고 방을 나가버렸다. 미닫이문을 닫을 때 커다란 소리가 났다. 나는 류가 사라진 문을 멍청하게 바라보다가 문득 몸이 떨리는 것을 느꼈다. 가슴에 손을 얹고 호흡을 반복하면서 눈을 감았다.

아무리 어른스럽다고는 해도 상대가 감수성이 예민한 나이였다는 사실을 잊어버리고 있었다. 이젠 실패다. 돈을 훔친 건 류임이 틀림없지만 스스로 인정할 거라고는 생각할 수 없었다.

어떻게 해야 하지? 이대로 스기시타 교감 방으로 돌아갈까? 그러나 돌아가서 뭐라고 말하면 좋단 말인가. 범인은 류 요이치였습니다, 라고? 본인은 아직 인정하지 않았으니까 그렇게 말해도 괜찮을지 확신이 서지 않았다. 그렇다고 해서 모르겠다는 말로 일이 끝나지는 않을 것 같았다. 담임으로서 자격이 없다고 낙인찍힐 것이 분명하다.

스기시타 교감은 과연 타도코로 교장에게 보고할까. 나는 담임으로서 책임을 지게 될까. 사에키 선생님은 이런 나를 어떻게 생각할까. 자신의 학생을 믿고 있다고 큰소리를 쳤지만 결국 학생을 설득하지도 못했다. 정확하게 말하면, 나는 다만 사에키 선생 앞에서 폼을 잡고 싶었을 뿐이었다. 이 한심함을 그에게 들킬까 봐 무서웠다. 적어도 사에키 선생에게는 학생을 생각하는 교사, 젊지만 우수한 교사로 남기를 바랐다.

어떻게 하면 좋을까? 여하튼 경찰에 알려져서는 안 된다. 그러기 위해서는 여관 측을 납득시켜야 하고, 납득시키려면 돈을 돌려줘야 한다. 돈만 돌려주면 불평은 없을 것이다.

눈을 떴다. 내 가방을 잡아끌었다. 지퍼를 열어 가방 밑에서 지갑을 꺼냈다. 우선 돈부터 돌려주자. 학생이 훔친 것으로 하고, 담임인 내가 학생에게서 돈을 돌려받아 매점에 갚는다. 돈을 훔친 학생은 깊이 반성하고 있다고 말하면 납득해주지 않을까. 스기시타 교감에게는 2반 학생이라는 것만 보고하자. 물론 류 이외에는 생각할 수 없지만, 공식적으로라도 익명으로 할 필요가 있다. 본인과 약속했기 때문에 이름을 밝힐 수는 없다고 말하고, 깊이 반성하고 있으니까 이번만은 없었던 일로 하자고 부탁하면 어떨까.

거기에 타도코로 교장에게 보고하지 말아 달라고 사정하면……. 스기시타 교감도 틀림없이 이해해주겠지.

그래, 그렇게 되면 모든 것이 원만하게 해결된다. 스기시타 교감으로서도 자신이 인솔했던 수학여행에서 불상사가 일어났다면 입장이 난처해지는 게 당연하다. 월급 3만 엔 정도인 나에게 만 엔 이상의 지출은 큰 타격이지만, 이렇게 하면 누구도 상처받지 않고 해결된다.

나는 이 아이디어에 집착했다. 지갑을 확인해보니 지폐는 8천 5백 엔밖에 없었다. 나머지는 백 엔 동전과 십 엔 동전뿐이다.

이때 토도 선생의 빨간 가방이 눈에 들어왔다. 끌어와서 안을 찾아보자, 생각했던 대로 지갑이 들어 있었다. 금액을 확인해보니 4만 엔 가까운 금액이었다. 외모를 꾸미지 않는 그녀가 이렇게 많은 돈을 가지고 다닌다니 놀랄 일이다. 내 마음에 질투의 작은 파도가 생겨나면서 동시에 당치도 않은 나쁜 일로 손을 더럽히는 기분이 들었다.

'잠깐 빌릴 뿐이야. 이야기하면 이해해줄 거야.'

나는 천 엔짜리 네 장을 꺼내고 지갑을 가방에 다시 넣었다.

매점은 닫혀 있었다. 상품들은 가리개로 덮여 있었으

나 계산대 옆에는 아직 사람이 있었다. 어깨를 구부리고 주판을 튕기고 있는 사람에게 다가갔다.

"저, 오카와 제2중학교 사람입니다만……."

계산대에 있던 사람이 얼굴을 들었다. 오십 대의 얼굴색이 검은 남자로 도수가 높아 보이는 안경을 쓰고 있었다. 흰머리가 보이는 머리는 짧게 깎아 올렸고 목은 굵고 짧았다. 어깨 폭이 넓어서 예전에 유도라도 했을 것 같은 체격이다.

남자가 나에게 시선을 고정시킨 채 안경을 벗었다. 한가운데로 몰린 커다란 눈은 적의를 품은 듯 보였으나, 원래가 그런 눈인지 진짜로 기분이 나쁜 건지는 알 수가 없었다.

"이거 돌려드리려고 왔습니다."

나는 천 엔짜리 열두 장과 오백 엔짜리 한 장을 겹쳐서 책상에 놓았다. 남자가 지폐를 한 번 쳐다보고는 콧바람을 내뱉으며 팔짱을 꼈다. 팔의 근육이 확실하게 보였다.

"역시 학생인가요? 어디든 불량 학생은 있게 마련이지. 그래도 본인이 직접 사과하러 오는 게 도리 아닌가요?"

굵직한 목소리였다.

"본인은 깊이 반성하고 있습니다. 제발, 용서해주실 수 없나요?"

"그러니까 그 본인을 이곳으로 데려오세요. 용서할지 안 할지는 그다음 일이지요. 지금 이곳에서 적당히 넘어가면 그야말로 본인을 위하는 일이 아니죠. 그런 걸 가르치는 곳이 학교잖아요."

남자는 양 팔꿈치를 책상에 받치고, 손가락을 꼬았다. 얼굴은 다른 곳을 보며 곁눈질을 했다.

"선생님은 젊어 보이는데, 그 학생의 담임입니까?"

"……네."

"자, 돈을 훔친 학생을 이곳으로 데려와서 확실하게 사과시키세요. 그렇게 하면 이번만은 눈을 감지요. 그렇지 않으면 경찰에 고소하겠습니다."

나는 어떻게 해야 할지 알 수가 없었다. 좀 더 간단하게 용서해줄 줄 알았는데……. 뭔가 대답을 하려고 입을 열어도 말이 나오질 않았다. 머릿속이 하얘졌다.

남자가 숨을 깊이 들이마셨다.

"알겠습니다."

그는 결연히 말을 하며 일어섰다.

"제가 가겠습니다. 그 학생은 어느 방에 있습니까? 선생님이 못 한다면 내가 학생에게 설교하지요. 그게 진정한 교육이니까요. 자, 함께 갑시다."

남자가 입을 굳게 다물더니 곧 출발할 태세를 취했다.

"잠깐만요. 잠깐만 기다리세요!"

나는 숨이라도 넘어갈 듯이 헐떡거리며 외쳤다.

"왜 기다립니까? 선생님이 그러시면 안 되죠. 그렇게 하는 게 학생을 위하는 거라고 진정 생각하고 있는 겁니까? 그런 학교에서 배운 학생에게 이 나라를 맡기겠다는 겁니까?"

"잠깐만요. 아니에요. 그런 게 아닙니다."

"뭐가 아니라는 겁니까?"

남자가 큰소리로 꾸짖었다.

몸이 경직되어 움직일 수가 없었다. 이렇게 큰 소리로 야단맞은 것은 태어나서 처음이었다. 아버지에게도 이런 말투로 야단맞은 기억이 없다.

이가 덜덜 떨리기 시작했다. 가슴속에서부터 울음이 터져 나오기 직전이었다. 가능하다면 이대로 방으로 돌아가 이불을 뒤집어쓰고 싶었다. 이 상황에서 어서 빨리 벗어나고 싶었다.

"학생이…… 아닙니다."

울음 섞인 목소리가 나왔다.

"뭡니까?"

"돈을 훔친 건 학생이 아닙니다."

"아니 선생님, 조금 전에는…… 그러면 누구라는 말씀

입니까?"

참기 힘든 침묵이 잠시 흘렀다.

"제가……."

이래도 되나?

"뭐라고?"

지금은 이렇게 할 수밖에 없다. 류에게 갈 수는 없으니까. 이곳에서 어떻게든 해결해야 한다. 그러기 위해서는 이 방법 외에 선택의 여지가 없다.

"제가 훔쳤습니다."

말해버리고 말았다.

"아니, 선생님……."

"죄송합니다. 잠깐 뭔가에 홀렸었습니다."

나는 머리를 깊이 숙였다.

왜 이런 결과가 되었을까? 이래도 괜찮을까? 이것으로 해결될까? 머릿속이 혼란스러워 수습할 수 없었다. 그래, 될 대로 되라지.

"이봐요, 선생님. 아까는 선생님 반 학생이 훔쳤다고 했잖아요. 어떻게 된 일입니까?"

"그건……."

"설마, 학생에게 죄를 뒤집어씌워, 자신의 죄를 면할 생각이었습니까?"

나는 고개를 숙였다. 변명할 힘도 없었다.

"이거 놀랐네. 선생님이라면 성직자처럼 생각했는데."

남자가 웃기 시작했다.

"부탁입니다. 경찰에게만은 알리지 말아주세요. 학교에도. 제발 이곳에서 해결되도록 해주시기 바랍니다."

나는 즉시 무릎을 꿇었다. 바닥에 머리를 조아리고 크게 외쳤다.

"부탁합니다!"

남자가 화가 치미는 듯이 숨을 크게 내쉬었다.

"정말, 이 나라가 어떻게 된 거야. 난 이런 나라를 위해 남쪽 섬에서 싸우고 온 게 아냐."

"카와지리 선생님, 뭘 하고 있는 거예요?"

갑자기 묻는 말에 돌아보니 스기시타 교감이 놀란 표정으로 서 있었다.

"돌아오는 게 늦어서 상황을 살피러 왔어요. 아무 데도 없어서 찾고 있었는데……."

"그다음은 학교 문제네요. 돈만은 돌려받을게요. 걱정 마세요, 경찰에는 처음부터 알릴 생각 없었으니까."

남자가 책상 위에 놓인 만 2천 5백 엔을 집었다. 그는 그것을 주판과 전표와 함께 금고에 넣더니 금고째 들고 가게 안으로 들어갔다.

나는 스기시타 교감과 눈이 마주치지 않게 일어서서 손으로 눈물을 닦았다.

"무슨 일 있었습니까?"

나는 코를 훌쩍대면서 있었던 일을 보고했다. 류 요이치가 범행을 인정하지 않아서 자신이 한 것으로 해버렸다고.

"아니, 그런 바보 같은 짓을 했단 말입니까?"

스기시타 교감의 목소리가 어두운 매점 안에 울려 퍼졌다.

"죄송……합니다."

나는 얼굴을 내리깔았다.

"류는 자신이 했다고 하지 않았지요. 그것으로 된 거 아닙니까? 다른 학생들에게 물어보고 누구도 그런 일을 한 적이 없다면, 당당하게 우리 학교 학생이 한 짓이 아니라고 말하면 그만입니다. 그걸 선생님이……."

스기시타 교감의 주먹이 떨리고 있었다.

"어찌할 생각입니까? 여관 측은 우리 학교 교사가 돈을 훔쳤다고 생각해요. 더욱이나 이제 어떤 변명을 하더라도 통할 거라고는 생각되지 않네요. 오히려 인상을 나쁘게 할 뿐이지요."

나는 주뼛주뼛하면서 얼굴을 들었다.

"……어떻게 하면 좋겠습니까?"

스기시타 교감이 팔짱을 끼고 앓는 소리를 냈다. 교감의 눈이 빠르게 움직이더니 갑자기 내 양어깨를 잡았다.

나는 놀라 숨을 멈췄다.

"카와지리 선생님, 이 일은 아무에게도 말하지 마세요."

"어떻게 하실 건데요?"

"다른 선생님들에게는 여관 측이 계산 착오로 사과를 해왔다고 말하겠습니다. 도난 사건은 처음부터 없었던 겁니다."

"거짓말을 하면……."

"그렇게라도 하지 않으면, 카와지리 선생님이 진짜로 돈을 훔친 셈이 되어버립니다. 그러면 틀림없이 면직이에요."

머릿속에 아버지의 얼굴이 떠올랐다.

"그건 곤란합니다. 절대로……."

"그러니까 제가 하자는 대로 하십시오. 여관 측에는 카와지리 선생님이 훔친 것으로 해놓겠습니다만, 학교에는 처음부터 도난 사건은 일어나지도 않았던 것으로 하겠습니다. 여관 측에서도 경찰에는 알리지 않겠다고 했으니, 사람들에게 알려지는 일은 없겠지요."

내 어깨를 잡은 교감의 손에 힘이 들어갔다.

나는 얼이 빠져서 방으로 돌아왔다. 토도 선생은 아직 돌아오지 않았다. 지금쯤 스기시타 교감으로부터 설명을 듣고 있을지도 모르겠다. 매점의 도난 사건은 매점 측의 실수라고.

퍼뜩 토도 선생의 지갑에서 무단으로 돈을 빌린 일이 생각났다. 그녀가 돌아오면 사정을 이야기하지 않으면 곤란하다. 즉, 그녀에게는 사실 그대로를 이야기해줘야 한다.

그녀가 알아줄까? 나는 무엇을 해도 잘못될 것 같은 기분이 들었다. 가능하다면 토도 선생이 돌아오기 전에 돈을 돌려놓고 싶지만 가진 돈은 동전밖에 남은 게 없었다. 이럴 거라면 스기시타 교감에게 빌릴 걸 잘못했다.

나는 가방에서 물건을 모두 꺼내 바닥에 늘어놓았다. 어쩌면 어딘가에 돈이 들어 있지 않을까. 아버지가 옛날에 만약의 경우를 대비하여 몰래 넣어놓은 돈은 없을까. 허무맹랑한 생각이었지만 찾아보지 않을 수 없었다.

문이 소리를 내면서 열렸다.

얼굴을 드니 토도 선생이 종종걸음을 치면서 문을 닫았다. 그녀는 나의 존재를 확인하자 움직임을 멈췄다.

"어머, 벌써 돌아와 있었네. 어떻게 된 거야? 물건들을 다 꺼내놓고. 뭐 잃어버렸어?"

나는 순간 미소를 지었다.

“아뇨, 아무것도 아니에요.”

나는 늘어놓은 물건들을 가방에 도로 넣었다. 이야기해야 하는데, 이야기해야 하는데. 마음속으로 외치고 있으나 입은 애교 섞인 미소를 머금은 채 굳어가고 있었다. 물건을 정리하고 말하자. 그렇게 결심했지만 물건 정리가 끝났는데도 첫마디가 나오지 않았다.

토도 선생이 이불 위에 앉았다. 원피스의 옷자락은 이미 신경이 쓰이지 않는지 다리가 단정치 못하게 벌어졌다.

“여관 측의 잘못이었다며, 아까의 도난 소동.”

“네, 그래요.”

“정말 사람 놀라게 만드네. 숙박요금이라도 조금 깎아 주면 좋으련만.”

“저…….”

“뭐?”

토도 선생이 머리를 기울였다.

“아녜요, 아무것도 아니란 것이 확인돼서 잘됐다고 생각합니다.”

“……그러네.”

토도 선생이 의아스러운 표정으로 웃었다.

“어머, 이거 뭐야?”

토도 선생이 류에게서 압수한 성인잡지를 발견하곤 페이지를 넘겼다.

"어머…… 뭐야, 이거?"

선생이 눈을 크게 뜨며 나를 쳐다봤다.

"선생님, 이런 취미 있어요?"

나는 머리를 힘차게 흔들었다.

"남학생이 가져온 걸 압수한 거예요."

"그렇겠지. 이 나이의 남자애들은 역시 이런 걸……."

말이 끊겼다. 토도 선생은 눈썹을 찡그리며 다음 페이지를 넘겼다. 그 페이지는 남성이 여성의 유방을 잡고 있는 사진일 것이다. 나는 가만히 그녀의 안색을 살폈다. 토도 선생은 입을 딱 벌리고, 정신없이 사진을 들여다봤다. 볼에는 홍조를 띠고 눈을 깜빡거렸다. 동시에 미세하게 가슴이 서서히 상하로 움직이기 시작했다. 이 궁상맞은 마흔 살 여자는 불결한 사진에 흥분하고 있었다. 토도 선생의 그런 모습은 흉측하고 메스꺼웠다.

"저는 잘게요."

나는 이불을 들어 올리고 누운 후 토도 선생에게 등을 보이고 이불을 덮었다. 토도 선생은 계속 아무 말도 없었다.

"안녕히 주무세요."

대답 대신에 삭삭 페이지를 넘기는 소리만 들렸다. 나는 이불을 머리까지 올려 덮고, 눈을 감았다.

마지막 날 아침이 되었다. 7시부터 큰 객실에서 아침을 먹고, 학생들에게 방 청소를 시키고, 오전 9시에는 어렵게 여관 앞에 학생 전원을 집합시켰다. 드디어 출발하려 할 즈음에 여관의 여주인 및 심부름하던 사람들이 작별인사를 위해 나왔다. 매점의 남자도 보였는데, 난 눈을 마주치지 않으려 했으나 자꾸 신경이 쓰여 그 남자의 표정을 살폈다. 그 남자는 기분 좋은 얼굴로 학생들을 바라보고 있었다. 나에 대한 일은 마음에 두고 있지 않아 보였다.

1반 반장이 앞으로 나서서 큰 소리로 여관 사람들에게 인사를 하자, 뒤에 서 있는 학생들이 합창을 하며 머리를 숙였다. 전통 옷차림의 여주인이 "다시 꼭 와주세요"라고 인사를 했다.

일행은 버스 세 대에 분승하여 벳푸 역을 향해 출발했다. 돌아오는 길은 전용열차가 아니고 급행열차의 일부를 빌려 타고 오는 여행이다.

학생들을 태운 급행 '유후 1호'는 국철 벳푸 역을 11시 39분에 출발하여 오이타 시를 지나 산악지대로 기세 좋게 달렸다. 푸른 유후 산을 바라보며 고개를 넘고, 유노히라, 분고나카무라, 아마가세에 정차하면서 쿠루메 역을 향해 계속 달렸다.

나도 이곳까지 오니 슬슬 수학여행의 긴장에서 벗어나 마음의 여유를 얻었다. 유후인 역에서는 1분밖에 서지 않는데도 준코를 비롯한 학생들과 승강장에 뛰어나가 기념사진을 찍는 모험도 했다.

쿠루메 역에는 오후 2시 40분에 도착했다. 쿠루메로부터 사가, 사가에서 오카와 역으로 돌아와 그곳에서 해산했다.

오카와 역에서는 학부모들이 마중을 나와 아이들이 무사히 돌아온 것을 기뻐했다. 학생들은 부모들에게 재빨리 선물을 꺼내 보이면서 각각의 집으로 돌아갔다. 나는 학부모들과 학생들로 혼잡스러운 와중에 류의 모습을 찾았다. 그의 어머니가 왔는지 궁금했기 때문이다.

준코의 집에서는 아버지가 마중을 나왔다. 나는 그들에게 가서 인사말을 하고, 이런저런 이야기를 한 후 지나가듯이 준코에게 물었다.

"류는 벌써 돌아갔니?"

준코의 볼이 리트머스 시험지처럼 빨갛게 변했다.

"아……, 돌아간 거 같은데요."

"어머님과 함께?"

"아니요, 혼자였어요."

"그래, 고마워."

나는 준코 아버지에게 인사를 하고 그곳을 떠났다. 뒤에서 준코가 "아빠, 뭘 보는 거야!"라고 외치는 소리가 들렸다. 내가 돌아보자 준코가 두 손을 입에 대고 스피커 모양을 만들어 "아빠가 선생님의 뒷모습을 계속 보고 있어요! 창피하게!"라고 소리쳤다. 준코 아버지가 깜짝 놀라 준코의 입을 막으며 죄송한 표정으로 머리를 숙였다. 나는 준코 아버지에게 애교가 담긴 웃음을 지었다.

학생들은 이것으로 해산이지만, 교사는 아직 할 일이 있다. 학교로 돌아가 교장실에서 뽐내면서 기다리고 있을 타도코로 교장에게 수학여행이 무사히 종료되었음을 보고하는 일이다.

"트러블은 없었습니까?"

교장실에 일렬로 서 있는 우리들에게 타도코로 교장이 대범하게 물었다.

"……네. 멀미를 한 학생도 있었으나 토도 선생님이 치료해주셔서 곧 회복되었고, 특별히 큰 문제를 일으킨 학생 없이 대체로 순조롭게 끝났다고 생각합니다."

스기시타 교감이 잠깐 주춤했으나 금방 냉정을 되찾고 대답했다.

"잘됐네요, 고생 많이 하셨습니다."

이것으로 끝이었다. 겨우 이것 때문에 일부러 학교까지 돌아왔다고 생각하니 쓴웃음이 나왔다.

나는 학교의 자전거 보관소에서 이틀 만에 자전거와 재회했다.

어쨌든 이것으로 수학여행은 끝난 것이다. 이제부터는 졸업을 앞둔 학생들의 진학 지도에 전심전력으로 노력해야 한다. 2반에서 전일제 고등학교로 진학을 희망하는 아이들은 60퍼센트 정도다. 나머지는 가업을 이어가거나 취직, 혹은 전문학교를 지망했다. 다만 한 명, 류로부터는 아직 어떤 대답도 듣지 못했다.

"카와지리 선생님!"

소리가 나서 돌아보니 사에키 선생이 막 뛰어오고 있었다. 어깨에 걸친 여행 가방이 좌우로 흔들렸다. 사에키 선생은 자동차로 출근하기 때문에 자전거 보관소에 올 일이 없다. 나는 어리둥절한 표정으로 사에키 선생을 쳐다보았다.

사에키 선생이 내 앞에 서서 숨을 몰아쉬었다.

"무슨 일이세요?"

"잠깐만요."

사에키 선생이 두 팔로 나를 막아서며 억지로 호흡을 조정하고는 마주 보고 섰다.

"카와지리 선생님, 이번 일요일, 영화라도 보러 가지 않을래요?"

나는 사에키 선생의 얼굴을 쳐다봤다.

"지금, 데이트 신청하는 거예요?"

"네, 그래요."

사에키 선생이 언제나처럼 진지한 얼굴로 대답했다.

"괜찮지만……."

내 대답에 사에키 선생의 얼굴이 환해졌다.

"좋아요. 자, 자세한 내용은 다음에 다시. 약속했어요. 이번 일요일."

사에키 선생이 갑자기 오른손을 들어 올리며 돌아서더니 대답할 사이도 없이 뛰어갔다. 시간으로 봐서 10초도 걸리지 않는 사이에 일어난 일이었다.

그렇게 나는 사에키 선생이 사라진 방향을 한동안 멍하니 보고 있었다. 땅에서 붕 떠오르는 기분이었다. 자전거의 자물쇠를 풀고, 보관소에서 꺼내 안장에 올라탔다.

"데이트 신청을 받았다."

나는 중얼거리며 페달을 밟았다. 시원한 바람이 볼을

스쳤다. 학교 정문을 나서서 오른쪽으로 꺾어지니 석양의 해가 정면으로 보였다. 지금까지 본 것 중에서 가장 크고 아름다운 석양이었다.

우리 집에서는 밖에서 돌아오면 우선 불단에 인사를 한다. 그렇게 정한 것은 물론 아버지다. 나는 단순히 습관으로 불단 앞에 앉아 종을 한 번 울리고 합장했다. 부엌에 계시는 엄마에게 선물을 건네고, 2층에 올라가 동생인 쿠미의 방에 얼굴을 내밀었다. 쿠미는 올해 열여덟이지만, 어릴 때부터 몸이 약해 고등학교도 중퇴하고 집에서 자고 먹는 생활을 반복하고 있었다.

나는 쿠미의 방 앞에 서서 "들어가도 돼?"라고 말하고 잠시 후에 문을 열었다. 나는 전에 한 번 쿠미가 자위행위를 하고 있을 때 맞닥뜨린 적이 있었다. 대화 상대라도 해줄 겸 해서 방에 들어갔는데, 쿠미가 침대에 바로 누워 파자마 바지 안에 손을 넣고 있었다. 쿠미는 곧 손을 뺐으나, 항상 창백했던 얼굴이 그날은 빨갛게 변해서 뭔가 말을 했다. 나는 환자라고 생각했던 쿠미가 그런 일을 할 것이라고는 꿈에도 생각하지 못했기 때문에 놀라서 문을 닫고 내 방으로 뛰어들어왔다. 얼마 지나자 쿠미의 방에서 울음소리가 새어 나왔다. 그래서 나는 다시 한 번 쿠미 방으로 가서, 이 일은 아무에게도 이야기하지 않기로 약속했다. 그런 일이 있었기 때문에 쿠미 방에 들어갈 때는 꼭 한마디 하고 들어갔다.

쿠미 방은 커튼이 쳐져 있어 어두침침했다. 나는 전등에 이어져 있는 끈을 당겼다. 형광등이 깜빡이다가 방 안을 비췄다. 쿠미는 침대에 누워 눈을 감고 있었다.

"언니, 잘 다녀왔어?"

쿠미가 눈을 뜨며 말했다. 나는 침대에 걸터앉아 쿠미에게 얼굴을 가까이했다.

"쿠미, 좋은 소식 알려줄까?"

쿠미가 머리를 약간 들었다.

"언니, 애인이 생길 것 같아."

"결혼할 거야?"

"할지도 몰라."

"축하해!"

쿠미가 내 기분을 맞추려고 어색하게 웃었다.

"이번 일요일에 데이트야."

난 그런 쿠미에게 웃음을 흘리며 방을 나왔다.

내 방으로 돌아와서 가방을 바닥에 던져놓고 침대에 드러누웠다. 들뜬 기분은 아직도 가시지 않았다. 데이트 신청을 받은 것만으로 이렇게 즐거운 것을 보면, 나도 사에키 선생에게 호감을 갖고 있다는 뜻이겠지. 가만히 있을 수가 없어 침대 위를 이리저리 굴렀다. 너무 좋아서 소리를 지르며 웃었다. 마치 고등학생으로 돌아간 기분이었다.

어떤 영화를 볼까? 역시 사랑 영화겠지. 손을 잡을까? 설마 키스를 한다든지, 그 이상을……. 아니, 결혼할 때까지는 순결을 지키고 싶다. 고루하다고 비웃을지 모르겠으나, 그라면 틀림없이 알아주리라 생각했다. 그래도 가슴을 만지는 정도라면…….

갑자기 정신이 번쩍 들어 벌떡 일어났다. 나는 바닥의 가방을 들어 올려, 안에 있는 것을 모두 꺼내 침대 위에 펼쳐놓았다. 화장품, 갈아입었던 옷, 쓰레기를 담았던 비닐봉지, 그러나 류에게서 압수한 성인잡지는 발견하지 못했다. 돌이켜 생각해보니 오늘 아침부터 눈에 띄지 않았다. 어젯밤 내가 잘 때는 토도 선생이 갖고 있었다. 그녀가 버렸을까? 아니, 방의 쓰레기통에도 없었다.

토도 선생이 가지고 갔다?

충분히 가능성이 있는 일이었다. 그래, 틀림없어. 나는 불결한 사진을 뚫어져라 보던 그녀의 모습을 상상하고는 역겨운 생각에 몸을 떨었다.

“아…….”

나는 이 순간까지 토도 선생의 지갑에서 빼온 4천 엔을 잊고 있었다. 그리고 동시에 나에게 돈 한 푼 없다는 사실도 생각났다.

"안 돼!"

나는 순식간에 방을 뛰쳐나가서 계단을 뛰어내려 부엌으로 달렸다.

부엌에선 앞치마 차림의 엄마가 저녁 준비를 하고 있었다. 전기밥솥에서 밥이 익는 냄새가 증기와 함께 피어올랐다.

"왜 그래, 마츠코. 소란스럽게."

엄마가 등을 보인 채 물었다.

"엄마, 돈 좀 빌려줄 수 있어요?"

엄마가 손을 멈추고 얼굴만 뒤로 돌려 나를 쳐다봤다.

"얼마나?"

"만 엔 정도."

엄마가 눈을 크게 뜨고 책망하듯이 "그런 큰돈을 어디에 쓰게?" 하고 물었다.

나는 웃으려고 했으나 얼굴이 굳어져서 잘되지 않았다.

"수학여행에서 여러 일이 있어서. 지금 저한테 한 푼도 없어요. 부탁해, 엄마."

엄마가 다시 냄비 쪽으로 몸을 돌렸다.

"없어."

"거짓말. 조금은 있을 거 아냐. 부탁이야."

"아버지한테 물어봐야……."

"아버지한테는 이야기하지 마."

"그래도……. 역시 이런 일은 아버지 허락을 받아야겠다. 이 집의 가장이니까."

현관에서 "다녀왔습니다"라고 외치는 활기찬 목소리가 들렸다.

발소리가 불단이 모셔져 있는 거실로 향했다. 땡땡, 하고 종소리가 들리자마자 성급한 발소리가 가깝게 들렸다. "아, 배고파"라고 말하며 부엌으로 들어온 건 남동생 노리오였다.

"어서 와라."

엄마가 쌀쌀맞게 답했다.

"아, 누나 왔네. 어땠어, 수학여행?"

노리오가 테이블에 놓여 있는 접시에서 어묵을 집어 입에 넣으며 물었다. 엄마가 이 녀석, 하고 나무라니 노리오는 가볍게 어깨를 으쓱했다.

"노리오라도 괜찮은데, 누나한테 돈 좀 빌려줄래?"

노리오가 어묵 끝을 입에서 내민 채 나를 봤다. 뭐라고 말했으나 어묵 때문에 잘 들리지 않았다. 노리오는 당황한 표정으로 어묵을 급히 씹어 넘겼다.

"뭔데, 갑자기."

"돈이 전혀 없어. 5천 엔이라도 괜찮으니까."

"누나 벌이가 더 좋잖아."

"부탁해."

"아버지께 말씀드려."

"이런 일을 아버지께 부탁할 순 없잖아."

"나도 그만한 큰돈은 없어. 미안."

노리오는 이렇게 말하며 어깨를 움츠리고 부엌을 나가 버렸다. 나는 힘없이 어깨를 늘어뜨렸다. 엄마가 가스레인지의 불을 껐다.

"자, 다 됐다. 오늘 저녁은 장어다."

"그래……."

엄마의 한숨이 들렸다.

"만 엔이나 어디다 쓰는데?"

"이과 담당인 사에키 선생님 알지?"

"아, 그 멋있는 남자."

"데이트 신청을 받았어."

"데이트라고? 너…… 잘못이라도 저지른 거 아니지? 시집가기 전이니까 조심해. 예전에 타미코라고 알지? 스무 살이 되기도 전에 이상한 남자가 생겨서 결국 고향에는 있을 수 없어서……."

"바보 같은 소리 하지 마. 첫 데이트가 이번 일요일이야. 그래서 나도 돈이 조금 필요해. 상대에게 전부 내라고 하면 너무하잖아."

"내주겠다면 그대로 따르면 되잖아. 그게 남자의 능력이라는 거야."

"나는 그런 여자가 되고 싶지 않아."

"어찌 됐든, 아버지하고 의논한 후에 결정할 일이야."

그때 현관문 열리는 소리가 들렸다.

"얘들아, 아버지 돌아오셨다."

엄마가 손을 앞치마에 닦으며 현관으로 향했다. "어서오세요"라는 엄마 목소리. 언제나처럼 가방을 받고, 외투를 벗겨주고 있겠지. 아버지의 소곤소곤하는 소리와 그에 응답하는 엄마의 소리가 교대로 들렸다. 얼마 지나지 않아 아버지의 발소리가 2층으로 향했다. 엄마는 엄마대로 1층의 부모님 방으로 가방과 외투를 가지고 갔다. 한참 만에 아버지가 내려왔다. 불단에 종을 울리고, 나무묘법연화경을 외우고 나서 방으로 들어가 옷을 갈아입었다. 이런 과정을 매일 1분의 차이도 없이 반복했다.

시청에 근무하는 아버지도 매일 아침 내가 이용하는 나룻배를 이용하지만, 나와 같이 타는 일은 없다. 시청에 가기 위해서는 강을 건너 버스를 타기 때문에, 나보다 1시간은 빨리 집을 나갔다. 노리오는 오노시마의 목공소에 취직해서 출퇴근에 나룻배를 이용하지 않았다.

남색 전통 옷으로 갈아입은 아버지가 거실에 앉아 신문을 펼쳤다. 등을 꼿꼿이 세우고 신경질적으로 고개를 갸웃거리며 기사를 읽는다. 다이쇼● 태생치고는 드물게 키가 180센티 가까이 되는 아버지는 목이 길고 야위어서 학처럼 보이기도 했다. 나이 쉰에 이미 백발이 된 머리는 어지럽게 매달려 있었다. 얼굴에는 주름이 늘었고 주근깨도 군데군데 보였다. 그리고 좁은 턱, 무표정하게 닫힌 입, 뾰족한 코, 도수 높은 안경 너머로 보이는 추켜올라간 눈. 아버지는 술도 담배도 모두 안 하고, 취미도 없다. 나는 가끔 그런 인생이 어디가 즐거울까 생각하곤 한다.

내 시선을 느꼈는지 아버지가 얼굴을 들었다.

"수학여행은 잘 끝났니?"

"네, 그럭저럭."

아버지는 다시 신문을 읽었다.

"아버지, 드릴 말씀이 있어요."

● 일본의 연호, 1912년~1926년.

"뭔데?"

나는 아버지 옆에 앉아 무릎을 모으고 손을 모았다.

"돈 좀 빌려주실 수 있나요?"

아버지는 아무 말도 없었다.

"3천 엔이면 되는데. 다음 월급날 갚을게요."

"어디에 쓰는데?"

"그건……."

아버지가 신문을 접기 시작했다.

"애인이 생겼다며?"

나는 얼굴에 불이 붙은 것만 같았다.

"……쿠미가 말했죠?"

"쿠미는 제 일인 것처럼 기뻐하고 있어. 언니가 데이트 한다고."

아버지가 실망스러운 얼굴로 말했다. 나는 쿠미에게 이야기한 것을 후회했다. 이 정도로 생각이 없는 애인 줄은 몰랐다.

"돈은 데이트 때문이냐?"

나는 한숨을 쉬고 마지못해 대답했다.

"그래요. 지금 돈이 하나도 없거든요."

"월급날까지 기다리면 되잖아."

"이번 일요일이에요. 시간이 맞질 않아요."

"저금을 헐면 어때?"

"일부러 정기예금을 깨라고요? 아깝잖아요."

"그럼, 데이트 날짜를 연기해."

"모처럼 데이트 신청을 받았는데, 그렇겐 할 수 없어요."

"그 정도로 그 남자한테 홀려 있는 거냐?"

"그렇게 말씀하지 마세요. 사에키 선생님은 훌륭한 분이에요."

아버지가 조용하게 나를 쳐다봤다.

"왜 그러세요?"

"쿠미에게 네 애인에 대한 이야기를 일일이 말할 필요는 없지 않니? 넌 쿠미 기분을 생각해본 적이 있어? 그 애는 마음대로 외출 한 번 할 수 없었잖니. 중학교나 고등학교 때의 친구들도 오지 않고, 사랑을 할 시간도 없었지. 그런 쿠미에게 자신의 행복만을 보여주면서 불쌍하다고 생각하지는 않았니? 너는 그 애 언니니까 그 정도의 배려심은 가지고 있을 거 아냐. 그 애는 너를 부러워할 뿐만 아니라 마음으로 축복하고 있어. 너는 자신만 생각하고, 언니로서 창피하다고 생각하지 않니?"

"그만 하세요!"

나는 일어서서 2층으로 뛰어 올라갔다. 쿠미 방 앞에서서 문을 뚫어지게 노려봤다. '넌 빨리 죽어버려야 해.'

이렇게 마음속으로 외치고 내 방으로 돌아왔다.

아까 침대에 쏟아놓은 물건이 그대로 있었다. 나는 침대에 걸터앉아 머리를 감싸 안았다. 문을 두드리는 소리가 났다.

"언니……."

"뭐 할 말이라도 있는 거야?"

문이 열렸다. 파자마 위에 카디건을 걸친 쿠미가 서 있었다. 병 때문인지 키가 작고 야위어 있으나 얼굴만은 둥글고 커서 마치 성냥개비가 서 있는 것처럼 보인다. 나나 노리오가 아버지를 닮은 것에 비해 쿠미는 엄마를 닮았고, 특히 속눈썹이 길고 눈매가 시원스러워서 엄마 모습 그대로이다. 어릴 적 나는 추켜올라간 내 눈이 마음에 안 들어 왜 눈만이라도 엄마를 닮지 않았나, 하고 운 적도 있었다.

"왜 그래? 또 쓰러져도 난 몰라."

"들었어. 미안해……. 데이트한다는 말, 비밀로 해야 하는지 몰랐어."

"이제 됐어. 네 방으로 가서 자."

"이거……."

쿠미가 손을 내밀었다. 손바닥에는 지폐와 동전이 몇 개 놓여 있었다.

"괜찮으면 써. 나는 용돈을 받아도 쓸데가 없으니까."

나는 일어서서 쿠미에게 다가갔다.

쿠미가 겁먹은 표정으로 나를 쳐다봤다. 마치 야단맞을 걸 각오한 어린애 같았다. 나는 손바닥의 돈과 쿠미의 얼굴을 차례로 바라봤다.

"고마워. 월급날 갚을게."

나는 냉담하게 말하고는 돈을 받았다. 천 엔짜리 한 장과 5백 엔짜리 두 장, 백 엔짜리 동전 세 개, 십 엔짜리 동전 네 개, 5엔짜리 동전이 한 개였다.

쿠미가 안심한 표정으로 숨을 내쉬곤, 기쁜 듯이 미소를 지었다.

"언제 갚아도 상관없어."

그러고는 휘청거리며 자신의 방으로 돌아갔다.

나는 쿠미에게서 빌린 돈을 꽉 쥐어 으스러뜨리면서 바닥에 내던져버렸다. 지폐가 날리며 떨어지고, 동전은 소리를 내면서 이쪽저쪽으로 튀었다. 나는 거친 숨을 내쉬며 쭈글쭈글해진 지폐를 내려다봤다. 그러고는 집어 들어 주름을 펴서 지갑에 넣었다.

다음 날 아침 내가 인사를 하면서 교무실에 들어가자 떠들썩하던 분위기가 갑자기 조용해진 느낌이 들었다.

교사들은 첫 수업 준비를 하거나 옆의 동료와 이야기를 했지만, 가끔 무신경한 시선으로 나를 바라봤다.

나는 오른쪽의 사에키 선생과 인사를 나누고 자리에 앉았다.

"저……."

사에키 선생이 묘하게 굳어진 얼굴로 나를 쳐다봤다. 그는 엉덩이를 느릿느릿 움직이고 눈을 자주 깜빡이며 입언저리도 안절부절못했다.

"네?"

"실은 그……."

아침 종이 울렸다. 사에키 선생은 뭔가 더 말하려다 입을 다물었다. 그때 교장실로 통하는 문이 열리더니 타도코로 교장이 아니라 양호선생인 토도 선생이 나왔다. 평상시에도 애교 없는 얼굴이 오늘따라 더욱 이상하게 보였다. 그녀는 발소리를 퍼뜨리며 곁눈질도 하지 않고 내 뒤를 지나 끝에 있는 책상에 앉았다. 토도 선생의 책상은 양호실에 있지만, 조회 때만은 교무실의 비어 있는 책상을 이용하고 있었다.

잠시 후 교장실에서 타도코로 교장이 나왔다. 그가 거드름을 피우며 교직원 일동 앞에 서면 우리들도 기립했다. 변함없는 아침 조회다. 교사들은 학생들처럼 아침인사를 합창하고 착석했다. 조용해진 후 타도코로 교장이 수학여행이 무사히 끝나 다행이고, 앞으로도 정신을 바짝 차리라는 훈시를 늘어놓았다. 계속해서 스기시타 교감이 전달 사항에 대해서 5분 정도 확인을 했다. 확인이 끝나면 담임선생들은 각자의 교실로 향했다.

나도 2반의 출석부를 들고 일어섰다. 토도 선생이 동시에 일어서며 나를 곁눈으로 한 번 봤다. 그러더니 콧바람을 내뱉으며 얼굴을 돌려 재빨리 교무실을 빠져나갔다.

나는 주위의 시선을 아플 정도로 느꼈다. 계속 누군가가 나를 보고 있는 듯한 느낌 때문에 누구인지 확인하기 위해 그쪽을 보면 급히 눈길을 피했다.

문득 생각이 났다. 혹시 사에키 선생과 데이트 약속한 것이 알려진 걸까. 틀림없어. 정말 시골은 이래서 안 된다니까…….

나는 소문이 참으로 빨리 퍼진다는 사실에 당황했지만 동시에 태어나서 처음으로 주역이 된 기분이 들어 자랑스럽기도 했다. 자연스럽게 웃음이 흘러나왔다.

"그럼, 먼저 갈게요."

나는 책상에서 어물어물하고 있는 사에키 선생에게 인사를 하고 교무실을 나섰다.

아침 시간은 HR 시간이었다. 나는 출석을 부르고서야

처음으로 류 요이치가 학교에 오지 않은 사실을 알았다.

HR 시간을 끝내고 교무실로 돌아왔다. 오늘의 첫 수업은 비어 있어서, 두 번째 수업 준비를 하기로 했다.

교무실 책상에 앉자마자 교장실 문이 열렸다. 그러나 나온 건 교장이 아니라 스기시타 교감이었다. 그가 빠른 걸음으로 내게 다가왔다.

"카와지리 선생님, 교장 선생님이 부르시는데요."

교감의 표정도, 목소리도 딱딱했다.

"아, 네."

내가 대답을 하고 일어서자 스기시타 교감이 한 발 먼저 걷기 시작했다.

교장실은 다다미 6개 정도의 넓이였다. 교무실로 통하는 문을 열자 오른쪽 구석에 운동장과 정면으로 보이는 창이 있고, 그 앞에 검게 빛나는 책상이 놓여 있었다.

눈을 감고 팔짱을 끼고 앉아 있는 타도코로 교장의 모습이 보였다. 입을 꽉 다물고 미간에는 깊은 주름이 패어 있었다. 뒤에서 문을 닫는 소리가 들렸다.

"교장 선생님, 카와지리 선생님입니다."

스기시타 교감이 말하며 내 옆을 스쳐 지나 교장의 옆에 섰다.

창 너머에는 눈부신 5월의 맑은 날씨가 펼쳐져 있었

다. 운동장에서는 1교시 체육수업을 받고 있는 학생들이 뛰어다녔다. 여학생들이 소리 높여 웃는 소리가 섞여 들려왔다.

타도코로 교장이 눈을 뜨고 한숨을 내쉬며 나를 올려다봤다.

"왜 여기 불려 왔는지 알겠습니까?"

"아뇨."

타도코로 교장이 책상을 짚고 일어섰다.

"어제, 선생님들로부터 수학여행 종료 보고를 받은 다음에 수학여행 때 머물렀던 여관으로부터 전화가 왔었습니다. 돈을 훔친 여교사에 대한 건인데 제발 관대한 처분을 해주십사 하는 부탁이었습니다."

얼굴에서 핏기가 사라졌다. 스기시타 교감을 보니 입술을 깨물며 바닥을 내려다보고 있었다.

"나는 무슨 일인지 모르겠기에 장난 전화라고 생각했습니다. 그런데, 여관 이름을 확인해보니 확실히 우리 학교가 머물렀던 여관이었습니다. 그래서 이야기를 잘 들어보니 젊은 여교사가 매점에서 돈을 훔쳐 그걸 학생이 한 짓으로 꾸몄다고 말하더군요."

"그건……."

타도코로 교장이 오른손을 머리 위로 추켜올리며 나를

제지했다.

"제가 얼마나 놀랐는지 알기나 하십니까? 교감 선생님으로부터 그런 보고는 일체 없었습니다. 그렇지요?"

타도코로 교장이 기분 나쁠 정도로 부드럽게 스기시타 교감에게 물었다.

"네, 말씀대로입니다. 정말로 죄송합니다."

스기시타 교감이 땅에 닿을 듯이 머리를 조아렸다.

"그래서, 당황한 나머지 교감 선생님에게 사정을 들어보니, 선생님이 제발 비밀로 해달라고 울면서 부탁을 해서 어쩔 수 없이 보고를 하지 못했다고 들었습니다."

나는 눈을 크게 뜨며 스기시타 교감을 보았다.

"그렇지요? 스기시타 교감 선생님."

"네."

"교감 선생님! 아니, 그때는……."

"무슨 변명입니까!"

타도코로 교장이 큰소리로 질책했다. 나는 숨이 막혀왔다.

"어떤 사정이 있어도 매점에서 현금을 훔친 사실은 변명의 여지가 없습니다."

스기시타 교감은 꼼짝 않고 머리를 숙이고 있었다.

"더욱 난처한 문제는 이 이야기가 밖으로 새어 나간 것 같다는 것입니다. 이미 여행지에서 학생들 사이에 소문이 퍼졌어요. 조금 전에도 학부형으로부터 진위를 확인하는 전화가 왔었습니다. 조사 중이라고 말은 해놓았습니다만. 그리고……."

타도코로 교장이 악의에 찬 눈빛으로 나를 쳐다봤다. 입술에는 미소마저 떠올랐다.

"오늘 아침에 토도 선생님으로부터 이상한 이야기를 들어서……."

나는 숨을 들이마시면서 창 너머로 운동장을 바라봤다. 눈부신 햇빛 속에 학생들이 젊은 육체를 움직이고 있었다. 나에게도 저런 때가 있었다. 가능성에 흠뻑 젖어 미래는 장밋빛일 거라고, 근거도 없이 믿었다.

"어제 집에 돌아가 지갑을 확인한 결과 돈이 없어진 것을 알았다고 말했습니다. 토도 선생님은 여관에서 일하는 사람이 훔쳤다고 믿고, 오늘 아침 일찍 제게 와서 엄중히 항의해달라고 말씀하셨어요. 제가 그때 뭘 생각했는지 상상이나 하시겠습니까?"

나는 타도코로 교장에게로 시선을 옮겼다.

"아닙니다. 저는…… 매점에서 돈을 훔친 건 제가 아닙니다. 아마도, 저희 반의 학생일 거라고……. 그러나 본인은 인정하지 않고, 그래서 저는 돈을 돌려주려고…….

돌려주면 어떻게 될 거라고, 경찰에 알려져서는 안 된다고……. 그런데 제가 가지고 있던 돈만으로는 모자라서, 그래서 어쩔 수 없이…….”

“토도 선생님의 지갑에서 돈을 꺼냈다는 말인가요?”

나는 떨면서 고개를 끄덕였다. 타도코로 교장이 기세 좋게 목을 좌우로 저으며 어이없다는 표정을 지었다.

“그 사실을 토도 선생님에게 말씀드렸습니까?”

“……아니요. 어쩌다 보니 말할 기회를 놓쳐서…….”

“그런 걸 절도라고 하지 않습니까?”

나는 말문이 막혀 대답을 할 수 없었다.

“선생님은 여관에서 돈을 훔친 건 자신이 아니라고 말씀하셨죠. 학생을 감싸주기 위해 억지로 자신이 했다고 나섰다는 말입니까? 그러나 세상은 믿어주질 않겠지요. 백 보 양보해서 그것이 사실이라 해도 토도 선생님 지갑에서 돈을 꺼낸 사실은 어쩌시고요! 더군다나, 토도 선생님에겐 말도 없이! 이것만으로도 확실한 범죄입니다. 저는 선생님을 믿고 싶어요. 그러나 지금까지 선생님 행동을 본 바로는 여관 매점에서 돈을 훔친 것도 선생님일지도 모르겠다고 생각하지 않을 수가 없네요.”

타도코로 교장이 험한 표정을 지었다. 그러나 그 눈에는 드디어 이겼다, 라는 듯한 빛이 떠올라 있었다. 타도코로 교장이 의자에 상반신을 기대고 천천히 앞뒤로 흔들었다. 이 순간을 즐기기라도 하는 느낌이었다. 교장은 서서히 입을 열었다.

"잠시 동안 집에서 근신하시기 바랍니다. 처분은 추후 통보드리겠습니다. 수업은 교감 선생님이 교대해주시기 바랍니다."

돌아와 보니 내 책상이었다. 의자에 앉자 온몸에서 힘이 빠져버려, 일어설 수가 없었다. 교무실에서는 첫째 시간이 비어 있는 교사 두 명이 나를 외면한 채로 수업 준비를 하고 있었다.

타도코로 교장이 입에 올린 '처분'이라는 소리가 내 자존심을 산산조각 냈다. 소학교 때부터 우등생이었던 내가, 성적도 언제나 최고였던 내가, 몇 번인가 반장도 하고 학생회 간부도 역임했던 내가 처분을 받는다.

첫 시간의 종료를 알리는 종이 울렸다. 금방 다른 교사들도 돌아오겠지. 나는 가방을 메고 교무실을 나서서 복도를 뛰었다. 자전거 보관소로 통하는 신발장까지 얼마 남지 않은 막다른 곳의 모퉁이에서 사에키 선생이 나타났다. 나는 발을 멈췄다. 사에키 선생도 놀란 모습이었으나 고개를 숙인 채 가까이 다가왔다. 그는 눈을 마주치지 않으려고 하면서 내 옆에 섰다.

"카와지리 선생님, 이번 일요일 건인데요. 제가 부탁을 드리고 이렇게 말해서 죄송합니다만, 실은 급한 일이 생겨서……."

사에키 선생은 말을 빨리 했다. 잠깐 눈을 들었으나 나와 마주치자 곧 피했다.

"사에키 선생님마저……."

"아니, 그것과는 관계가 없어요. 저……."

"사에키 선생님, 믿어주세요. 저는 아무것도!"

"정말 급한 일이에요. 그럼."

사에키 선생이 도망치듯이 멀어져갔다.

나는 멍하니 사에키 선생을 바라볼 수밖에 없었다. 그가 교무실로 들어간 후에도 움직일 수가 없었다. 다른 교사들이 차례차례로 돌아왔다. 누구도 말을 걸어오지 않았다. 나는 양손으로 가방을 껴안고 신발장으로 달렸다.

자전거를 타고 교문을 나서서 하늘을 올려다봤다. 해가 남쪽 하늘로 오르기 시작하는 게 보였다.

전철이 속도를 줄이며 정지했다. 하카타 역의 승강장에는 승객들이 열을 지어 기다리고 있었다. 맨 앞에 청바지를 입은 두 명의 아가씨가 보였다. 친구 사이로 보이는 아가씨들이 대화에 열중하고 있는 모습이 유리창 너머로 보였다. 그녀들은 문이 열리자 나와 엇갈려서 차에 올라탔다. 그사이에도 대화를 계속했다. 화제는 남자 친구 이야기인 것 같다. 나는 승강장에 내린 후에도 두 명의 뒷모습을 계속 쳐다보았다. 청바지가 다리에 짝 달라붙어서 히프라인을 그대로 드러내고 있었다. 아마 스무 살 정도겠지. 두 사람의 대화는 자리에 앉은 후에도 끝나질 않았다. 매일이 즐거워서 어쩔 수가 없는 나이. 자신이 이 세상의 주인공이라고 믿어 의심치 않는 젊음.

"잠깐만 비켜주세요."

갑자기 나이 든 뚱뚱한 여자가 나를 옆으로 밀어붙였다. 나는 다리가 엉클어져서 헛발을 디뎠다. 그러고는 다시 두 명의 아가씨를 쳐다보았다. 한 명이 나를 알아본 듯 다른 한 명의 팔을 치며 나를 가리키고 뭔가 말을 했다. 그리고 두 명은 얼굴을 마주 보며 눈살을 찌푸렸다. 한 명이 귓속말을 하자 다른 한 명이 손으로 입을 가리며 자지러지게 웃었다. 출발을 알리는 벨이 울렸다. 내 눈앞에서 전차 문이 닫히고 서서히 움직이기 시작했다. 두 명의 아가씨는 아직 나를 보며 웃고 있었다.

개찰구를 나와 넓은 역사 안에서 하카타 입구 쪽을 향해 걸었다. 하카타에 온 것은 대학을 졸업한 이래 2년 만이었다. 도시는 그때와 비교할 수 없을 정도로 번화했다. 평일 오전인데도 사람들의 왕래가 많았다. 역의 빌딩에는 이즈츠야라는 백화점 외에 스테이션 시네마라는 영화관이 있어 학생 때 친구와 함께 온 적이 있다. 당시의 입장료는 백 엔으로 텐진에 있는 영화관보다 비싼 데다 열차의 진동이 시끄러워서 그 후에는 한 번도 가지 않았다. 그런데 마사코는 뭘 하고 있을까? 사유리는? 요시미는?

역 빌딩을 나서자 바로 앞에 택시 승차장이 있었다. 그 앞의 100미터 정도가 광장이고, 주차장이나 차를 대는 곳으로 사용하고 있었다. 내가 대학에 들어갔을 때는 신하카타 역이 현재의 장소로 이전하여 역 앞이 썰렁했다. 그게 지금은 올려다보아야 할 빌딩이나 호텔이 나란히 서 있는 대도심으로 변했다.

나는 역 광장을 쫓기는 심정으로 걸었다. 어디서 들어본 적이 있는 경적 소리가 울려 퍼졌다. 우측의 타이하쿠 도로에 노면전차가 보였다. 선로 위에는 전기선이 그물처럼 이곳저곳으로 연결되어 있었다. 그 선에 집전기(集電器)를 연결시키면서 2량 편성의 노면전차가 다가오고 있었다. 나는 걸음을 재촉했다.

전차 정류장인 안전지대는 도로보다 조금 높아서 섬과

같은 장소다. 이미 10명 정도가 승차장 부근에 나란히 서 있었다.

들어오는 전차의 노선을 확인하니 생각했던 대로 텐진으로 가는 전차였다. 전차가 멈춰 서서 문이 열리자 타고 있던 손님 대부분이 내렸다. 백화점 쇼핑백을 든 여성들이 눈에 많이 띄었다.

나는 제일 마지막으로 전차에 올라탔다. 노면전차의 좌석은 마주 보고 있다. 운전대 바로 뒷자리가 비어 있어서 그곳에 앉았다.

발차를 알리는 종이 땡땡 울렸다.

"게이지 4, 5, 출발 진행, 발차-!"

운전사가 목소리를 높였다.

낮은 모터 소리를 내면서 전차가 서서히 움직이기 시작했다. 잠시 후에 검은 가방을 멘 차장이 찰칵찰칵 가위 소리를 내면서 들어왔다. 차장은 흔들리는 차내에서 적절하게 균형을 잡으며 손님들 사이를 마치 수영하듯 이동했다. 회수권을 갖고 있는 사람은 표에 구멍을 뚫어주는 걸 받고, 그렇지 않은 사람들은 승차권을 구입했다. 어느새 내 차례가 되었다.

"보통권 주세요."

나는 차장을 올려다보며 말했다. 제복과 모자를 쓴 차

장은 소년 같은 얼굴형으로 나보다 연하일지도 모르겠다. 차장이 가방에서 익숙한 손놀림으로 보통권 한 매를 꺼냈다. 나는 십 엔짜리 동전 두 개를 건네주었다.

"보통권은 25엔입니다만."

차장이 머뭇거리며 알려주었다. 어느새 올라버린 요금에 당황하여 지갑에서 5엔짜리 동전을 찾아 차장 손에 올려놓았다. 손가락이 차장의 손바닥에 닿으면서 차장과 눈이 마주쳤다. 1초도 안 되는 시간이었으나 젊은 차장이 내 얼굴을 응시했다. 그는 눈을 깜빡대고는 머리를 약간 숙였다.

"다음은 닌진마치, 닌진마치입니다."

차장은 큰 소리로 안내하면서 통로를 걸어 돌아갔다.

전차가 스미요시 도로에 들어섰다. 선로가 상하차선의 가운데에 깔려 있어서 전차는 오고 가는 자동차에 낀 상태이다. 하카타는 사람도 많았으나, 교통량도 대단했다. 자가용과 트럭, 택시에 노선버스가 북적대며 달렸다. 전차는 자동차에 추월당하면서 천천히 달려갔다. 빨간 쿠페가 전차 앞으로 뛰어들어 선로 위를 달리자 운전사가 경적을 울리며 전차의 속도를 줄였다.

야나기바시를 거쳐 어느 정도 갔을 때 전차는 크게 오른쪽으로 꺾였다. 와타나베 도로에 들어선 것이다. 이 도로를 곧장 지나가면 하카타에서 제일가는 번화가인 텐진이다. 그리고 텐진에는…….

나는 이때 처음으로 자신이 어디에 가려고 하는지 알았다. 전차가 텐진이와이야마에 정류장에 서자 나는 가방을 들고 내렸다. 여기에서 손님의 반 이상이 내렸다. 모두 이와이야 백화점을 향해 걷기 시작했고 나도 사람들의 흐름을 따라 이와이야로 들어갔다.

이와이야는 텐진을 대표하는 백화점이었다. 고급이라는 이미지가 있어, 어릴 적에는 텐진의 이와이야에 간다는 것만으로 반에서 인기 있는 학생이 되기도 했다. 물론, 평상복으로는 도저히 들어갈 수가 없고, 한껏 모양을 내고 가는 성지 같은 곳이었다.

나는 엘리베이터를 타고 제일 높은 층으로 올라갔다. 그곳은 놀이기구가 있는 층이었다. 핀볼머신이 나란히 있고, 리젠트 머리 스타일*의 남자가 게임에 열중하고 있었다. 옆으로는 개구리나 코끼리 모양의 탈것들이 외롭게 놓여 있었다. 이건 십 엔짜리 동전을 집어넣으면 전기로 흔들흔들 움직이지만, 지금은 타는 사람도 없고 인위적인 미소가 오히려 쓸쓸해 보였다. 놀이기구가 있는 곳

---

*앞머리를 길러서 무스를 발라 크게 세우고 다니는 머리 모양.

에서 밖으로 나오니 햇볕이 내리쬐는 옥상이 나왔다.

이와이야의 옥상은 어린아이들을 위한 놀이터로 꾸며 놓았다. 놀이터에는 폭이 좁은 선로가 운동장의 트랙처럼 깔려 있었다. 그 위를 달리는 미니 신칸센은 역에 정지한 채였다. 운전사로 보이는 중년 남자는 빗자루를 손에 들고 있는 아주머니와 담소하고 있었다. 소프트 아이스크림이나 주스를 파는 매점도 있었으나 어디든 한산해 보였다.

이와이야에는 부모님을 따라왔던 기억이 있다. 소학교 1학년인가 2학년 때라고 생각하지만, 쿠미나 노리오와 같이 왔었는지는 기억나지 않았다. 그즈음 쿠미가 하카타의 병원에 입원했던 시기가 있었기 때문에, 병문안을 왔다가 귀갓길에 들렀었는지도 모르겠다. 엄마는 보통 때보다 화장이 짙었고 옷에는 나프탈렌과 향수 냄새가 배어 있었다. 나도 자주 입지 않는 빨간 스커트에 흰색 타이츠를 신고 있었으나, 아버지만은 평상시와 같은 양복 차림이었다.

레스토랑에서는 생전 처음으로 팬케이크를 먹었다. 세상에 이렇게 맛있는 것이 있을까, 하고 어린 마음에 충격을 받았다. 그리고 옥상에 올라가 별세계와 같은 도회지 광경에 압도당했다.

나는 미니 신칸센의 선로를 넘어 놀이터의 한가운데를 가로질러 쇠로 만든 펜스로 다가갔다. 펜스를 양손으로 잡고 아래를 내려다보았다. 눈 아래는 메이지 도로. 그러나 예전과 상황은 완전히 달랐다. 틀림없이 바로 앞에 기와지붕의 낮은 건물이 있고, 전통극에 나오는 못생긴 여자 가면이 그려진 간판이 걸려 있었다. 그런데 지금은 이와이야보다도 높은 흰색 빌딩이 솟아 있었다. 스테인리스 알루미늄으로 테두리를 한 미래지향적인 빌딩은 바로 후쿠오카 빌딩이었다. 왜 이런 게 있는 거야? 그 옛 건물은 어디로 갔지?

순간, 머릿속이 혼란스러워졌다.

그랬다. 학생 시절에 이미 중앙우편국은 해체되고 후쿠오카 빌딩이 건설되었다. 옛 건물이 남아 있을 거라고 왜 착각했을까. 나는 눈을 감고 고개를 저었다.

그때는 아버지의 목말을 타고 이곳에서 아래를 내려다보았다. 너무 높아 무서워서 아버지 머리를 꽉 잡고 있었다. 아버지는 아파, 아파, 하고 말하며 웃었다. 나는 아버지의 웃음소리가 기뻐서, 무서움을 잊어버리고 몇 번인가 머리를 잡아당겼다. 아버지는 비명을 지르면서도 정말로 즐거워했다. 당시 쿠미의 병세가 위험한 상태였다. 아버지는 극도로 초췌해지셨고 집에서도 좀처럼 웃는 일이 없었다. 나는 내 나름대로 아버지에게 힘이 되려고 필사적이었다. 그런데도 아버지의 머릿속에는 여전히 병실에서 고생하는 쿠미의 모습이 각인되어 있음을 알아차리고, 나는 슬퍼졌다. 아버지에겐 나보다 쿠미가 더욱 중요하다는 것을 최초로 뼈저리게 느꼈던 순간이었다.

"왜 그래, 아가씨. 실연당했어?"

하늘에서 떨어진 듯한 목소리에 뒤를 돌아보았다.

머리에 띠를 두른 남자가 쇠로 만든 펜스를 잡고 호기심 가득한 눈으로 나를 보고 있었다. 소프트 아이스크림 매장에서 한가롭게 쉬고 있던 남자였다.

나는 가방을 가슴에 껴안았다. 남자는 갖고 있던 종이컵을 내게 내밀었다. 오렌지 주스가 들어 있었다.

"서비스예요."

남자의 눈가에 상냥한 웃음이 떠올랐다. 나는 컵을 받아들었다. 오렌지색의 액체가 작게 흔들렸다. 잠시 고민하다가 컵을 도로 남자에게 돌려주고 머리를 좌우로 흔들었다.

남자가 난처한 얼굴로 받아들었다.

"예의 바르네."

"실례합니다."

나는 머리를 숙인 후 빠른 걸음으로 그곳을 떠났다. 후쿠오카 빌딩에서 반사된 햇빛과 남자의 시선을 등에 느끼며 옥상을 뒤로했다.

나는 이와이야를 나와서 거리에 멈춰 섰다. 사람들의 왕래는 끊이지 않고 이어졌다. 자동차는 경적을 울리면서 뒤섞였다. 노면전차가 달려와서 정류장으로 들어왔다. 한 명이 운전하는 한 량짜리 전차였다. 문이 열리자 승객이 쏟아져 나와 한층 더 떠들썩해졌다. 나는 눈에 보이지 않는 뭔가에 밀려 흘러가기 시작했다.

소음, 사람 소리, 자동차의 경적, 노면전차의 경적. 걷고 있는 것만으로 소리의 홍수에 파묻혀버렸다. 숨을 들이쉬자 배기가스가 폐를 자극했다.

머리가 무거워지기 시작해서 발을 내디딜 때마다 아픔이 커졌다. 작은 약국을 발견해 두통약을 샀다. 좀 더 걸어가자 다방이 보였다. 뛰어들어가 커피를 주문하고 냉수를 달라고 해 두통약 두 알을 먹었다. 다방 안에는 유행하는 포크송이 흘렀지만 귀에 들어오지 않았다. 두통은 계속 낫지 않아서 두통약 두 알을 다시 커피와 함께 삼켰다.

얼마 지나자 심장이 고동치기 시작했다. 마치 내 심장이 아닌 것처럼 제멋대로 고동이 빨라져 간다. 가만히 앉아 있을 수 없어 커피를 반 이상 남겨놓은 채 다방을 나섰다.

나는 가방을 가슴에 안고 웅크린 채 큰 걸음으로 걸었다. 지나가는 사람이 놀란 얼굴로 나를 봤다. 뭔가가 어깨에 부딪쳤다. 나는 비틀거렸으나 상관없이 걸음을 계속했다.

"이봐, 조심해서 다녀!"

뒤에서 남자의 화난 목소리가 들렸다. 나는 뒤돌아보지 않았다.

니시타이 교에 도착했다. 완만한 곡선를 그리며 나카 강에 놓여 있는 길이 100미터 정도의 이 다리를 건너면 일본 유수의 환락가인 나카스다. 건너편 강가에는 커다란 네온사인이 빈틈없이 늘어서 있어, 벽에 붙어 있는 포스터를 연상시켰다.

나는 다리 한가운데에서 발을 멈췄다. 숨이 거칠어지고 가슴에는 땀이 배어나왔다. 다리 난간에 가방을 올려놓고, 나카 강의 흐름을 멍하니 바라봤다. 보트를 타고 있는 사람들이 보였다. 젊은 연인들은 서로를 바라보며 즐겁게 웃고 있었다.

'죽어버릴까.'

한기가 엄습해서 어깨를 움츠리며 주먹을 꽉 쥐었다. 몸의 경련이 멈추질 않았다. 심호흡을 거듭하며 조금씩 안정을 찾아갔다. 숨을 크게 들이마시고 눈을 들어 천천히 숨을 내쉬었다. 죽을 순 없다. 이따위 일로 죽을 이유가 없다. 몇 번이나 다짐했다.

"아……."

두통이 사라졌다. 뭔지 모를 스위치가 켜져서 드리워져 있던 안개가 일순간에 걷힌 느낌이다. 평상시의 자신으로 돌아온 느낌이 들었다. 나는 새삼스럽게 심호흡을 했다.

토도 선생의 지갑에서 돈을 꺼낸 것은 사실이기 때문에 어쩔 수가 없다. 그러나 내가 가진 것도 아니다. 어디까지나 류를 위한 일이었다. 교사로서 속이 깊지 않은 행동이었는지 모르겠으나 사람의 도리에 어긋난 일은 아니다. 더군다나 매점의 도난 사건과는 전혀 관계가 없다. 그것이 입증된다면 내가 취한 행동도 틀림없이 이해받을 수 있을 것이다. 나는 타인으로부터 업신여김당할 일은 아무것도 하지 않았다.

우선은 매점의 도난 사건에서 나의 무죄를 증명해야 한다. 그리고 그걸 가능하게 해줄 사람은 이 세상에 한 사람밖에 없다.

나는 서서히 힘이 솟아나는 걸 느꼈다. 입을 굳게 다물고 하카타 역을 향해서 발을 내디뎠다.

류의 집은 수학여행 전날에도 방문한 적이 있었다. 그 의 아버지는 어부였으나 술자리 싸움에 말려들어 왼쪽 눈을 찔려 실명했고 그 때문에 배를 탈 수 없게 되었다. 얼마 동안은 아는 사람의 철공소 일을 도와주었는데, 1년도 계속하지 못했다고 한다. 그 후에는 일도 하지 않고 술타령만 하더니 어느 날 밤 누군가에게 불려 나간 후로 돌아오지 않았다. 치쿠고 강에 시체가 떠오른 것은 일주일 후였다. 그 지역에서는 큰 소란이 일어났고 시간이 지나도 좀처럼 이 화제는 사그라질 줄 몰랐다. 당시 열다섯 살이었던 나조차도 학교에서 반 친구들과 함께 이리저리 상상의 날개를 펼치곤 했다. 결국 자살로 처리되었던 것으로 기억한다. 남겨진 아내는 그 후 몇 번인가 재혼을 반복했다고 한다. 이런 이야기는 엄마가 이웃 사람들과 대화하는 걸 귀동냥해서 알았다. 현재는 여자 혼자서 장남인 류와 여동생을 기른다. 이것 또한 소문이지만 류의 여동생은 세 번째 결혼한 남자가 데리고 온 아이로 류와 혈연관계는 없다고 한다.

류의 집은 오카와 시에서도 낡은 주택들이 밀집되어 있는 구역에 있었다. 자그마하고 아담한 목조 단층집으로 집 전체가 다갈색으로 생기가 없었다. 반투명 유리로 되어 있는 미닫이문 위에는 작은 벌레들이 달라붙어 있는 외등이 달려 있었다. 나는 심호흡을 하고 미닫이문을 조금 열었다.

"실례합니다."

집 안을 향해 인사말을 건넨 뒤 숨을 죽이며 반응을 기다렸다. 대답은 돌아오지 않았지만 인기척을 느낄 수는 있었다.

"실례합니다."

다시 한 번 말했을 때 발소리가 들렸다.

어두침침한 안에서 나타난 것은 류였다. 구깃구깃한 체크무늬 셔츠에 반바지, 맨발이었다. 류는 나를 보고 눈을 크게 떴다.

"또 왔어요?"

판자를 댄 마루에 올라서 있는 만큼 그대로 있어도 키가 큰 류가 더욱 커 보였다. 나는 위압감을 느끼면서 류를 올려다보았다.

"오늘, 왜 쉰 거야?"

"속이 안 좋아서요."

"학교에 연락했어?"

류는 대답하지 않았다.

"어머님은?"

"나갔어요."

나는 가볍게 한시름 놓았다.

"잠깐 할 말이 있는데, 들어가도 돼?"

류가 아무 말 없이 머리를 끄덕였다.

나는 문지방을 넘어 류의 집에 발을 들여놓았다. 들어서자 좁은 현관이 있고 더러운 운동화나 샌들이 아무렇게나 흐트러져 있었다. 나는 잠깐 주춤하다가 미닫이문을 닫았다. 외부의 소리가 차단되어 조용해졌다. 생각보다 어둡다.

나는 화들짝 놀라 비명을 지를 뻔했다. 기둥 그늘에서 열 살쯤 먹은 여자아이가 나를 훔쳐보고 있었다. 단발머리에 얼굴은 작고 역삼각형이다. 팔의 살갗은 거무스름하고 짧은 막대기처럼 가늘었다. 입고 있는 건 목이 둥근 셔츠에 면 팬티뿐. 어린애라고는 해도 현관 앞에 나와 있을 모습은 아니다.

그러나 내 몸을 뻣뻣하게 한 것은 그 여자아이가 발산하는 이상한 압력 때문이었다. 그 압력의 원천은 얼굴에 어울리지 않을 정도로 커다란 눈이다. 동글동글한 검은 눈이 깜박이지도 않고 나를 응시하고 있었다. 얼굴에 움직임이 없어서 마치 가면 같았다. 그 가면이 계속해서 오직 나만 쳐다보고 있었다. 나는 여자아이에게 어색한 웃음을 던졌다.

"안녕?"

여자아이가 무표정한 채 커다란 눈을 류에게 옮겼다.

"학교 선생님이셔. 걱정하지 않아도 돼."

류의 목소리는 마치 다른 사람처럼 다정했다. 긴장이 풀렸는지 여자아이의 꼭 다문 입가가 다소 누그러졌다. 류를 보는 눈에 열 살의 여자아이에게는 어울리지 않을 정도의 요염함이 배어 있었다.

"저쪽으로 가 있어."

여자아이가 가만히 머리를 끄덕이며 기둥의 그늘로 사라졌다. 발소리는 들리지 않았다.

"여동생?"

류가 네, 하고 대답했다.

"나한테도 여동생이 있어. 다섯 살 아래. 어릴 때부터 몸이 약해서……."

류가 양쪽 호주머니에 손을 찔러넣고는 어깨를 웅크리고 선 채로 벽에 기댔다. 집 전체가 둔하게 진동했다. 류의 시선이 발밑을 향했다.

"용건이 뭐예요?"

"수학여행 때 여관에서 일어났던, 그 일 말인데……."

류는 아무 반응이 없다.

"선생님한테는 정직하게 말해줘. 매점에서 돈을 훔친 게 류야?"

"그렇다면 어쩔 건데?"

그는 신경질적인 목소리로 말을 하며 입을 삐쭉였다.

"……그렇구나. 인정하는 거지?"

류가 얼굴을 들며 도전하는 눈초리를 내게로 보냈다.

"아, 인정해줄게요. 돈을 훔친 건 나라고."

"왜 그런 짓을 한 거야. 선생님은 널 믿었는데!"

나는 무의식중에 소리를 질렀다.

류가 눈을 크게 떴다. 입술이, 빰이, 떨리기 시작했다.

"사실을 밝혀줘. 류가 입 다물고 있으면 선생님이 훔친 게 되어버리고, 범인 취급을 받아. 그럼 학교도 그만둬야 해!"

"왜……."

"널 보호하기 위해서 선생님이 훔친 거로 해버렸어. 그렇지 않았다면, 너는 지금쯤 경찰서에 있을지도 몰라."

"그럼, 왜 이제 와서 사실을 말해야 하는데요? 내가 경찰에 체포돼도 좋다는 거예요?"

"여관에서는 경찰에는 통보하지 않겠다고 했어. 그런데 학교에서는 그렇게 안 되거든. 교장 선생님을 납득시키지 않으면, 선생님이…….”

류가 킁킁거리며 턱을 번쩍 들더니 무시하는 눈초리로 나를 노려봤다.

“왜 그런 얼굴을 하는 거야. 잘 들어!”

나는 팔을 힘껏 들어 류의 뺨을 때렸다. 좁고 어두운 공간에 뺨을 때리는 소리가 울려 퍼졌다.

류가 손으로 뺨을 감쌌다. 나는 깜짝 놀라 오른손을 꽉 쥐었다. 그때 황급한 발소리가 들리더니 흰 무언가가 덤벼들었다. 얼굴에 손톱이 파고들었다. 아까 그 여자아이가 나에게 맹렬하게 달려든 것이다.

개 이빨처럼 드러내놓은 입에서 신경을 몹시 자극하는 날카로운 소리가 튀어나왔다. 나는 이를 악물고 힘으로 밀어냈다. 여자아이가 현관에 넘어져 굴렀다. “그만!” 하고 류가 소리를 질렀다. 나는 팔을 붙잡혀 벽에 강제로 세워졌다. 등이 벽에 세게 밀리자 숨을 쉴 수가 없었다. 눈앞이 캄캄해졌다. 신음을 하면서, 숨을 내쉬었다. 힘을 빼자 폐에 공기가 들어왔다. 눈앞이 밝아지니 류의 얼굴, 거친 남자의 얼굴이, 바로 코앞에 있었다.

울음소리가 들려왔다. 류가 내 팔을 놓고 등을 돌려 여자아이를 안았다. 가슴에 안고 여자아이의 귀에 뭔가 속삭이니 울음소리가 조금씩 낮아졌다. 류의 등에 여자아이의 가는 팔이 감겼다.

"……미안해, 갑자기 달려들어서, 어쩔 수 없었어."

류가 얼굴을 돌려 나를 쳐다봤다. 여자아이도 울음을 그치고 커다란 검은 눈으로 나를 바라봤다. 둘 다 등골을 오싹하게 하는 미움이 가득 찬 눈이었다.

"돌아가요."

류가 여자아이를 안은 채 집 안으로 올라섰다.

"다시 오면, 죽여버릴 거야!"

그는 돌아보지도 않고 안으로 들어가 버렸다. 나는 현관에 그냥 서 있었다. 다시 한 번 류가 나와주지 않을까, 옅은 기대를 가지고 기다렸지만 허사였다. 체념하고 밖으로 나왔다. 자전거의 핸들에 손을 올렸으나 발을 움직일 수가 없었다. 할퀴어진 볼을 만져보니 손에 피가 묻었다. 약 기운이 떨어졌는지 다시 머리가 아파왔다.

"누군가 했더니, 선생님이셨네."

뒤에서 들리는 소리에 심장이 고동쳤다. 류의 어머니인 류 미요코가 서 있었다.

미요코의 얼굴은 밑부분에 약간 살이 있고, 나이에 따른 늘어짐은 있어도 작고 두툼한 관능적인 입술이나 커다란 눈, 갈색으로 염색한 파마머리가 여자임을 강하게 나타내고 있었다. 주름 장식이 달린 노란 원피스에는 새

빨간 히비스커스 꽃이 활짝 피어 뽐내고 있었다.

"오늘은 무슨 일로?"

미요코가 허리에 손을 올리고 턱을 당기며 나를 노려본다. 그 눈은 적개심이라기보다는 마음속 깊은 곳까지 꿰뚫어볼 수 있을 것 같은 공포를 느끼게 했다. '당신은 마음이 썩었어, 인간쓰레기야' 그렇게 말하는 것 같아서 어쩔 도리가 없었다.

"아녜요. 아무것도 아닙니다. 실례합니다."

나는 머리를 숙이고 자전거를 끌었다.

"그래, 그래. 당신, 수학여행 간 여관에서 돈을 훔쳤다며?"

발이 멈췄다. 나는 천천히 돌아봤다.

"그런 무서운 얼굴 하지 마. 난 약간 안심했어. 당신같이 높은 곳에 있는 여자도 결국은 나처럼 더러운 인간이라는 사실을 알았으니까."

나는 다시 앞을 보고 자전거에 올라탔다. 허리를 들어, 페달에 온 체중을 가했다. 아무것도 생각하지 않고, 발을 뻗어 페달을 밟았다. 미요코의 높은 웃음소리가 뒤로부터 나를 앞질렀다.

나는 집에 돌아오자마자 부엌에서 컵에 수돗물을 듬뿍 받아 두통약 네 알을 한꺼번에 입에 털어 넣었다.

보통 때보다 빠른 귀가를 의심한 엄마에게는 감기인 것 같아 조퇴했다고, 그리고 내일도 쉴지 모른다고 말해 두었다. 수학여행지에서 돈을 훔쳐서 처분을 받을 때까지 집에서 근신한다고는 말할 수 없었다. 이 사실을 말하면, 나에게 질문 공세를 하고, 화내고, 한탄하며 울지도 모른다. 그리고 아버지도 알게 된다. 집에서 근신하게 된 딸을 아버지는 어떻게 생각할까. 상상하는 것만으로도 무서웠다.

나는 불단에 인사하는 것도 잊고, 내 방으로 올라가 옷도 갈아입지 않고 그대로 침대로 쓰러졌다.

류는 돈을 훔쳤다고 자인했다. 그러나 그것을 내 입으로 말할 수는 없다. 본인이 직접 이름을 밝히지 않으면 의미가 없는 일이다.

나는 눈을 감고 공상을 시작했다.

류가 스스로 교장실에 찾아가 모든 걸 고백한다. 자신이 매점의 돈을 훔쳤다, 카와지리 선생님은 자신을 보호하기 위해 그렇게 한 것뿐이다, 그러니까 벌을 줄 거라면 자신에게 주라고 요청한다. 그렇게 울며 호소한다. 이렇게 되면 타도코로 교장도 나에게 중벌을 줄 수 없다. 기껏해야 주의 정도. 나는 토도 선생에게 사죄하고, 4천 엔을 돌려준다. 미담이 알려진 이상, 토도 선생도 화를 낼 수 없다. 그리고 그녀에게는 수학여행에서 압수한 성인 잡지를 집에 가지고 갔다는 약점도 있다. 만일의 경우에는 그걸 넌지시 이용해도 좋다. 틀림없이 그녀는 얼굴을 붉히며 내 기분이 상하지 않도록 노력하겠지. 사에키 선생에게선 새로운 데이트 신청이 있을 것이다. 나는 사에키 선생의 재빠른 변화에 환멸을 느끼면서도 데이트 신청을 받아들인다. 그렇게 해서 모든 일은 잘 마무리된다. 아무 일도 없었다는 듯이 다시 일상생활로 돌아가기 시작한다.

손으로 얼굴을 감쌌다. 입에서 탄식이 새어 나왔다.

그렇게 될 리가 없다는 것을 잘 알고 있다. 오늘 류의 모습만 봐도 스스로 사실을 밝히는 일은 있을 수 없다고 생각했다. 남아 있는 길은 징계를 받아 면직되는 것뿐이다. 이 시골사회에서 사건을 일으켜서 학교를 그만둔 여교사가 어떻게 살아갈 수 있겠는가. 아니, 학교를 그만두는 건 상관없다. 그러나 그 사실을 아버지가 알아버린다면…… 그것만은 참을 수 없다.

나는 어릴 적부터 열심히 공부했다. 학교에서 좋은 성적을 받아오면 아버지께서 무척 기뻐하셨다. 아버지께 칭찬받고 인정을 받는 일이 무엇보다 자극이 되었다. 쿠미에게서 아버지를 뺏어오기 위해서는 이상적인 딸이 되는 길 외에는 없다고 생각해왔다. 그래서 대학에 진학할 때도 사실은 이과대학에 가고 싶었지만 아버지의 뜻을 따라 문과대학에 지원했다. 그리고 졸업 후에도 아버지 말에 따라 집에서 출근이 가능한 중학교 교사가 되었다.

나는 아버지의 기대에 모두 맞추어왔다. 이상적인 딸임이 틀림없다. 그러나 결국, 이긴 것은 쿠미였다. 아버지는 집에 돌아오면 불단 앞에 앉기 전에 우선 쿠미의 얼굴을 보기 위해 2층으로 올라간다. 쿠미에게 몸의 상태를 물어보고 상냥한 말을 건넨다. 그러나 나에게는 웃음조차 주지 않았다. 아주 오래전 그 이와이야 백화점 옥상에서 들었던 웃음소리가 내게는 기억에 남아 있는 아버지의 마지막 웃음이었다. 그 웃음소리를 다시 한 번 듣기 위하여 나는 노력해왔다. 만약 이것으로 문제교사가 되어 면직된다면, 나의 15년에 걸친 노력은 무의미해질지도 모른다.

'누군가 도와줘, 신이시여…….'

내 이름을 부르는 소리가 들려서 귀를 기울여보니 계단 아래에서 엄마가 부르는 소리였다.

"마츠코, 학교에서 전화 왔다."

다음 날 아침 나는 보통 때처럼 준코와 나룻배를 같이 타고 등교했다. 배 위에서의 준코는 계속 재잘대고 있었다. 평상시보다 더 밝게 행동해서 약간 무리를 한다고 생각했다. 어쩌면 도난 사건에 대한 이야기를 듣고, 나에게 힘을 북돋워주려고 했는지도 모르겠다.

어제 학교에서 걸려온 전화는 다음 날 학교에 출근하라는 호출이었다. 전화를 건 사람은 스기시타 교감. 처분이 결정되었냐는 나의 물음에는 와보면 안다는 대답뿐이었다.

어제저녁 태어나 처음으로 마음속으로부터 신에게 기도했다. 그건 나에게는 신선한 체험이었다. 약간은 마음이 가벼워진 느낌이었다. 어쩌면 신이 정말로 도와줄지도 모른다는 생각까지 했다. 학교로부터 전화를 받았을 때 그건 확신으로 변했다. 무언가 사건이 일어났다.

교무실에서 교사들의 호기심 어린 눈초리를 의식하면서 나는 교장실로 들어갔다. 교장실에는 타도코로 교장 외에 스기시타 교감과 한 명 더, 키가 큰 남학생이…….

그게 류라는 걸 알았을 때 나는 쾌재를 부르고 싶었다. 자, 봐라. 기적이 일어났다. 류가 당당하게 진실을 밝힌 것이다. 신이 도와주신 게 틀림없다.

나는 몸속에서 끓어오르는 환희를 억누를 수 없어서 저절로 미소가 번져 나왔다. 타도코로 교장이 의자에서 일어섰다.

"카와지리 선생님, 류에게서 모두 들었습니다."

"네."

나는 가슴을 펴며 대답했다.

"난 창피하기 이를 데 없어요. 당신 같은 사람을 이 학교로 오게 한 것이."

타도코로 교장이 아주 못마땅한 표정으로 말했다. 나는 좀 전의 흥분이 갑자기 식어가는 걸 느꼈다. 실체를 알 수 없는 불안감이 마음속에 퍼졌다.

"……무슨 말씀을 하시는 겁니까?"

스기시타 교감이 입을 열었다.

"카와지리 선생님, 당신은 여기 있는 류에게 자신의 죄를 대신해달라고 협박하지 않았습니까? 일부러 집에까지 찾아갔다면서요."

"네?"

"그리고 그때, 누이동생을 밀어서 상처까지 입혔다면서요."

나는 스기시타 교감의 얼굴을 응시했다. 타도코로 교장, 그리고…… 류는 바닥의 한곳을 바라보며 미동도 하지 않았다.

"카와지리 선생님."

타도코로 교장이 묵직한 말투로 불렀다.

"도난 사건을 일으켰을 뿐만 아니라, 그 죄를 자신의 학생에게 뒤집어씌우려고 하는 선생님에게는 정말 실망했습니다. 이 정도로 비열한 사람이라고는 생각하지 못했습니다. 더구나 그게 이루어지지 않자 욱해서 관계도 없는 여자아이에게 폭행을 했다는 점은 교사로서, 아니 사회인으로서 실격이라고 말할 수밖에 없네요."

"아니에요, 그게 아닙니다. 그것은…… 류, 진실을 말해줘!"

"또 그런 말을! 오늘 오시라고 한 것은 사직서를 내달라는 부탁을 드리기 위해서입니다. 징계 후 면직도 가능합니다만 선생님의 장래를 생각해서, 부족하나마 그동안의 정을 생각해서 스스로 사직하게 하는 것으로 결정했습니다."

"잠깐만요, 그럴 리가……."

"이야기는 이것으로 끝입니다."

타도코로 교장이 등을 돌려 창 앞에 섰다.

"너는 이제 교실로 돌아가거라."

스기시타 교감이 류에게 말했다. 류가 빠른 걸음으로

교장실에서 나갔다. 그는 마지막까지 나와 눈을 마주치려 하지 않았다.

나는 교장실을 나왔다. 다리가 뒤틀리는 것 같아 벽에 손을 짚었다.

교무실은 조용했다. 사에키 선생은 한쪽 팔을 책상에 대고 교장실을 등지고 있었다. 내가 바로 뒤에 서 있어도 무시해버렸다.

나는 교무실을 나왔다. 교무실의 신발장 앞에 준코가 서 있었다. 교실에서 뛰어왔는지 숨을 몰아쉬고 있었다. 준코는 계속 깜박이는 눈으로 똑바로 나를 쳐다봤다.

"선생님, 지금 친구한테서 들었는데……."

거기서 말이 끊겼다.

"어이쿠."

출입구에서 소리가 들렸다. 돌아보니 미야케 선생이 출근하는 중이었다. 가방을 겨드랑이에 끼고, 오른손을 바지 주머니에 집어넣은 채이다. 그 얼굴에 순간, 조소가 번졌다.

나는 눈길을 아래로 피했다.

슬리퍼로 바쁘게 갈아신는 소리에 이어 뚜벅뚜벅하는 발소리가 교무실을 향했다. 미야케 선생이 멀어지는 것을 기다렸는지 준코가 입을 열었다.

"선생님, 류에게 죄를 덮어씌우려고 했다는데, 정말이에요?"

준코는 금방이라도 울어버릴 듯한 눈으로 나를 쳐다봤다. 나는 그 순진한 얼굴을 때려눕히고 싶은 이상한 충동을 느꼈다.

"선생님?"

나는 한쪽 입술을 추켜올리고 준코에게 얕보는 시선을 보냈다.

"정말이야. 혹시 선생님이 학교에서 쫓겨날 것 같아서."

준코의 눈에 눈물방울이 맺혔다. 등을 돌리고 발을 내디뎠다. 손으로 눈가를 훔쳤다. 점점 걸음이 빨라지면서 뛰기 시작했다. 모퉁이를 돌았을 때 보이지 않는 곳에서 울음소리가 들려왔다.

대체 왜 그런 말을 했을까. 열다섯 살도 안 된 아이에게 상처를 주고, 그 모습을 보며 쾌감을 느끼다니……. 준코는 나를 신뢰하고 있었는지도 모르는데, 그 애만은 알아주었을지도 모르는데, 나는 스스로 거부해버리고 말았다.

흐물흐물해진 감정을 질질 끌며 자전거 보관소로 향했다. 자전거를 꺼냈으나 탈 기력이 없었다. 나는 자전거를 밀며 한 걸음, 한 걸음 힘없이 걷기 시작했다.

교문을 나서면서 뒤를 돌아보았다. 학교의 모든 창문에서 학생들과 교사들이 나를 내려다보고 있었다. 머릿속에서 나를 그나마 지탱하던 끈이 툭! 끊어지는 느낌이었다. 어이가 없었다.

순간 참을 수 없을 정도로 웃고 싶은 충동이 솟아올랐다. 자전거의 안장에 앉아서 허리를 들고 페달을 밟았다. 나는 깔깔대며 웃기 시작했다. 등교 중인 학생들이 눈을 크게 뜨고 쳐다봤다.

치쿠고 강을 건너 집에 돌아오자마자 자전거를 내던진 채 집 안으로 들어갔다. 엄마는 없었다. 보통 때와 같이 아침 시장에 나간 것 같았다.

나는 2층으로 뛰어 올라가 수학여행 때 들고 갔던 검은 가죽 여행 가방을 꺼냈다. 가방에 내의 및 의류, 화장품 등 필요한 물건들을 집어넣었다. 그리고 저금통장과 인감. 이 통장에 성인식 때 받은 10만 엔의 정기예금이 들어 있었다. 이것이 당분간 생활할 돈이다. 책상 서랍 속을 휘저으니 오래된 봉투가 나왔다. 안에 들어 있는 것은 성인식 때 찍은 내 사진이다. 그다지 잘 찍힌 사진은 아니어서 마음에 들지는 않았다. 그러나 왠지 놓고 가기 싫어서 가방에 넣어버렸다.

"언니?"

문 앞에 쿠미가 서 있었다. 변함없는 파자마 모습으로 카디건은 입고 있지 않았다.

"언니, 왜 그래? 학교는?"

나는 가방에 물건을 넣으면서 말했다.

"학교는 이제 그만뒀어."

쿠미가 "정말?" 하고 놀란 듯이 물었다.

"왜…… 아버지하고 의논했어? 그 가방은 뭐야?"

"시끄러워. 냉큼 침대로 돌아가 자위든 뭐든 해!"

나는 소리를 지르고 손을 멈췄다. 천천히 목을 움직여 쿠미를 올려다봤다.

쿠미는 얼굴이 새빨개져서 고개를 숙이고 입술을 깨물었다. 늘어뜨린 양팔의 끝에서 주먹을 떨고 있었다.

나는 동생이 치욕을 참고 있는 모습을 보고도 가엾다고 생각되지 않았다. 오히려 말할 수 없을 정도의 쾌감을 느꼈다. 꼴좋다, 라고 중얼댔다.

나는 가방의 지퍼를 잠근 후 손잡이를 잡고 일어섰다.

쿠미가 얼굴을 들었다.

"언니, 어디 가?"

"가출할 거야."

"왜 그래!"

쿠미가 내 앞을 막아섰다. 양손을 모아 가슴에 대고 있었다.

나는 무시하고 쿠미의 옆을 지나쳤다.

"가지 마, 언니. 부탁이야!"

쿠미가 뒤에서 필사적으로 내 팔을 잡았다.

나는 돌아서서 쿠미를 노려보았다. 쿠미의 손가락이 팔을 파고들어서 아플 정도다. 가냘픈 몸의 어디에 이런 힘이 남아 있었을까. 쿠미는 입을 굳게 다물고, 샘이 날 정도로 아름다운 눈은 크게 뜨고 있었다.

나와 쿠미는 소리도 내지 못하고 움직이지도 못한 채 서로를 노려봤다.

'다 쿠미 때문이다…….'

"놔!"

나는 팔을 뿌리쳤다. 양팔을 벌려 쿠미의 몸을 눈 딱 감고 밀어냈다. 쿠미가 비명을 지르며 침대에 넘어졌다. 나는 가방을 내던지고 쿠미 위에 걸터앉았다. 가는 목에 손을 뻗치고 양손으로 싸안듯이 쿠미의 목을 잡았다. 손가락을 목 언저리에 겹쳤다.

"언니……."

쿠미가 눈을 크게 뜨고 나를 올려다봤다. 그녀의 입언저리가 떨리면서 눈에 눈물이 고이기 시작했다. 내 검지에 힘이 들어갔다. 쿠미의 목에서 구토를 할 때와 비슷하게 이상한 소리가 났다. 쿠미가 양손으로 내 팔을 잡고 다리를 버둥거렸다. 나는 검지에 체중을 실었다. 쿠미는 눈을 감더니 미간에 주름이 잡히면서 얼굴색이 검붉게 변했다. 쿠미의 눈가에 주르륵 눈물이 흘렀다. 내 팔에서 쿠미의 손이 떨어져 나가 이불에 떨어지며 소리를 냈다.

나는 정신이 번쩍 들어 쿠미의 목에서 손을 놓았다. 쿠미가 혀를 내밀며 콜록콜록 기침을 했다. 눈을 감은 채 울음을 터뜨렸다. 비통한 통곡에 맞춰 가냘픈 몸이 경련을 했다. 나는 침대에서 내려섰다. 심장이 고동을 치고 있었다.

'하마터면 쿠미를 죽일 뻔했다. 도대체 나는…….'

"언니 미워!"

쿠미가 작은 짐승처럼 울부짖었다. 나는 가방을 집어 방을 나와 계단을 뛰어 내려갔다.

"마츠코, 왜 그러니? 이거 쿠미 소리잖아?"

엄마가 양손에 야채를 든 채 현관에 서 있었다. 보통 일이 아닌 걸 알았을까? 눈이 바쁘게 움직이고 있었다. 나는 아무 말도 없이 구두를 신었다.

"잠깐! 마츠코, 뭐니 그 가방은? 기다려!"

엄마가 가방을 잡았다. 내가 가방을 잡아당기자 엄마는 앞으로 쓰러져 현관에 엎어져서 움직이지 않았다.

나는 숨을 죽였다.

잠시 후 엄마가 신음하면서 몸을 일으키자 나는 휴우, 하고 숨을 내쉬었다.

"미안해요. 찾지 마세요."

집을 뛰쳐나가서 넘어져 있는 자전거를 잡아 일으켰다. 가방을 짐칸에 넣으려 했으나 너무 커서 들어가지 않았다. 짐칸 위에 놓고 한 손으로 잡기로 했다.

"언니!"

2층 창문에서 쿠미가 날 불렀다. 얼굴은 원숭이같이 붉었고 눈물범벅이었다. 나는 무시하고 자전거를 타고 달려 나갔다.

'더 이상 치쿠고 강은 건너지 않는다. 하야츠에 다리를 건너자. 더 멀리로…….'

모퉁이를 돌자 이웃 아주머니들이 모여 잡담을 하고 있었다. 그들은 나를 보자 갑자기 목소리를 낮췄다. 나는 페달에 힘을 주면서 그녀들의 옆을 지나갔다.

이웃 아저씨가 집에서 나왔다. 어릴 적 놀이 상대를 해주던 사람이다. 나를 알아보곤 깜짝 놀란 얼굴로 “이봐, 마츠코!”라고 소리를 질렀다.

나는 “안녕히 계세요”라고 말하면서 계속 달렸다.

제2장

화려한 날들

1

마츠코 고모의 유품을 처분한 다음 날, 나와 아스카는 후츄 시로 향했다. 그 남자가 떨어뜨린 성경에 교회의 주소가 인쇄되어 있었는데, 그곳이 후츄 시였다. 나는 경찰에 알리자고 했으나 아스카가 말렸다. 아스카는 "그 사람이 마츠코 씨를 죽였을 리가 없어"라고 끝까지 우겨서 나는 "그건 아스카의 믿음일 뿐이야. 성경을 읽는다고 다 좋은 사람은 아니지. 경찰도 그 사람을 쫓고 있잖아"라고 반론을 제기했다. 하지만 아스카는 "교도소를 금방 나왔다고 의심받는 건 불쌍하잖아"라며 듣지 않았다.

결론적으로 이 성경을 교회에 갖다 주고 그 남자에 대해서 물어보기로 했다. 어쩌면 그곳에서 목사가 되어 있을지도 모르는 일이다. 일찍이 죄를 범했던 사람이 기독교에 눈을 떠서 목사가 된다. 있을 법한 이야기이다.

뾰족한 지붕에 십자가가 서 있을 걸 상상했지만 전혀 달랐다. 4층 구조의 조촐하고 아담한 일반 건물 2층 창문에 커다랗게 '이웃사랑 예수 기독교회 후츄 지부'라고 쓰여 있지 않았다면 아무도 교회라고는 생각할 수 없었을 것이다.

1층은 전면 유리로 된 상점이고 전동침대 및 이동식 변기 등의 노인용품이 진열되어 있었다. '아기자기한 애정을 지원합니다. 아키모토 노인용품'이라는 간판이 걸려 있는 걸 보니 교회와는 관계가 없는 듯 보였다.

상점 옆의 문을 열자 계단이 보였다. 우편함에 쓰여 있는 이름을 본 바로는 교회는 2층만 사용하는 것 같았다. 3층과 4층에는 들어보지도 못한 회사가 있었다. 나와 아스카는 음침한 계단을 올라갔다.

2층의 문은 안쪽으로 열려 있었다. 나무판을 붙인 문에는 '이웃사랑 예수 기독교회'라고 쓰여 있는 플라스틱제 명판과 '환영합니다'라고 쓰인 종이가 붙어 있었다.

나는 문 앞에 서서 안을 들여다봤다. 다다미 10장 정도 크기의 마루방이다. 학교나 회의실에 있을 법한 긴 의자가 두 개, 중앙에 놓여 있었다. 벽에는 파이프로 만든 접이식 의자가 기대어져 있었고 천장의 조명은 꺼져 있었다. 정면 벽에는 또 하나의 문이 있고 그 안쪽에도 방이 있는 것 같았다.

"계세요?"

뒤에 있던 아스카가 사람을 불렀다. 나는 돌아서서 입에 검지를 댔다.

"우린 도둑이 아니잖아."

"그건 그런데……."

"어서 오세요!"

소리가 나서 돌아보자 안으로 통하는 문이 열리며 은테 안경을 쓴 남자가 나오는 게 보였다. 백발이 희끗희끗 보이는 머리는 7대 3으로 갈라져 있었고 검은 망토 같은 옷을 입었으며, 왼손에는 성경 비슷한 책을 들고 있었다. 더 볼 것도 없이 목사가 분명했다.

"이곳은 처음이십니까?"

"네, 저……."

"이 안이 예배당입니다. 편하게 기도하시기 바랍니다. 하나님에 대한 말씀이라면 무엇이든지 저에게 얘기하시고요."

목사는 얼굴에 웃음을 잃지 않은 채 가까이 와서 오른손으로 안쪽 방을 가리켰다.

"아니, 저, 우리들은 그게 아니고……."

아스카가 앞으로 나서서 가지고 있던 성경을 앞으로 내밀었다.

"이 성경, 이 교회 것이지요?"

목사가 성경을 보더니 "실례"라고 하며 아스카에게 성경을 받아들어 펼쳤다.

"맞아요. 이건 확실히 우리 교회에서 사용하고 있는 성경입니다."

목사가 성경을 아스카에게 돌려주었다.

"이 성경, 어떤 남자가 떨어뜨리고 간 건데요."

"떨어뜨린 물건?"

"키가 크고, 야위었고, 얼굴이 길고, 사십 대 후반 정도입니다."

"마 모자를 쓰고 있었어요."

나도 기억을 더듬으며 부언했다.

"그분이 무슨 일이라도?"

"그분을 찾고 있습니다."

목사가 머리를 갸웃하고 다시 물었다.

"성함은 모르십니까?"

아스카가 머리를 좌우로 흔들었다.

목사가 성경을 다시 한 번 보여달라고 했다. 아스카가

성경을 건네자, 목사는 책 제일 뒷부분을 펼쳤다. 뒷부분을 보던 목사의 양 눈썹이 쑥 올라갔다.

"이건 아마도 교회가 후츄 교도소에 기증한 걸 겁니다. 틀림없습니다. 20년 전에 만들었네요. 1년 정도 교도소를 다니며 선교활동을 한 적이 있습니다."

아스카가 고개를 크게 끄덕였다.

"그때, 교도소에 있던 사람 중에 이걸 잃어버린 분이 있을 겁니다. 이 성경, 이곳에서 보관해주시면 안 될까요? 잃어버린 사람에게 이 성경은 아주 귀중한 것일 거예요. 어쩌면 이 교회가 생각나서 이곳에 올지도 모르잖아요."

"알겠습니다. 제가 책임을 지고 맡아두겠습니다. 단, 그렇게 기대는 하지 마시기 바랍니다."

목사가 난처한 얼굴로 말했다.

"이곳과 교도소는 아주 가까우니까, 출소한 분들이 가까이하려고 할지도 모릅니다."

나는 아스카와 얼굴을 마주쳤다.

"저, 신에게 부탁해서 이곳으로 데려오도록 할 수는, 아얏!"

목사를 향해 말을 하다가 아스카에게 발을 밟혔다. 목사는 우리를 보면서 눈을 크게 떴다.

"죄송합니다. 실례를 했네요."

아스카는 눈을 내리깔면서 머리를 숙였다. 목사는 머리를 좌우로 흔들었다. 왠지 아주 즐거워 보였다.

"어라? 잠깐만요."

나는 엉겁결에 소리를 질렀다.

"왜 그래?"

"이 성경, 후츄 교도소에 기증한 거라고 하셨죠?"

"그렇습니다."

"그게 왜?"

아스카가 궁금한 듯 물었다.

"그런데 형사 말에 의하면 그 남자는 한 달 전에 코쿠라 교도소를 나왔다고 했잖아. 어떻게 해서 후츄 교도소의 성경을 가지고 있지?"

아스카가 "아, 맞다" 하고 중얼거렸다.

"후츄 교도소에도 있었나?"

"또는 후츄 교도소에 있던 누군가에게 받았거나."

그다음 말이 나오질 않았다.

"저……."

목사가 말참견을 했다.

"괜찮으시다면, 기도하지 않으시겠어요? 틀림없이 하나님께서 도와주실 겁니다."

예배당은 앞에 있는 방에 비해서 넓었다. 창문의 커튼은 쳐져 있고 천장의 형광등이 켜져 있었다. 정면에 제단이 있고 벽에는 예수의 십자가상이 걸려 있었다.

제단 옆에는 오래된 오르간이 보였다. 어디선가 본 듯하다고 생각했는데 초등학교 음악실에 있었던 오르간과 비슷했다.

예수상과 대칭하여 긴 책상이 네 개씩 2열로 늘어서 있었다. 긴 책상 밑에는 각각 파이프 의자가 3개씩 배치되었다. 방에는 스테인드글라스도 없고, 찬송가도 들려오지 않았다. 공기가 빠져나가는 소리가 난다고 생각했는데, 천장 가까이에 있는 에어컨이 차가운 바람을 내뿜기 시작했다.

먼저 온 두 명의 사람이 보였다. 한 명은 뒷모습이 보이지 않지만 중년 여성 같았다. 제일 앞의 책상에 앉아 양손을 모으고 머리를 숙이고 있었다. 중얼중얼 기도하는 소리가 이곳까지 들려왔다.

또 한 사람은 영업사원풍의 서른 살 정도로 보이는 남자로 제일 뒤에 앉아 있었다. 상의는 옆 의자 등받이에 걸쳐져 있었고 와이셔츠에는 땀이 배어 있었다. 눈은 감았지만 선이 확실한 높은 코나 단정한 입언저리를 보니 상당한 호남형인 것 같았다. 책상 위 성경에 왼손을 대고 등을 곧바로 세우고 묵상하는 모습은 위엄마저 느끼게 했다.

갑자기 비명이 들렸다.

제일 앞에 앉은 여성이 맞잡은 양손을 높이 올리고, 머리를 흔들면서 울부짖기 시작했다. 뭐라고 하는지는 알아들을 수 없었다. 일본말이 아닌 듯했다. 양복을 입은 남자는 눈썹 한 번 움직이지 않았다. 목사는 변함없이 온화한 얼굴로 어서 오라고 말했다. 그동안에도 여성이 울부짖고 있는지 기도하고 있는지 알 수 없는 소리가 방 안에 울려 퍼지고 있었다.

나는 더 이상 견딜 수 없었다. 돌아가자고 하면서 아스카를 보자 아스카는 이미 의자에 앉아 양손을 맞잡고 머리를 숙이고 있었다.

나는 아스카의 귀에 입을 가까이 가져가 "뭘 하는 거야?"라고 물었지만 아스카는 대답하지 않았다.

"하나님, 그 사람을 다시 한 번 만나게 해주세요. 부탁합니다."

아스카는 장난하는 것 같지 않았다. 그녀는 정말로 기도하고 있었다. 목사를 보니 만족한 얼굴로 고개를 끄덕이고 있었다. 어쩔 수 없이 나도 의자에 앉아 아스카의 흉내를 내며 양손을 맞잡았다. 눈을 감아도 하나님에게 기도는 올리지 않고, 기도한다고 해서 뭔가 이루어진다면 손에 장을 지진다는 등 벌 받을 일만 생각했다.

중년 여성은 변함없이 울부짖었다.

제발 좀 그만 하라고 속으로 악담을 하면서 아스카의 얼굴을 보니 아직도 눈을 감고 있었다. 열심히 기도하고 있는 것 같았다. 아까처럼 중얼거리지 않아서, 무슨 기도를 하고 있는지 알 수 없었다. 정말 그렇게 기도할 것이 많은 것일까. 여자들은 정말 욕심쟁이라고 생각하고 있는데, 아스카의 눈꺼풀이 살짝 열리더니 눈이 환하게 반짝였다. 아스카가 손가락으로 눈을 비비고 이쪽으로 얼굴을 돌렸다. 눈이 빨갰다.

"쇼, 기도 끝났어?"

약간의 콧소리가 섞인 아스카의 물음에 나는 조금 양심에 찔렸다.

"어…… 응……."

"갈까?"

아스카가 일어섰다.

나와 아스카는 다시 한 번 목사에게 자기소개를 하고, 연락처를 남겼다. 아스카가 말해 깨달았는데 목사는 우리들의 이름을 물어보지 않았다. 목사는 마스무라라는 이름이었다.

우리들은 교회를 나온 후 어디로 가야겠다는 계획도 없이 역 앞의 상점가를 거닐었다. 평일 오후. 거리를 걷고 있는 사람들은 역시 주부로 보이는 여성이 많다.

"아스카, 하나 물어봐도 돼?"

"뭐?"

"왜 그렇게 마츠코 고모의 일에 신경을 쓰는 거야?"

아스카는 머리를 숙이고 걷기만 하고 대답이 없다. 그러나 그 눈빛에서 묘한 기운을 느꼈다.

"카와지리 마츠코라는 사람은 나한테는 고모이고 태어나서 자란 고향도 같지만, 아스카한테는 아무 관계도 없는 남이잖아. 살해되어 가엾다는 기분은 이해하지만."

"……나도 잘은 몰라."

아스카가 작은 목소리로 말했다. 그녀는 잠시 묵묵히 있다가 깊게 숨을 들이마시고 내쉬었다.

"그래도, 아까 교회에서의 기도로 개운해진 느낌이야."

"뭐……?"

나는 이야기가 통하지 않아서 안타까움을 느꼈다.

"쇼, 신이 정말 있다고 생각해?"

나는 걸음을 멈추고, 아스카를 쳐다봤다. 아스카도 멈췄다.

"난, 신은 자신의 마음속에 있다고 생각해."

나는 아스카의 이마에 손을 댔다. 아스카가 내 손을 밀어냈다.

"장난치지 마, 진지한 얘기니까."

"교회에서 신의 목소리라도 들었어?"

"아마도. 그곳에 신이 있지는 않을 거야. 예배당은 자신의 마음과 솔직하게 마주 앉아 마음의 소리를 듣는 장소라고 생각해. 그렇게 하면 고민했던 일에 대한 해답이 자연스럽게 머리에 떠오르거든."

자신에게 말하는 듯한 말투였다.

"아스카, 뭔가 고민 있어?"

"쇼!"

"왜, 왜 그래?"

"난 고향 집에 내려가야겠어."

"뭐?"

"이번 여름에 쇼와 함께 지내겠다고 약속했지만, 아무래도 고향 집에 가는 게 좋겠어."

"왜, 갑자기……."

"지금은 잘 설명이 안 되지만……."

"뭐야? 갑자기 그런 얘기 하는 게 어디 있어?"

나는 입술을 삐쭉 내밀어 토라진 표정을 지었다.

"미안해."

아스카가 얌전히 머리를 숙인다. 보통 때 같았으면 말대꾸를 했을 텐데.

"그 남자는 궁금하지 않아?"

아스카의 눈가에 웃음이 떠올랐다.

"이제 됐어."

"……."

"이제 신에게 맡겼으니까, 더 이상 할 일이 없잖아."

그리고 상냥하게 보듬어주는 목소리로 "미안해"라고 말했다.

전혀 정말로 아스카답지 않았다.

아스카는 그날로 짐을 꾸려 다음 날 아침 신칸센을 타고 나가노로 돌아가버렸다.

나는 아스카를 도쿄 역까지 배웅한 후, 승강장의 자동판매기에서 콜라를 사 마시고 캔을 쓰레기통에 버리고 나서 계단을 내려갔다. 개찰구를 나간 곳의 기둥에 교토의 다이몬지야키 마츠리*의 포스터가 붙어 있었다. 나는 그 기둥에 등을 기대고 천천히 몸을 미끄러뜨렸다. 그렇게 주저앉은 채 사람들의 왕래를 멍하니 쳐다봤다. 지방

*8월 16일 교토에서 열리는 마츠리로 大자 모양으로 큰 불을 놓음.

에서 상경한 걸로 보이는 젊은 여자들의 허벅지나 활보하는 아가씨들의 드러난 등을 봐도 아무것도 느껴지지 않았다.

여름방학에 아스카와 신나게 놀려고 했다. 아르바이트도 그만두었기 때문에 할 일도 없었다. 다시 아르바이트를 찾아보면 되지만, 그럴 기분이 아니다. 8월 후반에 '해양생물학 2'의 집중강의가 잡혀 있었기에 그때까지는 돌아오겠다고 했지만 아직 한 달이나 남았다.

왼쪽을 보니 담배꽁초가 떨어져 있었다. 일어서서 발로 차버렸다. 꽁초가 바닥을 구르다 멈췄다.

'도대체 무슨 생각을 하는 거야, 아스카는.'

내가 아스카와 처음으로 말을 한 것은 대학에 입학해서 얼마 지나지 않았을 때인 '생화학 1' 강의시간이었다.

그날도 나는 강사의 말을 대충 듣고 있었지만 옆에 앉은 약간 수수하고 작은 몸집의 여자애는 진지한 눈으로 맹렬히 필기를 했다.

'이 여자애와 사이가 좋아지면 시험 볼 때 노트를 복사할 수 있겠지'라는 발칙한 생각을 한 나는 살짝 그녀의 노트를 훔쳐보고 눈을 크게 떴다.

놀랍게도 노트엔 모두 영어로 쓰여 있었다. 이게 영어수업이라면 그렇게 놀라지 않았겠지만 지금은 생화학 시간이다. 잘 모르는 전문용어가 차례로 나왔다. 그걸 영어로 써나가기 위해선 생화학에 관한 지식에 상당히 정통해 있어야 한다. 적어도 보통의 고등학교 수준으로는 쫓아갈 수 없는 것임에 틀림없다.

나는 이거 도대체 뭐야, 하는 투로 눈을 크게 뜬 채 그녀의 옆얼굴을 봤다.

"너, 외국 살다 왔냐?"

나는 엉겁결에 그녀에게 말을 걸고 말았다. 그녀는 깜짝 놀란 얼굴로 날 쳐다봤다.

"아니. 나가노에서 태어나 나가노에서 자랐어. 왜 그런 질문을?"

"아니, 영어로 필기를 하니까."

"아, 이건 다만, 이게 쉬우니까."

"쉬……워?"

"한자보다 빨리 쓸 수 있고, 단어 수도 적어서 좋잖아."

"우와, 대단하다."

"습관 되면 아무나 할 수 있어."

"그래도 전문용어 같은 건……."

"이봐, 거기. 조용히 못 해!"

금방 강사의 화난 목소리가 들려왔다. 나는 이건 아니지, 하며 어깨를 움츠렸다.

그녀는 어떨까 하고 보니 혀를 쏙 내밀고 장난이 들켰을 때의 조그만 여자아이가 하듯이 웃음을 짓고 있었다.

강의가 끝나고 난 후 정식으로 자기소개를 했다. 그 후 학생식당에서 1시간 정도 영어 공부법이나 학교의 인상에 관하여 잡담을 했다. 물론 전화번호를 묻는 것도 잊지 않았다. 그 후로도 몇 번인가 식사를 하기도, 놀기도 해서 여름방학 직전에 연인이라고 할 정도의 관계가 되어 지금에 이르고 있었다.

그러나 생각해보면 나는 아스카에 관하여 잘 몰랐다. 본가가 나가노에 있다는 사실 이외에는 형제가 몇 명인지, 어린 시절을 어떻게 보냈는지, 부모님이 건강하신지도 몰랐다. 아스카와 사귄 지 1년 이상이 됐고, 헤아릴 수 없이 자주 섹스도 했지만 남과 그다지 다르지 않았다.

나는 발로 차버린 꽁초를 뒤로하고 걷기 시작했다.

헌팅이라도 해서 이 여름만 놀아줄 상대를 찾아볼까. 그렇게 생각하고 주위를 둘러보았으나 다른 여자들은 감자나 고구마로밖에 보이지 않았다. 그렇게 미인도 아닌 아스카의 얼굴이 왜 이렇게 눈앞에 아물거리는지. 나는 자신을 바람둥이라고 생각하고 있었으나 의외로 성실한 사람인지도 모르겠다.

역사 밖으로 나왔다. 습한 열기가 아스팔트에서 올라

와서 발을 멈췄다. 눈앞이 택시 승차장이었다. 그 너머에는 자동차, 버스, 택시가 북적대는 큰 도로다. 올려다보이는 빌딩이 배기가스나 열기를 막고 있었다. 그리고 끊임없이 계속되는 사람, 사람, 사람들의 흐름.

'역시 도쿄야…….'

하카타에서 상경해서 두 번째 여름. 작년 이맘때는 아스카와 사귀고 있었기 때문에 혼자서 보내는 도쿄의 여름은 처음이다.

아버지와 함께 상경했던 때의 일이 생각났다. 사가 공항에서 비행기를 타고 1시간 반이면 오는 곳을 아버지의 비행기 공포증 때문에 신칸센으로 하루가 걸려서 왔다. 그날은 비즈니스호텔에 머물고 다음 날부터 아파트를 구하기 위해 부동산을 돌아다녔다. 대학 통학이 가능하고, 욕실과 화장실이 붙어 있고, 월세가 싼 집을 찾았으나 찾아지질 않았다. 그런 물건은 없다고 부동산의 웃음거리가 되기도 했다. 도심부의 높은 월세에 창백해진 아버지의 옆얼굴은 지금도 내 눈에 선명하게 남아 있다. 할 수 없이 예산을 조금 높여서 니시오기쿠보에 있는 아파트를 발견했다. 실제로 집을 보고 이 정도면 여자애를 데리고 올 수 있겠다고 생각한 나는 즉석에서 결정했다.

지방에서 금방 올라온 부자가 우왕좌왕하면서 아파트

를 찾아 분주해하는 모습은 흐뭇하기도 우스꽝스럽기도 했음에 틀림없다. 나도 아버지도 도쿄에 압도당하지 않겠다고 최대한 마음을 다잡았었다. 그런 나도 이제는 떳떳한 도쿄 사람 얼굴을 하고 있다.

'아버지, 주무시고 가시면 좋았을 텐데…….'

3일 전 나의 행동을 조금 후회했다.

나는 다시 걸었다. 빨간 신호에 멈추고, 사람에 밀려서 다시 걸었다. 지금 멈추더라도 사람들은 거리낌 없이 나를 밀쳐버리고 몸을 짓밟고 계속 걸어 다니겠지.

코웃음을 치며 웃었다. 홀로 상경해서 도쿄에서 생활을 시작했던 때도, 이렇게 도쿄 역 주위를 어슬렁거렸었다. 도쿄의 분위기를 맛보고 싶다면 시부야나 이케부쿠로, 신주쿠를 걸어보면 되겠지만 시골에서 갓 올라온 내게 있어서, 하카타행 신칸센이 다니는 도쿄 역만은 고향과 실 하나로 연결된 느낌이었다. 이렇게 많은 사람들이 지나가는 거리에 자신과 관계있는 사람이 한 명도 없다는 것은 해방감이나 쓸쓸함과는 또 다른 기묘한 경험이었다.

아, 하는 소리가 튀어나왔다.

꼭 그런 것만은 아니다. 어쩌면 내가 상경했을 때에 마츠코 고모가 이미 도쿄에 살고 있었을지도 모르는 일이다. 어디에선가 스쳐 지나갔을 가능성도 있다. 서로 혈연 관계인 것도 알지 못한 채.

"카와지리 마츠코……."

마츠코 고모는 언제부터 도쿄에 살고 있었을까? 역시 처음에는 혼자서 상경했을까? 그렇지 않았다면, 그 동거했다는 남자와 함께였을까? 처음으로 도쿄 거리를 눈앞에 두었을 때 무슨 생각을 했을까? 적어도 이 도시에서 자신이 살해당하리라고는 꿈에도 생각지 못했을 텐데.

모르는 사람과 같은 존재라고 생각했던 마츠코 고모가 아라카와 강을 보며 울었다는 이야기를 들은 후부터 그렇게 생각되지 않았다. 나라도 그 광경을 본다면 고향의 치쿠고 강을 떠올리며 참을 수 없는 기분이 들었겠지.

고모는 도대체 어떤 인생을 보낸 것일까?

아스카의 영향일지도 모르겠으나 마츠코 고모에 관해서 좀 더 알고 싶다는 마음이 부풀어 올라왔다. 그러나 실종 이후의 마츠코 고모의 소식을 알 만한 사람은 그 남자밖에 없다. 마츠코 고모와 동거 후 살인죄로 복역하고 최근에 출소했다는 그 남자.

우연의 장난이라고밖에 생각할 수 없는 만남이었지만, 내가 살인자라고 외쳤을 때의 그 남자의 얼굴은 잊어버릴 수가 없다. 정말로 충격을 받은 사람만이 그런 얼굴을 하지 않을까? 매우 소중한 성경을 떨어뜨리고 그걸 주워 들 여유도 없을 정도로 정신적 충격이 컸던 게 분명하다.

그의 성경에는 여러 번 읽어보았던 흔적이 있었다. 자신의 죄를 후회하고 참회하며 다시 태어나려고 필사적 노력을 하는 바로 그때에 과거에 지은 큰 죄를 지탄당했다고 한다면…….

나는 어쩌면 어처구니없게도 잔인한 짓을 해버린 것이 아닐까? 양심의 가책까지는 아니더라도 그 남자와 다시 만났을 때는 우선 사과부터 한마디 해야겠다.

그렇다 해도, 그 남자가 마츠코 고모를 죽이지 않았다면, 그곳에서 무엇을 하고 있던 것일까? 우연히 아라카와 강의 제방에서 성경을 읽고 있는데 우리들과 만나게 된 것일까? 그는 왜 그렇게 필사적으로 우리들에게 접근하려고 한 것일까? 어쩌면 그 남자는 마츠코 고모를 찾고 있었던 것은 아니었을까? 그렇게 생각하니 그 남자의 행동을 이해할 수 있을 것 같았다.

그 남자와 마츠코 고모와의 사이에 어떤 일이 있었는지 짐작도 되지 않았다. 그 남자가 저지른 살인 사건과 마츠코 고모가 관계있는지 없는지도 알 수 없다. 그러나 그는 지금도 마츠코 고모를 찾고 있다. 이미 죽었다는 사실도 모르고. 나는 그런 생각에 이르자 더 이상 견딜 수가 없었다.

그 남자를 찾자.

나는 결심했다.

단서는 그 성경뿐. 기독교에 눈을 떴다면 어딘가의 교회를 다니고 있지 않을까?

"잠깐."

그 남자가 마츠코 고모를 찾다가 우리들을 만났다면, 그쪽도 다시 우리들을 찾으려고 하지 않을까? 그는 우리들이 어떤 사람인지 알 리가 없다. 우리들과의 접점이 있다고 한다면…….

나는 걸음을 멈추고 뒤를 돌아봤다. 영업사원풍의 남자가 화난 얼굴을 하고 나를 피해 갔다. 나는 사람들의 흐름의 정면에서 우뚝 선 채 중얼거렸다.

"아라카와 강의 제방밖에 없잖아."

2

1971년 12월.

매니저가 내 이력서에서 얼굴을 들었다. 까만 머리는 품위 있게 빗질되어 착 달라붙어 있었다. 몸도 얼굴도 작고 볼도 야위었으나, 눈만은 반짝반짝 빛나고 있었다. 눈초리는 처졌지만 애교라고는 조금도 없고, 반대로 의심덩어리인 것 같은 인상을 주는 눈이다.

매니저가 입을 꽉 다문 채로 나를 뚫어지게 바라보더니 끈적끈적한 시선으로 나의 전신을 더듬었다.

내 몸은 가라앉을 것 같은 소파에서 더욱 경직되어갔다. 머리 끝부분만을 바깥쪽으로 만 머리 모양이 유행에

뒤떨어진 것일까. 아이섀도가 너무 짙은 게 아닐까. 스웨터에 청바지 차림이 이곳과 어울리지 않는 것일까. 무릎 위에 모은 양손에 힘이 들어갔다.

"당신, 학교 선생이었어?"

목이 쉬어 소리가 째지며 여자 목소리처럼 들렸다. 나는 아무 말 없이 고개를 끄덕였다. 무릎은 아직 떨리고 있었다.

"1년 조금 지나 그만두었는데, 왜 그랬어?"

"……여러 사정이 있어서."

"그 후 하카타의 다방 파라에서 웨이트리스를 반년 하고 갑자기 이 일을 하겠다고?"

"돈이 필요해서요."

"남자 때문인가?"

나는 눈을 내리깔았다.

"이런 경우, 아주 많지! 남자한테 이런 데서 일하라고 강요당했지?"

매니저가 이력서를 테이블에 놓았다. 이력서가 유리판 위를 미끄러지다 멈췄다. 매니저가 몸을 뒤로 젖히며 소파의 등받이에 몸을 맡겼다. 가죽이 스치는 소리가 들렸다. 나는 숨을 들이쉬고는 머리를 들었다.

"아닙니다. 제 스스로 결정한 겁니다."

매니저는 조롱하는 표정을 지으며 코웃음을 쳤다.

"아무리 그래도 말이야, 보통은 술집, 호스티스 등을 거쳐서 이곳으로 오게 되거든. 행동이 아주 과격하다고 할까, 선택이 극단적이네."

"제가 손님 접대는 서투르지만……."

"이곳은 접객업소야!"

매니저가 소파의 등받이에서 몸을 일으켜 앞으로 내밀었다.

"당신, 여기가 어떤 곳인지 알기나 해? 손님에게 봉사해서 오로지 기분 좋아지게 만드는 곳이야. 섹스만 하면 되는 곳이 아니야. 난 이 장사를 서비스업 중의 서비스업이라고 생각해. 자랑스러울 정도야. 알겠어? 간단히 보지 말라고. 그래, 매너나 서비스 방법 등은 배우면 되겠지만, 마음가짐이 안 되면 방법이 없어요, 방법이!"

눈물이 흘러나왔다.

"남자는 이거야?"

매니저가 검지로 자신의 뺨을 만졌다.

"……그게 뭔데요?"

"야쿠자냐고 묻는 거야."

"아, 아닙니다. 성실한 사람이에요."

"성실한 사람?"

나는 머리를 끄덕였다. 가만히 나를 쳐다보던 매니저는 한숨을 쉬었다.

"그러면 다시 생각해봐요. 나쁜 충고는 하지 않을게. 첫째, 이런 곳에서 자기 여자에게 일을 하도록 시키는 남자는 제대로 된 남자가 아니야. 말하자면 기둥서방이지. 기둥서방이라면 어쨌든 빨리 헤어지는 게 당신을 위하는 길이야."

"안 돼요."

"뭐가?"

"전 이 일을 하지 않으면 안 됩니다."

매니저가 뚫어져라 나를 쳐다봤다.

"자, 그럼, 옷을 벗어봐."

심장이 미친 듯이 뛰었다.

"여기서…… 말입니까?"

"그래, 당신한테 어느 정도의 상품가치가 있는지 보는 거야. 자, 빨리 벗어. 속옷도 전부."

매니저가 턱을 추켜올렸다.

나는 소파에서 일어섰다. 발이 흐트러지면서 등받이에 손을 짚었다. 등을 꼿꼿이 하고 섰다. 매니저의 눈에 호기심이 번졌다.

나는 얼굴을 위로 올리고 스웨터를 벗었다. 안에는 낡

고 구깃구깃한 블라우스였고 그 안에는 브래지어 하나뿐이다. 스웨터를 소파에 올려놓고 떨리는 두 손을 블라우스의 가슴 쪽으로 가져갔다. 그러나 단추에 손을 댈 수가 없었다. 밀려오는 오열을 참는 게 전부였다.

"알몸이 부끄럽다면 장사는 할 수 없어. 자, 빨리 벗어. 그 후에 여러 가지로 가르쳐줄 게 많으니까."

나는 첫 단추를 풀었다. 가슴 속으로 바람이 새어 들어왔다. 다음 단추도 풀었다. 브래지어가 들여다보였다. 뭔지 모를 움직임이 느껴져서 반사적으로 가슴을 가리고 얼굴을 들었다. 눈앞에 흉측한 얼굴의 여자가 보였다. 매니저가 어느새 거울을 들고 서 있었다.

"자신의 모습을 잘 봐. 입은 떨고 있고, 눈은 울어서 붓고, 콧물은 흘리고, 참 볼만하네. 그런 얼굴로 손님이 만족하리라 생각해?"

"그래도, 저는……."

"불합격!"

매니저가 거울을 치웠다.

"이건 내 나름대로의 시험방법이야. 이곳에서 입술을 깨물며 위세 좋게 알몸이 되어 가슴을 펴면 100점 만점. 실제로 그런 여자는 넘버원이 된다. 마지막까지 아무리 해도 벗지 못하고 울기만 해도 합격. 이런 여자는 세심한 마음을 가진 사람이라서, 훈련 여하에 따라 큰 변화가 생길 수 있지. 제일 안 좋은 것은 당신같이 겉모습부터 뭐도 안 되고, 자포자기 상태로 벗는 타입. 대부분은 나중에 손님과 문제를 일으켜서 경찰이 동원되거든. 이게, 이 장사에서는 제일 금기시하는 일이야. 당신같이 웨이트리스에서 갑자기 이 일로 뛰어들어오는 여자는 위험해서 쓸 수 없어."

매니저가 거울을 테이블에 놓고 소파에 앉았다.

"아가씨는 자신이 자존심을 내팽개치고 왔다고 생각하는지 모르지만, 아직은 안 돼. 어중간한 각오로 왔다면 민폐만 끼칠 뿐이야. 나도 그렇게까지 한가한 사람 아니거든. 돌아가."

나는 울면서 블라우스의 단추를 잠그고 스웨터를 입었다. 그리고 옆에 놓여 있던 회색 점퍼를 손에 들고 힘없이 문으로 향했다.

"충고 한마디 할게."

나는 뒤돌아서 매니저를 쳐다봤다.

"여기서 떨어졌다고 다른 데 가지 않는 게 좋을 거야. 미경험자 환영이라고, 여하튼 섹스만 할 수 있으면 된다는 곳도 있고 여교사 출신이라고 양손을 들어 환영하는 곳도 있겠지만, 그런 곳은 손님 수준도 낮고 거친 취급을 받기 마련이야. 쉽게 말하면, 한 번 이용당하고 버려져 결국은 당신만 만신창이가 될 뿐이라고. 잘못하면 싱가포르 같은 곳에 팔려가기도 하지. 일본 여자는 비싸게 팔리니까."

매니저가 입술을 삐죽이며 말했다.

"당신 말이야, 첫 번째로 우리 집에 온 걸 다행으로 생각해. 요즘은 터키탕도 경쟁이 심해서 테크닉만 몸에 익혔다고 다 되는 게 아니야. 그런 각오가 아닌 한, 이런 곳에는 오지 않는 게 좋아."

매니저가 주머니에서 담배를 꺼내 입에 물었다.

"그거, 당신이 짠 거야?"

"뭐요?"

"스웨터, 지금 입고 있는 거 말이야."

"네."

"재주꾼이네."

"아녜요……. 감, 감사합니다."

"이야기는 여기까지. 어서 돌아가."

나는 매니저에게 양손을 앞으로 모으고, 머리를 숙여 인사한 뒤 사무실을 나왔다.

건물을 나오자 어디선가 크리스마스 캐럴이 들려왔다. 땀을 흘려서인지 석양 무렵의 건조한 바람이 차갑게 느껴졌다. 나는 점퍼에 팔을 끼웠다. 남자 점퍼라 엉덩이까지 가려져서 따뜻했다.

바로 그때, 네온 테두리가 있는 간판에 불이 들어왔다. '터키탕 백야(白夜)'라는 글자가 땅거미에 선명히 보였다. 그게 신호인 것처럼 다른 점포의 네온사인에도 불이 들어오기 시작했다. 조금은 쓸쓸했던 거리가 번쩍이는 별세계로 변했다. 손님으로 보이는 남자가 멀리서 보였다. 그때 일방통행 표시가 눈에 들어왔다. 표시 옆 전봇대에 붙은 것은 카와시마 비뇨기과 병원과 기타 잡다한 간판이었다. 약간 떨어진 장소에는 신장개업한 터키탕에서 일할 여자를 모집하는 입간판이 있었다. '초보자 환영'이라고 쓰여 있었다. 다시 한 번 보자 '터키탕 백야'에는 터키탕 여자 모집 공고조차 없었다. '초보자 환영'이라는 곳에라도 가볼까.

'이제…… 지쳤다.'

나는 얼굴을 숙이고 걸었다.

코쿠다이 도로라는 큰길로 나선 나는 정체된 자동차들의 소음에 얼굴을 들었다. 휴우, 하고 숨을 내쉬었다. 나카스에는 학생 때 몇 번인가 와본 적이 있다. 친구와 영화를 보기도 하고, 다방에서 이야기꽃을 피우기도 했다. 그러나 코쿠다이 도로의 남쪽인 미나미신치라고 부르는 일대에는 발을 들여놓은 적이 없다.

나는 코쿠다이 도로에서 하카타 역을 향해 걸었다. 앞에서 젊은 여자가 걸어왔다. 값이 나갈 듯한 모피를 몸에 두르고 어깨에는 명품 백을 걸쳤다. 갈색으로 염색한 긴 머리가 걸음에 맞춰 흔들렸다. 크게 내딛는 다리 끝에는 빨간 하이힐. 자동차 헤드라이트의 열이 후광처럼 그녀를 감싸고 있었다. 나는 스쳐 지나간 후에도 그녀의 뒷모습을 계속 쳐다봤다. 그녀는 내가 나온 골목으로 당당히 들어갔다.

나는 여벌 열쇠로 문을 열고 어두운 방에 들어갔다. 테츠야는 아직 돌아오지 않았다. 거실 전등의 끈을 잡아당기자 차가운 불빛이 다다미 4개 반짜리 방을 비췄다. 문 바로 옆에 있는 간이 부엌에는 라면용 사발과 손잡이가 한쪽만 있는 냄비가 처박혀 있었다. 사발에는 찌꺼기가 남아 있고, 냄비 밑바닥에는 라면 부스러기가 달라붙어 있었다.

나는 찌꺼기를 싱크대에 버렸다. 스펀지에 세제를 떨어뜨려 사발과 냄비를 닦고, 마른 수건으로 물기를 훔쳤다. 빨개진 손을 입에 대고 호, 하고 입김을 불었다.

판자 사이에 원고지가 나뒹굴고 있었다. 나는 허리를

숙여 그중의 한 장을 집었다. '나는 여기서 중대한 고백을 하고 싶다'라는 제목으로 시작되는 문장은, 다섯 줄 중간에서 끊겨 있었다. 여백에 연필로 갈겨쓴 X 표시. 다른 원고도 비슷비슷했다. 나는 원고를 주워 모았다. 커튼 끝이 흔들리며 거실 창문이 소리를 냈다. 나는 원고를 손에 든 채 다다미가 깔린 거실로 들어갔다. 거실에는 수납장이 딸려 있었고, 얼룩진 문에는 크게 찢어진 상처가 나 있었다. 좁고 추운 집이었으나, 나에겐 머물 수 있는 유일한 장소다.

커튼을 손으로 젖혀보니 창문이 조금 열려 있었다. 이곳으로 바람이 들어와 코타츠 위의 원고를 날려버렸나 보다. 나는 창문을 닫고 나사열쇠를 꽂아 돌렸다. 돌리는 중에 덜커덕덜커덕하고 창문에서 음산한 소리가 났다. 창문 밖은 나무가 많고 지금은 칠흑 같은 어둠에 싸였다. 나무 바깥쪽에는 유치원이 있어서 낮에는 애들 소리가 끊임없이 들려왔다.

원고를 잘 정리해서 코타츠 위에 올려놓았을 때 초인종이 울렸다. 문에 붙어 있는 반투명 유리창 너머로 사람 모습이 보였다.

"누구세요?"

"오카노입니다."

야무지고 힘차며 젊은 목소리가 들려왔다. 나는 서둘러 문을 열었다.

오카노 타케오는 일터에서 돌아오는 길인지 양복 차림으로 손에 가방을 들고 있었다. 스마트한 장신에 베이지색 코트가 잘 어울렸다. 그는 내 얼굴을 보자마자 웃음을 지었다.

"우와, 무슨 일 있어요? 모양을 다 내고. 나가는 길이에요?"

나는 머리를 옆으로 저었다.

"막 돌아왔어요."

"야메카와는?"

"같이 있었던 거 아니에요?"

"오늘은 동호회 모임이 없었는데요."

"네에……."

갑작스럽게 침묵이 흘렀다.

"저, 올라오세요. 곧 돌아올 것 같아요."

오카노는 손목시계를 슬쩍 보더니 "그렇게 하겠습니다. 오늘은 추워졌네요"라고 말하며 구두를 벗고 방으로 올라섰다. 나는 코타츠의 플러그를 꽂았다.

"앉으세요."

"그럼, 실례합니다."

오카노가 코타츠 안으로 들어갔다.

나는 주전자에 수돗물을 받아 가스불에 올려놓았다. 그런 후에 겨우 점퍼를 벗어 거실 구석에 개어놓았다.

“지금 차를 드릴게요.”

“괜찮습니다.”

오카노가 아까까지 다다미에 흩어져 있던 원고 파일을 손에 들고 제일 위에 있는 원고를 보기 시작했다. 원고지를 넘기기는 했으나 두 번째 원고를 잠깐 보고는 손을 멈췄다. 그는 작게 한숨을 쉬고는 원고를 원래 자리에 놓더니 얼굴을 들고 웃음을 지었다.

“이 사람, 글을 쓰기는 하나요?”

“……네, 뭐.”

“그다지 신통치 않은가 보지요.”

오카노가 원고 파일을 언뜻 쳐다봤다.

“본인은 열심히 하는 것 같아요.”

“아르바이트를 그만두고 집필에 전념하겠다고 하더니, 생활비는 마츠코 씨가 벌고 있나요?”

나는 고개를 끄덕였다. 오카노의 얼굴에서 웃음이 사라졌다.

“지나친 간섭일지는 모르겠지만 더 이상 그를 감싸는 일은 그만두시기 바랍니다. 그도 나빠질 거고, 당신도 이

대로라면…….”

내 얼굴을 응시하는 오카노의 눈이 예리하게 빛났다. 나는 작게 고개를 갸웃거렸다.

“아까 외출에서 돌아오는 길이라고 말씀하셨는데, 어디 다녀오셨나요?”

“면접 보러…….”

“어떤 일입니까? 괜찮으시다면 알려주세요.”

눈길을 돌리니 오카노가 코타츠에서 나와서 가까이 다가왔다. 옆을 보니 오카노가 눈앞에 있었다.

“설마, 마츠코 씨. 당신, 좋지 않은 일을 할 생각은 아니겠지요?”

나는 “아니에요”라고 대답은 했지만 더 이상 말을 잇지 못했다. 오카노가 한숨 섞인 말투로 “역시 그렇군요”라고 말했다.

“클럽의 호스티스?”

“아니요…….”

나는 얼굴을 묻었다. 얼굴에 열이 번져왔다.

“설마…… 터키탕에서 일하려는 건 아니겠지요?”

“그래도, 그게 제일 돈이 되니까요.”

“바보 같은 짓 하지 말아요!”

오카노의 성난 소리에 몸이 움츠러들었다.

"터키탕이 어떤 곳인지 알기는 해요?"

"그래도, 그곳은 제대로 된 가게잖아요. 오늘 면접 봐서 떨어지기는 했지만, 내일 다시 한 번 가보려고 해요. 매니저가 건실한 사람이라서 난, 거기라면 가능할 거라고……."

오카노가 머리를 가로저었다.

"당신은 세상을 너무 몰라요. 그런 인간의 말을 진짜로 믿다니."

"그래도……."

"그놈이 다른 가게에 대해 나쁜 말 안 하던가요? 다른 데 가면 외국으로 팔려 나간다든가, 이곳에 온 게 잘한 일이라든가."

나는 깜짝 놀라서 오카노를 쳐다봤다.

"그럴 거라고 생각했어. 알아요? 그건, 당신을 다른 데로 가지 못하게 하려고 멋대로 지껄이는 거예요. 틀림없이 당신의 모습을 보고, 꼭 다시 올 거라고 짐작한 거죠. 한 번 돌려보낸 후 다시 자신의 의지로 오게 되면, 그만큼 각오를 해서 일에 최선을 다한다. 거기까지 생각하고 있는 거라고요."

머릿속이 멍해졌다.

"야메카와가 그런 일을 하라고 했나요?"

난 아무 말도 못 하고 눈을 내리깔았다. 오카노가 혀를 찼다.

"야메카와도 견디기 힘들 겁니다. 당신은 그 사람하고 헤어지는 게 좋아요. 당신은 머리도 좋고, 이렇게 끝날 여자가 아니에요. 확실히 말하지만 그 사람은 더 이상……."

"내가 어쨌는데?"

어느새 들어와 말을 건 사람은 나와 동거하는 야메카와 테츠야였다. 마른 몸매에 청바지를 입은 다리를 교차시키고, 내가 사다 준 검은 점퍼의 주머니에 양손을 넣고 있었다. 한가운데에서 좌우로 갈린 장발이 어깨에 닿았다. 좁은 이마 밑의, 소년 같은 눈이 유쾌한 듯 웃고 있었다. 붉은 입술 사이로 애교 넘치는 덧니가 보였다.

오카노의 얼굴이 붉어졌다. 오른손으로 넥타이 매듭을 잡았다 놓기를 반복했다.

"아니, 아무것도 아니야. 야메카와, 당신 기다리고 있었어."

"정말? 내 욕이라도 한 거 아냐?"

테츠야가 열어놓은 문에 기대어 오카노를 노려봤다.

"다녀왔어요?"

나는 양손을 만지작거리면서 인사했다. 테츠야는 구두

를 벗어버리고 방으로 올라섰다. 나는 물러섰다. 테츠야가 큰 걸음걸이로 다가오더니 갑자기 나를 꽉 껴안았다.

"잠깐, 테츠야. 오카노 씨도 계신데, 안 돼……."

내 입이 테츠야의 입술로 막혀버렸다. 차갑고 술 냄새가 났다. 너무 꽉 안겨서 숨을 쉴 수 없다. 테츠야는 미친 듯이 내 입술을 탐했다. 나는 체념하고 눈을 감았다.

"야메카와, 난 실례하겠네."

멀리서 들리는 오카노의 목소리. 나는 마음속으로 제발 돌아가지 말라고 외쳤다. 테츠야의 입이 내게서 떨어져 나갔다. 속박이 풀리자 허리가 꺾이듯이 주저앉았다.

"오카노 씨, 벌써 돌아가세요? 제게 무슨 용건이라도 없으셨나요?"

테츠야의 쾌활한 목소리가 들렸다.

"원고 진행 상황이 궁금해서 들렀어. 어찌 됐든 야메카와는 내 최대의 라이벌이니까."

"이봐, 마츠코, 들었지? 내가 최대의 라이벌이라네."

테츠야가 웃으면서 박수를 쳤다.

"그래도 안심했죠. 전혀 진전이 없어서."

"그렇지 않아."

"거짓말!"

테츠야가 입을 다물자 침묵이 계속 이어졌다.

그걸 깬 건 크고 날카로운 테츠야의 웃음소리였다. 그는 기분 좋은 어린애같이 박수를 치며 나와 오카노의 얼굴을 번갈아 봤다.

"뭐야, 둘 다 괴로운 얼굴을 하고. 오카노 씨, 좀 더 있다 가면 어때요. 이야기 좀 해요, 옛날처럼."

"다음에 합시다."

"아, 그래요. 오카노 씨, 집에서 사모님이 기다리고 있지요. 이봐, 마츠코. 미남이라고 홀리면 안 돼."

테츠야의 얼굴은 웃고 있었으나 눈에는 음험한 빛이 가득 차 있었다. 나는 몸이 굳어 움직일 수가 없었다.

테츠야가 나를 바라보면서 떡방아를 찧듯이 주저앉았다. 히쭉 웃고 나서 벽에 몸을 기대고 머리를 떨어뜨리자마자 코 고는 소리가 들렸다.

"야메카와, 많이 취했네요. 당신 혼자서 괜찮겠어요? 마츠코 씨?"

이름이 들리자 겨우 정신이 들었다. 오카노의 진지한 눈길이 나를 감싸고 있었다. 함께 있어줘요. 입 안에서 이 말이 맴돌았으나 괜찮다고 대답을 했다.

"이 사람도 술만 마시지 않으면 점잖은 남자인데……. 이런 사람은 취하면 어떻게 해볼 도리가 없어져서 말이야……."

오카노가 휴우, 하고 숨을 토했다.

"그럼 또 오겠습니다. 마츠코 씨, 제가 아까 했던 말, 잘 생각해보세요."

그렇게 말하고 오카노는 돌아갔다.

문이 닫히는 소리와 동시에 테츠야의 코 고는 소리가 그쳤다. 테츠야는 얼굴을 들고 오카노가 나간 문을 보고 있었다.

"하핫, 잘난 척은……."

"테츠야, 또 자는 척했구나."

"뭐야, 아까 말했다는 거."

"아무것도 아니야."

테츠야가 두 다리로 바닥을 찼다.

"아무것도 아닌 게 아니잖아! 날 애 취급하지 마!"

"일에 관한 거야!"

테츠야가 아무 말 없이 나를 쳐다봤다.

"오늘, 가게에 갔다 왔어. 매니저라는 사람과 면접 보고……."

테츠야가 머리를 숙였다.

"오카노에게 이야기한 거야? 그 일을?"

"물어보니까."

"……경멸하던가, 나를?"

나는 말을 머뭇거렸다.

"그런 거 아니야."

나는 애써 밝은 목소리로 대답했다.

"어쨌든 그 친구는 몰라."

"뭘?"

테츠야는 대답하지 않았다. 자신의 손을 들여다보며, 입 안으로 혼잣말을 반복하고 있다. 이름을 불러도 대답을 하지 않았다.

나는 가만히 숨을 내쉬었다. 좁은 방 안을 둘러보니 가스레인지 위에서 주전자가 증기를 뿜어 올리고 있었다. 뚜껑에서 달그락거리는 소리가 났다. 나는 멍하니 그 모습을 바라보고 있었다. 거친 발소리가 들리고 뭔가가 내 시야를 가렸다. 테츠야의 등. 짤까닥하고 소리가 나고 물 끓는 소리가 없어졌다. 테츠야가 불을 껐다.

"일은 언제부터 하는 거야?"

테츠야가 등을 보인 채 물었다.

"그게, 테츠야…… 나, 채용할 수 없대. 그 일이 나에게 맞지 않는다네."

테츠야가 돌아봤다.

"그래서?"

"그래서라니?"

"그래서 그냥 돌아왔다는 거야?"

"그러면……."

나는 뺨을 맞고 넘어져서 다다미 위에 널브러졌다. 눈앞 바닥에 테츠야의 발끝이 보였다. 양말 엄지발가락 부분이 뚫려 있었다. 잊지 말고 기워줘야지. 갑자기 그런 생각이 들었다.

"내일, 다른 가게에 갈 거지?"

테츠야의 목소리가 머리 위에서 울렸다. 나는 테츠야를 올려다봤다.

"난, 역시 안 되겠어……. 그런 곳에서 일하는 건."

테츠야가 쭈그리고 앉았다. 웃음을 띠면서 내 머리를 쓰다듬었다.

"왜 그러는데. 어제는 스스로 가겠다고 했잖아."

테츠야가 내 머리털을 움켜쥐더니 거칠게 내뱉었다.

"오카노…… 그놈이 뭐라고 했구나!"

테츠야의 목소리에 영악함이 더해졌다.

"아냐. 오카노 씨는 나나 테츠야를 걱정해서, 아야!"

머리를 바닥에 쥐어박혔다.

"테츠야, 그만해, 부탁이니까……."

테츠야의 손이 떨어졌다. 나는 양손을 짚고, 가까스로 몸을 일으켰다. 머리칼이 앞으로 내려와 시야를 가렸다.

"그놈은 샐러리맨이면서 문학을 하는 이것도 저것도 아닌 놈이야. 문학에 인생을 바친 나와 같이 보지 마!"

나는 숨을 몰아쉬며 고개를 끄덕였다.

"너, 오카노를 감싸는군. 그놈에게 뭔가 당한 거야. 내가 없는 동안에 둘이서……."

테츠야의 말이 중간에 끊겼다.

묘한 침묵이 계속되었다.

"오카노와 잔 거야. 그렇지?"

나는 필사적으로 머리를 저었다.

"알았다. 오늘 면접 보러 간다더니, 진짜는 오카노와 만나고 온 거지, 그렇지? 빌어먹을, 모두 날 바보 취급하며 웃었겠지! 빌어먹을, 개새끼!"

거친 발소리에 나는 깜짝 놀라 머리를 쓸어올렸다. 테츠야의 팔이 주전자를 잡으려 했다.

"테츠야! 안 돼, 그건!"

테츠야가 비명을 질렀다. 손잡이를 잡은 손이 튀어오르며 주전자도 공중으로 떠올랐다. 주전자가 한 번 회전하면서 뚜껑이 날아갔다. 아까까지 끓고 있던 뜨거운 물이 살아 있는 물체처럼 뿜어져나왔다. 나는 양손으로 얼굴을 감싸 안았다. 절규. 날카로운 소리가 울려 퍼졌다. 하지만 곧 조용해졌다.

얼굴에서 손을 떼니 수증기가 자욱했다. 바닥에 주전자가 뒹굴고 있었다. 테츠야가 웅크린 채 왼손으로 오른손을 잡고 있다. "아파, 아파" 하며 신음하고 있었다.

"테츠야!"

가까이하려고 몸을 움직이자 발뒤축에 격한 통증이 느껴져서 소리를 질렀다. 바닥에 떨어진 끓는 물을 밟은 것이다. 그대로 넘어질 뻔하다가 벽에 손을 짚고 겨우 제대로 섰다. 물은 얇은 양말에 스며들어 살에 화상을 입히기 시작했다. 나는 이를 악물고 테츠야 곁에 앉았다. 테츠야의 웅크린 등에서 신음 소리가 들려왔다. 나는 테츠야의 오른팔을 잡았다. 손을 펴려고 하자 테츠야가 내 손을 뿌리쳤다. 입술을 깨물며 나를 노려봤다. 나도 노려봤다.

"손 좀 봐."

"싫어, 마츠코 때문이야."

"어서 보여달란 말이야!"

내가 강한 말투로 말하자 테츠야가 투덜대면서 오른손을 내밀었다. 그 표정은 부루퉁한 어린애 같았다. 손바닥은 빨개져 있으나 손잡이를 잡았을 때의 화상뿐으로 끓는 물은 닿지 않은 것 같았다.

"물로 차갑게 해야겠어. 그 후에 기름을 발라줄게."

"기름은 싫어. 끈적끈적하잖아."

"하여튼 차갑게 해야 해."

나는 테츠야를 껴안고 일으켜 세워서 싱크대 앞으로 데려갔다.

"끓는 물 밟지 않게 조심해. 아까 내가 밟았어."

테츠야가 얼굴을 내게 돌렸다.

"괜찮아. 걱정하지 마. 자, 오른손 내놔."

나는 수도꼭지를 틀었다. 흘러 떨어지는 수돗물에 테츠야의 손바닥을 댔다.

"마츠코, 아파. 손이, 손이……."

"참아. 남자애잖아."

잠깐 말이 없다.

"남자애가 아니라 남자야."

"그래, 그래. 테츠야는 제 몫을 다하는 남자야."

테츠야가 고개를 숙이고 어깨를 떨었다. 나를 돌아보는 두 눈에 눈물이 고여 있었다. 갑자기 뭔가 소리를 지르며 무릎을 꿇었다. 팔을 내 허리에 감고 젖은 손으로 껴안았다. 얼굴을 내 가슴에 묻고 흐느껴 울었다. 분명하지 않은 오열이 옷 너머로 전해져왔다.

"테츠야…… 왜 그래?"

"마츠코, 왜 그렇게 다정한 거야?"

"……무슨 말이야?"

“나, 나쁜 놈이지. 재능은 없고, 폭력을 휘두르고, 일도 하지 않고. 마츠코가 다정하게 해줄 가치도 없고, 벌레 같은 남자인데, 마츠코는 언제나…….”

나는 말이 막혔다. 뭔가를 받아버릴 기세로 테츠야의 머리를 껴안았다. 어린애 같은 냄새가 나는 머리에 볼을 비벼댔다.

“바보네, 테츠야는.”

기뻐서 눈물이 흐른다. 테츠야는 알아준다. 그것만으로 충분했다.

“날 버리지 말아줘. 난, 마츠코가 없으면 살아갈 수가 없어.”

“버릴 리가 없잖아.”

“정말로?”

“응. 테츠야에게는 내가 있으니까. 아무것도 걱정할 필요 없어.”

잠그는 걸 잊어버린 수도꼭지에서 물이 계속 흐르고 있었다. 나는 온몸으로 테츠야를 느끼면서 떨어지는 물을 보고 있었다.

테츠야는 잠들었는지 고른 숨소리를 내기 시작했다. 나는 테츠야의 몸을 옆으로 뉘였다. 싱크대 옆에 있는 손 닦는 타월을 수돗물에 적셔 테츠야의 오른손을 감쌌다.

잠든 테츠야의 얼굴이 약간 찡그러졌으나 눈은 뜨지 않았다. 그러고 나서 걸레로 바닥에 엎질러진 뜨거운 물을 훔쳤다. 뜨거운 물은 이미 차갑게 식어 있었다. 걸레를 빤 후 틀어놓았던 수도꼭지를 잠갔다. 물소리가 그치고 조용해졌다.

나는 수납장에서 이불을 꺼내, 다다미 위에 깔았다. 누렇게 변색된 이불에는 나의 흔적이 초콜릿색으로 변해서 남아 있었다. 나는 뒤에서 테츠야의 양 겨드랑이에 손을 넣어 그를 끌고 갔다. 이불 위에 뉘이고 담요를 덮어주었다. 테츠야의 눈 주위에는 눈물자국이 빛나고 있었다. 칠칠치 못하게 벌린 입에서 침이 흘렀다. 나는 그것을 손으로 닦고 테츠야의 입술에 입을 맞추고 일어섰다. 지갑 속을 확인하고 테츠야의 점퍼를 걸치고 집을 나섰다.

아파트 주변의 도로는 대부분 포장이 되어 있지 않았다. 잠깐 뛰어간 곳에서 조그만 돌을 밟아 오른발 뒤쪽으로부터 뇌리에 격렬한 통증을 느꼈다. 참을 수가 없어서, 가로등 밑에서 걸음을 멈췄다. 그때 처음으로 내가 고무샌들을 신고 있다는 사실을 알았다. 길에서는 뛰기 힘들 것이 틀림없다. 나는 발 뒤를 손으로 눌렀다. 눈을 들어보니 하얀 가로등에 작은 벌레들이 모여 있다. 이렇게 추운 밤에 날아다니는 벌레도 있다니, 하고 생각했다.

통증은 가실 줄 몰랐다. 나는 숨을 내쉬며 다시 달리기 시작했다.

아파트에서 5분 정도 떨어진 곳에 건널목이 있었다. 차단기가 내려졌고, 경종이 울렸다. 빨간 경고등이 경종과 약간 차이 나는 타이밍으로 깜박였다. 4량 편성의 기차가 천천히 속도를 올리며 눈앞을 지나쳐갔다. 기차 안쪽에는 환한 불빛 아래에서 손잡이를 잡고 있는 사람의 넥타이가 무슨 색깔인지도 확실하게 보였다. 기차가 지나가자, 주위가 어두워졌다. 경종이 그치고, 차단기가 올라갔다. 건널목을 건넌 지점에 약국이 있고, 그 집 앞에 공중전화가 있었다. 나는 공중전화 앞에 멈춰 섰다. 전화는 샐러리맨 중년 남성이 사용하고 있었다. 벌건 얼굴로 야단치고 있는가 했는데, 갑자기 수화기를 내려놓았다. 그가 바보 같으니, 라고 욕을 하고는 나를 쳐다봤다. 입가에 비굴한 웃음을 띠고 있었다.

"아, 끝났는데요, 쓰세요."

남자의 시선이 내 발 쪽으로 향했다.

"이 부근에 살고 계시나요? 그런 차림으로 좀 춥지 않아요?"

그가 무례하게 물어왔다. 내가 남자를 노려보자 남자는 입을 꽉 다물었다.

"뭐야, 그 눈은. 시집가기 힘들겠어."

남자가 되지도 않는 말을 남기고 역을 향해 걸어갔다. 다리가 비틀거렸다.

남자의 모습이 모퉁이를 돌아 사라지자 나는 수화기를 잡았다. 지갑에서 십 엔 동전을 꺼내 전화기에 두 개 넣었다. 잠깐 생각하고 다시 한 개를 추가했다. 입 안에서 번호를 외워보고는 천천히 다이얼을 돌렸다.

벨소리가 다섯 번 울리고 찰칵하는 소리가 났다.

"여보세요. 카와지리입니다."

낯익은 목소리에 숨이 멎는 줄 알았다.

"아버지……."

수화기 저쪽이 조용해졌다.

"누나……야?"

"……노리오니?"

"역시 누나구나. 뭔데 이제야……."

전화하지 말걸 그랬다는 생각이 퍼뜩 들었지만 이미 늦은 일이다. 머릿속에 노리오의 자는 얼굴이 떠올랐다. 나는 조용히 숨을 들이마셨다.

"만날 수 있니?"

전화기 너머는 다시 침묵이다.

"노리오?"

"만나서 뭐하려고."

"할 이야기가 있어."

"이제 와서 뭘……."

"부탁이야."

침묵이 계속되었다.

"한 번뿐이야."

"한 번이라도 좋아. 사가 역에서 어때?"

"안 돼. 그렇게 가까이 오면, 동네 사람들과 만날지도 모르잖아. 내가 그쪽으로 갈게. 지금 어디 있어?"

"하카타의……."

"어디라고?"

노리오가 언성을 높였다.

"이와이야 백화점 옥상 어때?"

"이상한 장소를 선택하네. 그래, 좋아. 내일은 토요일이니까 오후 2시면 갈 수 있어."

"알았어."

"그럼, 끊어."

"잠깐…… 아버지는 건강해?"

노리오의 숨소리가 들렸다.

"쿠미는 안 물어봐?"

"쿠미가 어떻게 됐어?"

"만나서 이야기할게. 아버지 일도."

전화가 끊겼다.

아파트까지 돌아오는 길을 걸으면서, 내쉬는 숨이 하얗게 변한 것을 알았다. 오른발 뒤꿈치가 쿡쿡 쑤시고, 발끝은 얼어서 감각이 없다. 그러나 몸이 떨리는 이유는 고통이나 추위 때문만은 아니었다.

아파트 문을 열었을 때, 나는 놀라 숨을 죽였다.

테츠야는 등을 보이고, 이불 위에 책상다리를 하고 앉아 있었다.

나는 애써 밝은 목소리로 "테츠야, 미안해. 역 앞까지 전화하러…… 테츠야?" 하고 말했지만 테츠야는 움직이지 않았다.

나는 서둘러 방으로 올라섰다. 오른발의 통증을 참으며 테츠야에게 다가갔다. 테츠야는 등을 구부리고 자신의 오른쪽 손바닥을 바라보고 있었다. 손바닥에는 검붉은 반점이 나타나 있다.

"아파?"

내 물음에도 테츠야는 대답이 없다.

"왜 그래? 왜 화도 내지 않아? 마음대로 나갔다가 왔는데."

"마츠코."

테츠야가 오른손을 바라본 채로 조용히 불렀다.

"이제 집으로 돌아가."

오싹할 정도로 편안한 음성이었다. 나는 숨을 크게 들이켜며 테츠야를 쳐다봤다.

"왜…… 그런 말 하는 거야?"

"마츠코는 나와 있으면 안 돼, 안 된다고."

"……무슨 일 있었어?"

테츠야가 얼굴을 들었다. 눈자위가 빨갛게 흐려진 상태로 웃음을 지었다.

"나는 이제 됐어."

"뭐가?"

"이제 됐다니까."

그렇게 말하면서 다시 자신의 손으로 눈을 돌렸다.

나는 무서워져서 테츠야에게 달려들어 끌어안았다. 그렇게라도 하지 않으면 테츠야가 사라져버리기라도 할 것 같은 느낌이 들었다.

테츠야는 자신의 손에서 눈을 떼지 않았다. 내가 껴안아도 반응이 없다.

"왜 그러는 거야? 응, 테츠야! 돈이라면 내가 어떻게 해 볼 테니까, 틀림없이 만들 테니까. 부탁이니까, 곁에 있게 해줘, 제발……."

나는 테츠야에게 매달려 울었다. 하지만 테츠야는 아무 말도 하지 않았다.

다음 날 아침 눈을 떴을 때 나와 테츠야는 한 이불 속에 둘러싸여 자고 있었다. 따뜻했다. 쭉 이러고 있고 싶다고 생각하며 다시 한 번 눈을 감았을 때 노리오와의 약속이 생각났다. 손을 뻗쳐 시계를 보자 낮 12시가 다 되었다. 당황하여 이불에서 나오려 하자 테츠야가 팔을 뻗어 끌어안으며 내 가슴을 잡았다. 나는 내 위로 올라오려는 테츠야의 귀에다 속삭였다.

"미안, 테츠야…… 면접을 보러 가야 해. 어제 전화하러 갔다 왔잖아."

테츠야는 이상할 정도로 체념이 빨랐다. 곧 팔을 풀어주고는 눈을 감고 다시 이불을 덮었다. 나는 테츠야에게 거짓말을 했다는 것에 약간의 가책을 느끼면서 이불에서 나와 준비를 시작했다.

이와이야의 옥상에 발을 디디는 순간 후회했다. 토요일 오후는 퇴근한 젊은 샐러리맨이나 오피스걸들이 이곳을 데이트 장소로 이용한다는 사실을 잊어버렸었다. 유행하는 옷을 입고 연인과 담소하는 비슷한 나이의 여성들이 눈부셨다. 나는 변함없이 테츠야의 낡은 점퍼 차림이다.

나는 연인들을 피해서 쇠로 된 펜스 앞에 섰다. 반년 전과 동일한 장소. 그러나 미니 신칸센 레일은 이미 없고 매점이 있던 자리에는 자동판매기가 나란히 서 있다. 눈앞에 보이는 은색의 후쿠오카 빌딩만 변하지 않았다.

"무슨 용건이야?"

뒤에서 들려오는 목소리에 돌아보았다.

검은 스웨터에 회색 양복을 입은 노리오의 모습이 보였다. 반년 만이다. 야위었던 볼에 살이 붙고 관록마저 풍겼다. 그러나 그 눈에는 이전과 같은 쾌활함이 없었다.

"오랜만이야."

나는 어색함 없이 미소를 지었다.

"빨리 용건을 말해."

노리오가 시무룩한 얼굴로 말했다.

"돈 좀 빌려줘."

노리오가 시선을 돌리며 코웃음을 쳤다.

"힘들게 됐어. 조금이라도 괜찮아."

"누나도 여자니까, 돈은 얼마든지 벌 수 있잖아."

"노리오!"

"큰 소리 내지 마."

"나…… 터키탕 가게에도 갔었어."

노리오가 놀란 얼굴로 쳐다봤다.

"그런데, 채용해주지 않았어. 내가 맞지 않는대."

노리오가 작게 숨을 내쉬었다.

"그 점퍼, 남자 거잖아."

나는 고개를 끄덕였다.

"같이 살고 있는 거야?"

내가 다시 한 번 고개를 끄덕이자 노리오가 주위를 둘러봤다.

"야쿠자?"

"아냐. 작가 지망생. 재능은 있어."

노리오가 또다시 코웃음을 쳤다.

"역시 그렇군. 자, 내 이야길 들어봐."

노리오가 정면으로 나를 바라봤다.

"아버지가 돌아가셨어. 누나가 가출한 지 3개월 뒤에 말이야. 무더운 아침, 화장실 안에 쓰러져 계셨어. 뇌졸중으로 의식이 돌아오지 않았어."

"거짓말……."

"그리고 쿠미."

"쿠미도 죽었어?"

"쿠미에게 뭐라고 한 거야? 그때부터 머리가 어떻게 돼버렸어. 의사의 말로는 정신적인 충격을 받아서 그렇다는데. 아니, 쿠미만이 아니야. 어머니도 늙어버렸고…… 나도 그렇고!"

노리오가 주먹으로 쇠 펜스를 두들겼다.

"결국은, 동생을 불러내서 무슨 말을 하나 했더니, 돈을 빌리러 왔다?"

노리오가 입가를 실룩댔다.

"나, 결혼해."

노리오의 목소리가 낮게 울렸다.

"쿠미 상황도 알고 있고. 함께 살아도 괜찮다고 이해해줬고. 누나, 내가 하는 말 알겠지?"

나는 머리를 가로저었다.

"우리 집에는 두 번 다시 오지 않았으면 좋겠어. 누나는 이미 우리 집을 부숴버린 거야. 누나가 떠난 후에 우리들이 얼마나 힘들었는지 상상이 안 될 거야. 오노시마를 떠나야 하나, 정말로 이사를 생각할 정도였어. 아버지도 그게 원인이 돼서 돌아가셨고. 나는 다시 한 번 가족을 살려내야 해. 그러는 데 누나는 걸림돌이야."

"걸림돌……."

"내가 하고 싶은 이야기는 이것뿐이야. 이번 일은 나밖에 몰라. 어머니는 이미 누나는 죽은 걸로 알고, 단념하고 있어. 이제 와서 고통 주지 마."

"잠깐만."

"이렇게 될 것을 선택한 것은 누나 자신이야. 객사를 하든 뭘 하든 상관없어. 다만, 우리들에게 폐만 끼치지 말아줘."

노리오가 양복 안주머니에서 봉투를 꺼냈다.

"어차피 그럴 거라고 생각했어."

그는 반강제적으로 내 손에 봉투를 쥐여주었다.

"이것으로 누나, 동생 인연은 끊어진 거야."

노리오가 등을 보이며 사라졌다. 나는 봉투 안을 확인했다. 만 엔짜리 지폐가 다섯 장 있었다.

집에 돌아오니 테츠야가 없었다.

이불은 깔려 있는 그대로였으나 써놓았던 원고가 없어졌다. 생각이 났다. 토요일 저녁은 언제나 동호회 모임이 있는 날이다.

나는 점퍼도 벗지 않고 어두운 방구석에 웅크리고 앉아 눈앞에 펼쳐놓은 만 엔권 다섯 장을 멍하니 쳐다봤다.

왜 눈물이 나오지 않는 거지.

그렇게 좋아하던 아버지가 돌아가셨다. 그것을 알고도

슬프다는 감정이 솟아나지 않았다. 충격을 받지 않은 것이 아니다. 그러나 그건 어느 나라 대통령이 암살당했다고 뉴스에서 보도할 때의 충격과 비슷했다.

머릿속에서 아버지 얼굴을 생각하며 그려봤다. 웃고 계시는 아버지. 화를 내고 계시는 아버지. 다정한 아버지. 그러나 아무리 그려내려고 해도 '슬프다'는 이미지는 불가능했다.

시계 초침 소리가 귀를 자극했다. 시계를 보니 밤 10시가 넘었다.

"테츠야, 늦네……."

빗소리가 들렸다. 비가 심하게 내리고 있었다. 낮에는 그렇게도 맑았었는데.

"아…… 우산."

나는 만 엔 지폐를 놔둔 채 일어섰다. 틀림없이 테츠야는 역에서 기다리고 있을 것이다. 그때 발소리가 들리면서 벨이 울렸다.

"미안, 테츠야. 지금 마중 나가려고 했는데……."

문을 열자 그곳에 서 있는 건 오카노였다. 우산을 펼친 채 손에 들고 머리는 젖어서 흐트러져 있었다. 떨고 있는 붉은 입술에서는 하얀 입김이 뿜어져 나오고 발밑은 흙탕물투성이었다.

"테츠야는 아직 돌아오지 않았는데요."

오카노의 얼굴이 일그러졌다. 뺨에 경련이 일었다.

"마츠코 씨…… 큰일 났어요."

"왜 그러시는데요?"

"야메카와가……."

"예……?"

"여하튼, 함께 갑시다, 빨리!"

나는 쿵쾅대는 가슴을 안고 구두를 신었다. 우산을 들고 방을 나섰다.

"역으로…… 역에서……."

오카노가 울먹이는 소리로 의미를 알 수 없는 말을 계속했다.

나는 우산을 손에 든 채 뛰었다. 진창에 빠져 넘어지려는 것을 오카노가 잡아주었다. 오카노의 어깨에 껴안기듯이 하고 다시 달렸다.

도로가 아스팔트 포장 길로 바뀌었다. 건널목이 보이고 사람들이 모여 있는 게 보였다. 우산이 몇 개인가 펴져 있었다.

나는 그 안으로 뛰어들었다.

"밀지 마, 빌어먹을" 하고 욕하는 소리가 들렸다.

"들여보내 주세요, 그 사람의 친구입니다."

오카노가 외쳤다.

사람들이 양쪽으로 갈려 길이 열렸다. 나는 그 길을 넘어지듯이 달려갔다. 다음 순간, 텅 빈 장소에 내던져졌다. 경찰관이 몇 명 있었다. 서 있는 사람, 앉아 있는 사람. 모두 검은 비옷을 입고 있었다. 모두 나를 봤다. 내 발이 멈춰졌다.

"그 사람의 친구입니다!"

뒤에서 오카노의 목소리가 들렸다. 경찰관들이 서로 얼굴을 쳐다봤다.

눈이 지면에 못 박혀버렸다.

테츠야의 얼굴이 보였다. 얼굴밖에 보이지 않았다. 머리부터 아래는 아스팔트에 박혀 있었다. 창백한 뺨이 빗방울을 맞고 있었다.

앉아 있던 경찰관이 일어서더니 내 앞에 양손을 벌리고 막아섰다. 험한 얼굴을 한 쉰 살 정도의 남자였다.

"보면 안 돼요!"

강한 힘이 나를 밀어냈다. 나는 시키는 대로 그곳을 떠났다. 사람들 모두가 나를 보고 있었다.

"마츠코 씨……."

눈앞에 오카노의 얼굴이 있었다. 빨개진 눈에서 눈물이 흘러내리고 있었다. 나는 오카노에게 안긴 채 겨우 몸을 지탱했다. 머리 위의 우산에 떨어지는 빗소리가 차갑게 울려 퍼졌다.

돌아보니 테츠야의 얼굴을 본 후 좀처럼 뜨지 못하는 비옷을 입은 사람들이 근처에 모여 있었다. 한 사람이 지면을 향하여 카메라를 대고 있었다. 플래시가 터질 때, 어둠을 뚫고 비친 한 줄기 빛에서 어렴풋이 테츠야를 본 것 같았다.

눈앞이 캄캄해졌다.

멀리서 오카노의 목소리가 들렸다.

3

나는 아스카를 배웅하고 나서 히노데마치로 향했다.

그 남자와 다시 만나려면 아라카와 강 제방밖에 없다. 만약 그 남자가 우리들을 찾을 생각이라면 꼭 올 것이다.

나는 부동산에서 안내해준 길을 따라 다시 히카리 아파트 앞에 섰다.

히카리 아파트는 변함없이 고요히 서 있었다. 옆에 있는 신축 중인 건물에서 몇 명인가 서서 일을 했고, 가끔 힘찬 목소리가 들려서 그런지 더욱 그렇게 느껴졌다.

왠지, 낡은 아파트를 보고 있는 동안에 돌아가신 쿠미 고모의 일이 생각났다. 쿠미 고모는 아버지의 동생이기 때문에 마츠코 고모에게도 동생이다. 타고난 약체라서 언제나 침대에 누워 계셨다. 가끔 내가 식사를 가져다 드리면 온화한 웃음을 지으며 기뻐해주셨다. 둥근 얼굴에 아름다운 눈이 인상적이었다. 컨디션이 좋은 날에는 정원에 나오시는 일도 있고, 그런 때는 멍하니 먼 곳을 보고 계시곤 했다. 쿠미 고모도 마츠코 고모를 생각하는 일이 있었을까? 실종된 언니를 어떻게 생각하고 있었을까? 생각해보면 쿠미 고모도 가엾은 사람이었다. 장례식 때, 쿠미 고모는 별이 되었다고 어머니가 말했었다. 왜 어머니가 울고 있는지 어린 나는 알 수 없었으나 그날 제일 먼저 보인 별이 매우 크게 보였던 것만은 기억한다.

"이봐."

누군가 어깨를 두드렸다. 깜짝 놀라 돌아보니 오쿠라의 콧수염이 있었다. 그는 히죽히죽 웃고 있다. 러닝셔츠에 반바지. 손에는 편의점 봉투. 그곳에서 머리를 내밀고 있는 건 콜라 페트병. 이틀 전과 다른 건 봉투에 컵라면이 들어 있는 것 정도다. 어려운 식생활이 빤히 보였다.

"왜 그래, 잃어버린 물건이라도 있나?"

"아뇨."

나는 등을 돌리고 걷기 시작했다. 뒤에서 인기척이 따라왔다.

"자네, 눈이 촉촉한데, 울었던 거야?"

"아녜요."

"그 무서운 여자애는?"

"당신하고 관계없잖아요?"

"도망가버렸구나."

나는 돌아서서 멈춰 섰다.

"도망가지 않았어요. 자기 같은 줄 아나!"

오쿠라가 좁은 어깨를 흔들며 웃었다.

"뭐가 그리 좋아서 웃어요?"

"그렇게 들이대지 마. 자네 몇 살이야?"

"열아홉."

"어린애잖아."

"그런 당신은요?"

"사람 나이는 물어보는 게 아냐. 근데 뭘 하고 있었던 거야?"

"관계없잖아요?"

"들이대지 말라니까."

나는 무시하고 걸었다. 오쿠라는 계속 쫓아왔다. 봉투 스치는 소리가 귀에 거슬렸다.

"왜 쫓아오는 거죠?"

나는 걸으면서 물었다.

"아라카와 강에 갈 거면 이쪽이 가까워."

나는 무의식적으로 발을 멈췄다. 오쿠라가 유쾌하게 웃었다.

"역시 그랬구나. 너, 상당히 단순해."

나는 얼굴이 뜨거워져서 뛰었다. 오쿠라는 따라오지 않았다.

이틀 만에 온 아라카와 강은 수위가 약간 올라와 있고, 물도 탁해진 듯 보였다. 그러나 아라카와 강 연변 중단 도로의 광경은 특별할 것이 없었다. 개를 산책시키는 사람, 부모와 함께인 아이, 모자를 뒤로 쓰고 뛰는 사람. 녹지인 축구장에서는 그 지방의 고등학생들이 패스 연습을 하고 있다. 파란 트레이닝복 차림의 남자는 체육교사 같았다. 그러나 이런 광경의 어디에도 마 모자를 쓴 남자의 모습은 없었다.

나는 제방의 정상에서 한숨을 쉬었다. 그렇게 쉽게 일이 풀릴 리가 없지. 아라카와 강을 향해서 난 돌계단을 내려가서 그 남자가 앉아 있던 근처에 앉은 뒤 강의 흐름을 멍하니 바라봤다.

"나 참, 뭐하고 있는 거야."

자기혐오에 빠지려 할 때, 등 뒤에서 살기를 느꼈다. 곧바로 누군가의 팔이 목에 감기며 목이 졸렸다.

"아앗!"

일어서려 했으나 목이 눌려서 불가능했다. 눈앞의 광경이 흔들리면서 숨을 쉴 수 없었다. 죽는다고 생각한 순간, 팔이 풀렸다. 호흡이 편해져서 일어나 눈을 크게 뜨고 돌아보니 코털 얼굴의 오쿠라가 양손으로 무릎을 치며 웃고 있었다. 편의점 봉투는 들고 있지 않았다.

"미안, 미안. 왠지 널 보고 있으면 장난치고 싶어서."

오쿠라가 원숭이 같은 몸놀림으로 돌계단을 뛰어 내려갔다.

"왜 따라다니는 거예요!"

"뭐 어때. 사소한 일에 신경 쓰지 마."

"신경 쓰여요! 죽는 줄 알았는데."

나는 호흡을 조절하면서 목을 쓸어내렸다. 오쿠라가 배를 잡고 웃었다.

뭐야, 이 코털쟁이.

다음 순간, 큰 입을 벌리고 있던 오쿠라의 표정이 얼어붙었다. 그 눈은 나를 지나서 돌계단의 위쪽에 고정되었다. 전에도 이런 일이 있었다. 그때는 아스카였었지만. 나는 시선의 끝을 좇았다.

커다란 몸체가 제방의 정상에 서서 꼼짝 않고 우리들을 내려다보고 있었다. 오늘은 마 모자를 쓰고 있지 않았다. 내 심장이 다시 거칠게 뛰기 시작했다.

'적중했다, 이거 봐라!'

나를 바라보는 남자의 눈에서 눈물이 흘러내렸다.

"이봐, 그 사람……."

어느 사이에 뒤에 온 오쿠라의 목소리가 떨렸다.

"알고 있어요. 가만히 좀 있어줄래요?"

그 남자가 양손을 모은 후 오른손으로 십자가를 긋고 "아멘" 하고 중얼거렸다. 나는 돌계단을 올라가서 남자 앞에 섰다.

"저……."

"다시 한 번 당신을 만날 수 있기를 기도했습니다."

남자가 조용히 말했다.

"저도 당신을 찾았습니다. 한 마디라도 사과의 말씀을 드려야겠다고 생각했죠."

"사과한다고요?"

"갑자기 도망을 가셔서……. 제가 살인자라고 했잖아요."

남자가 고개를 좌우로 저었다.

"사과를 해야 할 사람은 제 쪽입니다. 이성을 잃어버리고, 갑자기 달려가 버렸죠. 살인자라고 한 것도, 사실인걸요."

아이가 떠드는 소리가 들리고 이어서 젊은 여성의 웃

음소리가 들렸다. 남자가 소리 나는 곳으로 눈을 돌렸다. 나도 남자가 눈을 돌린 방향으로 돌아보니 중단도로를 작은 여자아이와 엄마로 보이는 여성이 장난치면서 걷고 있었다. 나는 얼굴을 돌려 남자를 바라보고 물었다.

"찾고 있었죠? 카와지리 마츠코라는 사람을."

남자가 고개를 끄덕였다.

"당신은 마츠코 씨와 무슨 관계죠?"

"카와지리 마츠코는 제 고모입니다."

남자는 눈을 크게 뜨며 입가에 미소를 머금었다.

"그러면, 마츠코 씨가 어디 살고 있는지 아시겠네요. 히노데마치에 살고 있다는 것은 어떤 분에게서 들었는데, 히노데마치의 어디에 살고 있는지 알지 못해서……. 그렇게 넓은 곳도 아닌데 한 사람만 찾으려니 상당히 어렵고……."

남자의 말이 끊겼다. 금방 미소가 사라지더니 이어 말했다.

"……당신은 어떻게 날 보자마자 살인자라고 말했죠?"

"형사가 선생님 사진을 보여줬어요."

"형사……. 왜 경찰이……. 설마, 마츠코가……."

나는 머리를 숙이고 숨을 들이마신 뒤 남자의 얼굴을 올려다봤다.

"마츠코 고모는 돌아가셨어요."

남자가 눈도 깜박이지 않고 나를 쳐다봤다.

"저도 3일 전에 처음으로 알았습니다. 그때까지는 이런 곳에 고모님이 계신다고는 꿈에도 생각하지 못했어요. 카와지리 마츠코라는 고모가 있다는 사실조차 몰랐고, 그래서 저는 마츠코 고모와 만난 적도 없습니다. 그게, 갑자기 아버지가 제 집으로 찾아왔어요. 잘은 모르겠지만 고모가 돌아가셨으니까, 방을 정리 좀 해달라고 하셔서."

"마츠코가…… 죽었다……."

남자의 눈에서 힘이 빠져 유리구슬처럼 보였다. 오쿠라가 내 팔을 쿡 찔렀다.

"어떻게 된 거야?"

"가만히 좀 있어요."

오쿠라가 입술을 내밀었다.

"자살인가요?"

남자의 목소리가 낮게 울렸다.

"……아뇨, 살해당한 듯합니다."

남자의 눈썹이 꿈틀, 하고 움직였다.

"살해당했다? ……누구에게?"

"범인은 아직 잡히지 않았어요."

이 말에 남자의 눈이 바쁘게 움직이기 시작했다.

"경찰은 선생님을 의심하고 있는 눈치입니다. 만나면 곧 알려달라고 했어요."

"그러면, 제 이야기를 경찰에게?"

남자가 아무렇지도 않은 듯 주위를 둘러봤다.

"아뇨. 아직 아무것도 이야기하지 않았어요."

그는 조그맣게 고개를 끄덕였다.

"그런 거라면 내가 경찰서에 가보죠."

남자가 입을 굳게 다물고, 눈을 깜박였다. 속에서 넘쳐 나오는 것을 필사적으로 참고 있는 것처럼 보였다.

"마츠코 고모가 살던 아파트가 여기서 가까워요. 가보실래요?"

그는 주저하면서 고개를 끄덕였다.

남자가 히카리 아파트 앞에 섰다. 주차장에 발을 들여놓고, 한 걸음, 한 걸음 조심스레 건물로 다가갔다.

오쿠라와 나는 주차장 밖에서 그의 뒷모습을 지켜보았다.

"이런 곳에서……."

그의 목소리가 조그맣게 들려왔다. 오쿠라가 "이런 곳이 어때서?" 하고 투덜거렸다.

그가 머리를 숙였다. 무릎을 꿇고 바닥에 주저앉더니 곧 몸을 앞뒤로 흔들며 어린애처럼 울기 시작했다. 나는 남자의 등에서 눈을 뗄 수가 없었다.

당신은 언제, 어디서 마츠코 고모와 알게 된 거죠? 당신 눈에 비친 마츠코 고모는 어떤 사람이었나요? 당신이 저지른 살인과 마츠코 고모와는 무슨 관련이 있습니까? 그리고 왜 마츠코 고모는 이곳에서 일생을 마쳤던 거죠?

나는 남자에게 물어보고 싶은 것이 가슴에 꽉 차 있었으나 목에서 밖으로 나오질 않았다.

주위에서 찰각하는 소리가 났다. 오쿠라가 담배를 입에 물고 불을 붙였다. 휴우, 하고 연기를 내뿜고는 마일드 세븐 갑을 내밀었다. 나는 머리를 좌우로 저었다. 오쿠라가 어깨를 으쓱하며 라이터와 담뱃갑을 반바지 주머니에 집어넣었다.

남자의 통곡이 서서히 줄어들더니 드디어 일어섰다. 히카리 아파트에서 등을 돌리고 이쪽으로 걸어왔다. 그는 내 앞에 멈춰 서서 조그맣게 머리를 숙였다.

뭔가 이야기를 해야 하는데, 하고 초조해할 때 머리에 퍼뜩 떠오르는 게 있었다.

"맞아요. 선생님에게 전해드릴 게 있어요."

"떨어뜨리고 간 성경 말입니까?"

아, 하고 생각했다. 나는 성경에 관하여 완전히 잊어버리고 있었다.

"그건 후츄의 교회에 맡겨두었습니다. 성경에 주소가 인쇄되어 있어서."

"일부러 교회를 방문해서요?"

"예, 그냥……."

"고맙습니다."

남자가 또 한 번 머리를 숙였다.

"그게…… 전해드리고 싶은 건 성경이 아니라……."

남자는 짐작 가지 않는다는 얼굴이다.

"다음에 가지고 가겠습니다. 지금 어디에 살고 계십니까?"

"스기나미에 있는 어떤 교회에 신세를 지고 있습니다."

"목사님이세요?"

"아뇨. 더부살이로 도와드리고 있습니다."

"전, 카와지리 쇼라고 합니다. 성함을 여쭤봐도 되겠습니까?"

그는 금방 대답하지 못하고 먼 곳을 쳐다보고 있었다.

"말씀하고 싶지 않으시면……."

남자가 나를 뚫어지게 쳐다보더니 숨을 내쉬며 미소를

지었다. 그리고 천천히 말했다.

"나는 류 요이치. 카와지리 선생님의 제자였습니다."

4

1972년 5월.

나는 눈을 떴다. 아직도 숨은 거칠었으나 정염은 가라앉고, 만족스러운 피로감이 전신을 감싸고 있었다.

"꼭 1년이네."

"뭐가?"

오카노의 목소리가 귓가에서 속삭였다.

"내가 집을 나온 지."

"그래."

"벌써 10년이나 지난 것 같아."

"많은 사건이 있었으니까."

오카노가 상반신을 일으켰다. 담배를 입에 물고, 라이터로 불을 붙였다. 순간, 두 사람의 나체가 불빛에 흔들렸다. 오카노가 연기를 뱉어냈다. 나는 머리맡의 재떨이를 오카노에게 건넸다.

"처음 만났을 때는 당신과 이렇게 될 줄은 꿈에도 생각 못했어."

"그건 나도 그래."

"그때는 놀랐어. 야메카와에게서 연인을 소개받을 줄이야, 꿈에도 생각 못 했거든."

"나도 친구를 소개해준다는 말, 들은 적이 없었어……. 테츠야는 뭐든지 자기 마음대로 결정해버리는 사람이었거든."

"정말 그랬어. 마지막까지도."

"……."

"미안, 이런 이야기를 하려는 게 아니었는데."

"괜찮아……. 자살한 직후에는 테츠야가 죽었다는 거 믿을 수가 없었지만, 지금은 정말 아무렇지도 않아."

"그렇게 생각하는 게 좋아. 그는 이미 과거가 됐어. 우리들은 미래를 살아가야 하니까."

"멋있는 척하네."

"그런가?"

"당신은 가끔 그렇게 멋있는 척하더라. 아무렇지도 않은 표정으로 말이야."

"의외네."

"화났어?"

"화 안 났어."

"그럼 됐어."

오카노가 담배를 비벼 껐다. 재떨이를 다다미에 놓고 다시 이불에 누웠다. 나는 오카노의 가슴에 얼굴을 묻고 눈을 감았다.

"물어봐도 돼?"

오카노가 물었다.

"뭘?"

"왜 그에게 끌렸어?"

"테츠야 말이야?"

"그래."

"나도 잘 모르겠어."

"어디서 알게 된 거야?"

"듣고 싶어?"

"응."

"왜 지금까지 물어보지 않았어?"

"일종의 배려라고나 할까."

"누구에 대한 배려?"

"아마도…… 야메카와에 대한 배려겠지."

"하긴, 친구였으니까."

"그래. 친구이기도 했고 라이벌이기도 했어."

"남자들이란."

나는 피식하고 웃었다.

"뭐가 이상한 거야?"

"아무것도 아니야. 테츠야는 내가 웨이트리스를 하고 있던 식당의 단골손님이었어. 주문은 언제나 홍차. 테이블에 원고지를 펴놓기도 하고, 책을 읽기도 했어. 책은 여지없이 다자이 오사무*. 어떤 날인가, 내가 홍차를 가지고 갔을 때 다자이를 좋아하시네요, 라고 말을 건넸어. 그는 내가 말을 걸어준 것에 놀란 것 같았지만, 곧 진솔한 표정으로 이렇게 말을 했어. 자기는 다자이가 환생한 사람이라고……. 이상하잖아. 나도 농담이라고 생각해서 그걸 어떻게 알지요, 라고 물었어. 그러자 그는 『인간실격』을 읽고 확신했대. 그리고 자기는 다자이가 타마 강 상수(上水)에 투신자살한 다음 날 태어났다는 거야. 이 사람, 농담이 아니라 진짜로 믿고 있다는 것을 알았지. 이

---

* 1909~1948, 일본의 소설가. 좌익운동의 영향을 받은 작품을 많이 썼으며 자살로 생을 마쳤다.

번에는 내가 놀랄 차례였어."

"확실히 그의 작품에는 다자이의 영향이 강하게 나타났지."

"그 후, 그가 가게에 올 때마다 조금씩 이야기를 했어. 이야기라고 해도, 다자이가 어쩌고저쩌고하는 내용이었지만. 나도 국어교사를 해서 문학에 관해 약간은 알고 있었으니까, 그도 재미있어하며 이야기를 했다고 생각해. 처음 얘기를 하고 나서 한 달 후에 내 아파트로 갑자기 찾아왔어. 그때 한 말이 재미있었어. 진지한 표정으로 이렇게 말을 했지. 집에서 쫓겨났는데 형편 좀 봐달라고."

오카노가 피식, 하며 웃었다.

"야메카와가 그랬어?"

"응. 그는 보는 거와 달리 강인했어. 그 때문에 끌렸는지도 몰라."

"마츠코."

"왜?"

"야메카와의 이야기를 웃으며 하게 됐네."

"……그러네. 당신이 내 곁에 있기 때문이야. 만약 당신이 없었다면 그의 뒤를 따라갔을지도 몰라."

나는 눈을 뜨고 손가락으로 오카노의 젖꼭지를 만지며 놀았다. 그러다 문득 생각이 들어 오카노에게 물었다.

"맞다. 당신과 테츠야의 관계도 정식으로 들어본 적이 없었어. 언제부터 친구였던 거야?"

"대학 시절부터. 그때부터 야메카와는 작가 지망생이었어. 나도 문학에 푹 빠져 있어서, 그와는 뜻이 맞았지. 내가 좋아한 건 다자이 오사무가 아니고 미시마 유키오* 였지만."

"같은 학교였어?"

"응. 다만 나는 삼수를 했고, 그는 현역으로 들어왔으니까, 나이는 내가 위였어. 그래서 야메카와는 나한테 스가노 형이라고 높여 불렀지."

"스가노?"

"나는 데릴사위로 들어가서 성이 바뀌었지. 스가노는 옛날 성이야."

"그랬구나."

"그래서 나도, 괜히 미안해서 야메카와에겐 깍듯이 대했지. ……마츠코. 아, 아파."

"어머, 미안해."

나는 손가락 장난을 멈췄다.

"당신도 소설을 썼어?"

---

* 1925~1970. 일본의 소설가. 니힐리즘이나 이상심리를 다룬 작품을 많이 썼으며 할복자살로 생을 마감함.

"야메카와에게 자극을 받아서 쓰기 시작했어."

"읽어보고 싶네."

오카노가 머리를 좌우로 흔들었다.

"도저히 남에게 읽힐 만한 것이 아니야. 나에게는 문학적인 재능이 없었어. 내가 글을 써본 뒤 그렇게 생각했지. 그에 비해 야메카와는 정말로 재능을 갖고 있었어."

"하지만 죽어버렸지."

"재능이 흘러넘쳤던 거야. 자신에게 너무 완벽함을 요구한 거지."

"어떻게 테츠야의 생각을 아는 거야?"

"왠지 모르지만 그렇게 생각할 뿐이야."

"나는 지금도 그가 왜 자살했는지 알 수가 없어. 화도 나고 말이야."

"나는 질투했는지도 몰라. 재능이 있고, 좋아하는 문학에 푹 빠져 있고, 당신처럼 매력적인 연인까지 가진 그 친구를."

나는 오카노의 옆얼굴을 쳐다봤다. 오카노의 눈은 곧장 천장을 바라보고 있었다.

"테츠야도 당신을 질투하고 있었어."

오카노가 나를 봤다.

"그가 그렇게 말했어?"

"아니, 그렇지만 틀림없이 그랬다고 생각해. 테츠야는 정말로 더 이상 문학 같은 거 계속하고 싶지 않았던 것 같아. 문학의 속박으로부터 자유롭게 행동하는 당신이 부러웠다……. 그래서 문학에서 도망가기 위해서는 죽는 길밖에 없지 않았을까?"

"역시 당신은 그 사람을 이해하고 있었는지도 몰라."

"그렇지는……."

오카노의 눈에서 빛이 빠르게 사라졌다. 오카노는 가끔 이런 눈이 되곤 했다.

"뭘 생각하는 거야?"

오카노가 놀란 표정으로 눈을 깜빡였다.

"아냐, 아무것도 아냐. 슬슬 돌아갈게."

"응."

"불 켤게."

천장의 형광등이 깜빡였다. 눈부신 빛이 방 안에 꽉 찼다. 나는 이불을 가슴 위로 끌어올렸다.

오카노가 일어섰다. 야윈 새하얀 엉덩이가 팬티로 가려져 있었다. 목이 둥근 셔츠를 입고 남색 양말을 신었다. 왜 등을 보이고 옷을 입을까.

오카노는 양복을 걸치고 소매를 정리한 뒤 가방을 집어 들었다. 나는 이불에서 나와 알몸으로 오카노의 등을 껴안았다. 오카노가 돌아보며 안아주었다. 나와 오카노는 부드럽게 서로의 입술을 주고받았다.

"정말 가야 해?"

오카노가 내 몸을 양손으로 밀면서 떨어졌다.

"다시 2주 동안 기다리지 않으면 안 되네……. 기다리기 힘들어."

"나도 괴로워."

"알아. 미안해."

오카노가 언제나처럼 미소를 지었다.

"자, 또 만나."

"전화 줘요."

"응."

오카노가 구두를 신고 문을 열고 나갔다. 구두 소리가 멀어졌다.

나는 급히 얇은 스웨터에 청바지를 걸치고 불을 켜놓은 채 방을 나섰다. 철제 계단을 내려가 오카노의 뒤를 따랐다. 아스팔트 포장도로에 발소리가 메아리쳤다.

가로등 불빛 아래에서 오카노의 뒷모습을 발견했다. 나는 발을 멈추고 전신주 그늘에 몸을 숨겼다. 오카노가 국도 앞에서 멈추더니 좌우를 둘러보고 종종걸음으로 건너갔다. 나도 전신주 그늘에서 나와 쫓아갔다. 오카노는 이어 파출소 앞을 지나 술집 모퉁이를 돌았다. 나는 그를 놓칠세라 급히 달려갔다.

내가 술집 모퉁이를 돌자 오카노는 니시테츠 선 자츠쇼노쿠마 역 계단을 올라가고 있는 중이었다. 나는 잠깐 기다리다가 사람들 사이에 끼어 뒤를 쫓았다. 오카노가 정기권을 보이고 개찰구를 통과했다. 나는 자동발권기에서 표를 샀다. 오카노의 정기권을 본 적이 있었기에 행선지는 알고 있었다.

카스가바루.

자츠쇼노쿠마에서 딱 한 역 차이였다.

전철이 카스가바루 역에 도착했다. 문이 열리자, 나는 중년 남자의 뒤를 따라 내렸다. 남자의 어깨 너머로 오카노의 뒷모습을 눈으로 확인했다.

오카노가 개찰구를 나가 왼쪽으로 돌았다. 버스나 택시를 타면 모든 건 끝난다고 생각했지만 오카노는 밤길을 걷기 시작했다. 달리 왕래하는 사람이 없다. 나는 구두 소리가 크게 나지 않도록 신경을 쓰며 뒤를 따랐다.

신흥 주택지로 보이는 곳에 도착했다. 지은 지 얼마 지나지 않은 독립 가옥들이 질서정연하게 나란히 서 있었다. 각각의 집 창에는 따뜻한 불빛이 비치고 있었다.

10분 정도 걸은 후 오카노는 커다란 집의 현관으로 들어갔다. 문기둥에는 둥근 전등에 불이 들어와 있었다. 초인종 소리가 들리더니 현관문이 열리고 빛이 새어 나왔다. "어서 오세요. 피곤하시죠" 하는 여자 목소리가 났다. 오카노가 빛 속으로 들어가자 이내 빛이 사라졌다.

나는 대문을 열었다. 끼익, 하고 귀에 거슬리는 소리가 났다. 돌길을 걸어 벽돌 계단을 올라가 현관 앞에 섰다.

이곳이 오카노의 가정. 이곳에서 오카노는 아내와 함께 살고 있다. 식사를 하고, 목욕을 하고, 잠을 자겠지. 나와 사랑을 나눈 그 밤에, 아내를 품는 일도 있겠지. 오카노의 처도 그에게 안겨 희열의 소리를 지르겠지. 그리고 언젠간 오카노의 아이도 갖겠지, 이 집에서.

손을 뻗어 음표 마크가 있는 버튼을 눌렀다. 차임 소리가 새어 나오자 문이 열리고 앞치마를 두른 여자가 나타났다.

그 얼굴을 본 순간, 나는 소리를 지를 뻔했다. 오카노의 처라면 나와는 비교도 될 수 없을 정도로 고상하고, 아름다운 여자일 게 틀림없다고 각오하고 있었다. 그러나 눈앞의 여자는 나이는 나보다 젊을지 모르지만, 약간 살이 쪘고 아름답지도 않았다. 얼굴은 상하로 긴 타원형으로 한가운데 한 줌의 주먹코가 붙어 있었다. 볼은 자아가 강

하다는 것을 나타내듯이 툭 튀어나와 있었다.

"안주인이십니까?"

"네."

그녀는 수상한 눈으로 나를 봤다.

"밤중에 죄송합니다. 이 근처에서 카와지리라는 사람이 사는 집을 찾고 있는데요."

"글쎄요, 그런 댁은 없는데요. 당신은 어떤……."

"그래요? 죄송합니다."

나는 정중하게 인사를 하고 그곳을 떠났다. 대문이 있는 곳에서 뒤를 돌아보자 여자가 아직 나를 보고 있었다. 나는 웃음을 머금으며 다시 한 번 인사를 했다.

'이길 수 있어. 저 여자라면 이길 수 있어.'

밤길을 걸어 역으로 돌아오면서 얼굴에 떠오르는 미소를 억제할 수가 없었다.

나는 테츠야가 죽고 금방 아파트를 옮겼다. 새로운 집을 소개해준 사람은 오카노였다. 원룸에 욕실, 화장실이 붙어 있고, 아는 사람의 친척이 부잣집이라서 싸게 빌릴 수 있었다고 말했다.

나는 역 앞 슈퍼마켓에서 아르바이트를 시작했다. 아무 일도 하지 않으면 오히려 기분이 답답해진다는 오카노의 추천도 있었기 때문이었다.

이 슈퍼마켓은 조금 특별했다. 계산대 옆에 길이 1미터 정도의 벨트컨베이어가 항시 움직이고 있어서 계산원은 가격표를 붙인 상품을 무조건 올려놓았다. 올려진 상품은 벨트컨베이어 끝에 모였다. 그곳에서 물건을 산 사람은 상품을 직접 쇼핑백에 넣어 정산했다.

이것뿐이라면 그냥 최신시설일 뿐이다. '특별하다'라고 한 이유는 한 계산대에 벨트컨베이어 세 개가 병행해서 움직이고 있다는 사실 때문이었다.

즉 한 고객이 지갑에서 잔돈을 찾고 있는 중에 다음 고객이 상품을 계산원에게 내놓으면, 계산원은 그 상품을 두 번째 컨베이어에 올려놓아 보낸다. 그리고 두 번째 고객에게 합계 금액을 알려주고, 첫 번째 고객의 정산을 마친다. 물론 이 경우 잔돈 계산은 암산이다. 첫 번째 고객이 상품을 쇼핑백에 넣고, 두 번째 고객이 지갑에서 돈을 꺼내고 있는 사이에 세 번째 고객이 상품을 계산원에게 가져오면 세 번째 컨베이어에 올려놓는다. 이것이 계속해서 이루어지는 방식이다.

쉽게 말하면 한꺼번에 세 명의 고객을 상대해야 한다. 효율 높게 고객을 응대하기 위해서 창업자가 고안해낸 방법이지만 실제로 아르바이트 직원 중에 벨트컨베이어를 세 개 다 사용하는 사람은 없었다. 대부분은 두 개까지고 남은 한 개는 정지시켜놓았다. 이유는 간단하다. 그렇게 곡예 비슷한 짓은 아무도 할 수 없었기 때문이다.

이곳에서 나는 다른 아르바이트 직원이나 상사를 놀라게 하는 존재였다. 이 세 개의 벨트컨베이어를 어렵지 않게 다루어버린 것이다. 개점 이래의 쾌거라고 한다. 기분이 나쁘지는 않았다.

확실히 나는 옛날부터 계산을 잘했다. 소학교 때에 주산 1급을 땄었기 때문에 암산도 특기였다. 세 명의 고객을 동시에 상대하는 것도 습관이 되면 어렵지 않다. 다만 집중력이 필요하고 점심 전에 일을 시작해서 정신이 들면 저녁이었다. 덕분에 테츠야의 일을 떠올리지 않고 잘 넘어갈 수 있었다.

나중에는 혼자서 집에 있을 때에도 테츠야를 생각하지 않게 되었다. 아르바이트 일도 예상외로 즐거워졌고 태어나서 처음으로 자신의 능력을 충분히 활용하여 그것이 주위 사람들에게 인정받는 느낌을 받았다.

오카노는 만나기 시작했을 땐 일주일에 한 번 상황을 보러와 주었고, 집에 전화를 놓은 후부터는 매일 전화해 주었다.

나는 규칙적이고 안정된 생활을 당분간 이어갔다. 그러나 어느 사이엔가 나는 전화 앞에 앉아서 오카노의 전화를 기다리기 시작했다. 오카노와 함께 있을 때가 제일 편하다는 사실과 그가 돌아간 후가 제일 괴롭다는 사실을 알았다. 눈을 떠도 감아도 그의 얼굴이 어른거리고 오카노의 가슴에 안기는 자신을 생각하면서 몸부림을 쳤다. 그가 오는 날에는 화장을 정성스럽게 했다. 향수를 뿌리고, 과감하게 블라우스의 가슴 부근을 열고, 짧은 스커트를 입었다. 우연을 가장하여 몸을 가깝게 하는 일도 있었다. 그러나 오카노는 내 손가락 하나도 건드릴 생각을 하지 않았다. 나는 미칠 것 같았다.

어느 날 밤 나는 울며 안아달라고 간청했다.

그 순간부터 나는 행복했다. 비록 아내가 될 수는 없더라도 정부라는 형태라도 상관없다. 오카노에게 안기면서 마음속으로 그렇게 생각했다.

4개월 전의 일이었다.

초인종이 울렸을 때 나는 목욕 타월 한 장만 몸에 감고, 머리를 말리던 중이었다. 드라이어를 멈추고 시계를 봤다. 오후 7시. 목욕 타월 모습으로 문 가까이 갔다.

"누구세요?"

"나야."

오카노의 목소리를 들으니 머릿속에 어제저녁 일이 스

쳤다.

"잠깐 기다려."

나는 거실로 돌아와 황급히 옷을 입었다. 거울 앞에 앉아 손으로 머리를 다듬고, 헤어밴드로 고정시켰다. 화장할 틈이 없다. 문으로 달려가 열자 양복 차림의 오카노가 들어왔다.

"웬일이야?"

오카노가 아무 말도 없이 구두를 벗고 들어왔다. 등을 보이고 선 채 가방도 놓으려 하지 않았다.

나는 오카노의 양복을 벗기려 했다.

"이대로 괜찮아. 곧 돌아갈 거니까."

오카노는 돌아서서 입을 꽉 다문 채 나를 응시했다.

"어제 우리 집에 왔었어?"

나는 오카노에게 알려지기를 기대하고 있었다. 그렇지 않다면 카와지리라는 이름을 대지 않았겠지. 하나의 욕망이 채워지면 그다음 욕망이 보였다. 이대로 그늘 속에서 끝내고 싶지 않았다. 어디에 나가서도 당당하게 가슴을 펼 수 있는 여자이고 싶었다. 그러기 위해서는 흘러가고 있는 평온한 일상의 어딘가에서 사건을 일으킬 필요가 있었다.

"응. 갔었어."

"내 뒤를 밟았어?"

"그래."

"무슨 생각이야? 내 가정에 대해서는 아무 말도 않겠다, 2주일에 한 번 와주기만 하면 된다, 당신, 그렇게 말했잖아?"

"당신 부인이 어떤 사람인지 보고 싶었어."

오카노가 크게 숨을 내쉬었다.

"화났어?"

"당연하지!"

"부인이 알아차렸어?"

"직감력이 뛰어난 여자야. 추궁당했어."

"그래서?"

"……방법이 없잖아. 2주일에 한 번은 동호회 모임 때문에 귀가가 늦는다, 그렇게 말해뒀었어. 그런데 아내가 그 동호회 사람들을 만나게 해달라는 거야. 지금까지 그런 모임이 정말로 있었는지 확인할 생각인 거지."

"친구에게 말 좀 맞춰달라고 부탁하면?"

"그리되면 그 친구의 가족에게까지 확인할걸. 그런 여자야."

"부인에게 알려졌다는 거네."

"……그런 거지."

"아주 잘됐네."

오카노가 눈을 크게 떴다.

"부인을 사랑하지 않잖아. 애정이라곤 처음부터 없었잖아. 당신, 그렇게 말했어. 처음 날 안았던 날 밤에. 더구나 그 사람, 당신한테 안 어울려."

오카노의 얼굴에서 표정이 사라졌다.

"부인과 헤어지고 나와 결혼해. 우리들, 그렇게 하는 게 더 행복할 거야."

"잘난 척하지 마!"

오카노가 버럭 소리를 질렀다.

나는 그때 뭔가가 허물어지는 소리를 들었다. 그걸 없애버리려고 무리하게 웃음소리를 냈다.

"왜 고함치는 거야? 날 사랑하잖아. 우리들 서로 사랑하고 있잖아."

"……아냐."

나는 내 귀를 의심했다.

"지금 뭐라고 했어?"

"아니라고 했어. 나는 당신을 사랑하지 않아. 분수에 넘치는 짓도 정도껏 해!"

"하지만……."

"더 이상 당신과는 만나지 않겠어. 우리 관계는 끝난

거야. 당신이 약속을 깼어. 당신이 끝내버렸어."

다리가 떨려왔다. 이럴 수는 없다. 이런 결과를 기다린 게 아니야. 뭔가가 잘못되었다.

"우리 관계, 이렇게 간단히 끝내도 좋은 거야? 당신은 거짓말하는 거야. 우린 확실히 사랑하고 있어. 나는 알고 있어. 그래도……."

"어린애 같은 소리 하지 마. 우린 성인관계였을 뿐이야. 확실히 나는 당신과의 정사를 즐겼어. 그러나 당신도 충분히 즐겼잖아. 잊어버렸어? 처음에 안아달라고 한 건 당신이었어. 나는 그 요구에 응한 것뿐이라고. 그래서 당신은 자신의 욕구를 마음껏 만족시킬 수 있었어. 틀린 말이야?"

"아니야, 아니야. 날 안고 싶다고 말한 건……."

"그렇게 말하진 않았지. 나도 당신을 안고 싶다고 생각했어. 그래서 안은 거야. 나도 즐거웠지. 그건 인정해. 당신 육체는 그…… 아주 좋았으니까."

"그게 사랑이잖아. 당신은 역시 날 사랑하고 있어. 사랑하지 않을 리가……."

전화가 울렸다. 수화기를 집어 들려고 하다, 깨달았다.

오카노가 눈앞에 있었다.

오카노는 수화기를 들고 귀에 갖다 댔다.

"응, 나야……. 지금 이야기하고 있는 중이야……. 꼭 그래야 해? ……알았어, 지금 바꿔줄게."

오카노가 수화기를 내밀었다. 나는 떨리는 손으로 수화기를 받아들었다. 누구야? 눈으로 물어봐도 오카노는 대답해주지 않았다.

"여보세요."

"카와지리 마츠코 씨?"

"네."

"오카노의 아내 되는 사람입니다."

배 속이 차가워졌다.

"지난밤 만나 뵈었지요."

"……네."

"남편으로부터 들으셨다고 생각합니다만."

"네."

"앞으로는 절대로 남편과 만나지 말아주세요."

"……."

"듣고 계십니까? 만약 이후에도 남편과 만나는 사실이 확인되면 변호사와 상의하여 당신을 고소하겠습니다."

"저는……."

"제 이야기는 이것뿐입니다. 이제 남편 좀 바꿔주시겠어요?"

"저와 타케오 씨는 서로 사랑하고 있습니다. 당신이야말로……."

요란한 웃음소리가 고막을 찔렀다.

수화기를 빼겼다. 오카노가 수화기를 손에 들고 나를 한 번 쳐다보더니 자신의 귀에 댔다.

"……알고 있어. 그녀도 굉장히 흥분하고 있어……. 이제 됐잖아!"

오카노는 거친 목소리를 내면서 수화기를 내려놓고 그대로 움직임을 멈췄다. 무서울 정도의 정적이 찾아왔다.

"솔직한 감정을 말해줘요. 정말로 나를 사랑하고 있죠? 부인과는 헤어지고 싶은 거죠?"

오카노의 눈이 나에게 향했다. 아까까지 있던 화가 사라졌다. 그곳에 머물고 있는 빛은…… 불쌍함이었다.

"마지막이니까, 나도 정직하게 말하지. 나는 당신을 사랑스럽다고 생각해본 적이 없어."

"……내 육체만이 목적이었네?"

"그렇게 되는군. 아니, 약간 달라. 나는 다만, 당신을 내 것으로 만들고 싶었을 뿐이야. 야메카와 테츠야의 연인이었던 당신을."

"왜……."

"야메카와 테츠야라는 남자에 대한…… 질투심이라고

나 할까?"

오카노가 스스로를 조롱하듯이 얼굴을 찡그렸다.

"나는 마지막까지 그를 이길 수 없었어. 문학에 대한 정열, 재능에 있어서는 전혀 맞설 수가 없었지. 그래서 나는 문학을 포기했어. 그에게는 쓰고 있다고 했지만, 마음속에서는 이미 포기 상태였어. 화가 났지만 인정하지 않을 수 없는 패배였지. 그 대신 출세해서 돈을 모아 갚아주리라 생각했어. 아내와는 중매결혼이야. 장인이 여성복 회사를 경영하고 있어서, 나도 그때까지 근무하던 회사를 그만두고 그곳으로 전직했어. 아내는 무남독녀라서 언젠가는 내가 경영을 이어받겠지. 확실히 그렇게 말해주었어. 그래서 결혼한 건지도 몰라. 데릴사위가 조건이었지만, 나는 흔쾌히 승낙했지. 장인어른과 장모님이 우리들을 위해 커다란 집도 지어주었어. 당신이 본 그 집이야. 정말로 순조로운 항해였어. 그즈음에 야메카와는 작가를 목표로 가난한 생활을 계속하고 있었어. 나는 가끔 그를 방문해서 돈을 건네준 일도 있었어. 나는 이겼다고 확신했지. 재능에서는 졌지만, 인생에서는 이겼다고. 그가 무너져가는 것을 보며 동정을 하는 여유까지 부릴 수 있었지. 그런데, 당신이 나타난 거야. 젊고, 아름답고, 머리 좋은 당신이. 그는 마음속 깊이 당신을 사랑했어. 더욱이 믿을 수 없는 것은 험한 대우를 받으면서도 여전히 사랑스러운 눈으로 그를 바라보는 당신이었어. 나의 우월감은 날아가 버렸어. 참혹했지. 어중간한 지위와 재산에 눈이 멀어 좋아하지도 않는 여자와 결혼하고, 이것이 승리라고 믿고 있던 내 자신이 말이야. 당신이 그와 헤어지길 원했어. 그러면 그에게 열등감을 느끼지 않아도 되니까. 그런데 그 전에 전철에 뛰어들어 자살하고 말았던 거야. 그의 인생이 비참한 것이었을까? 당치도 않아. 넘치는 재능, 그것을 길동무로 젊게 죽어간 거야. 당신이라는 아름다운 여성에게 사랑을 받으며 말이지……. 내가 볼 때 그는 부러울 정도로 빛났었어. 문학에 몸을 던진 인간으로서 꽤 훌륭한 죽음이었다고 생각하지 않아? 야메카와가 죽어서, 나는 영원히 그를 이길 수 없게 됐어. 내게 남아 있는 방법은, 그에 대한 열등감을 불식시킬 수 있는 방법은, 하나밖에 없었어. 그건 당신이 가진 그에 대한 사랑을 내 것으로 만드는 일이었지."

나는 멍하니 머리를 좌우로 저었다.

"모르겠어……. 당신이 하고 있는 말, 전혀 알아들을 수가 없어. 어떻게 그런 일이 가능한 거야? 왜 그런 걸 생각하는 거야?"

"여자인 당신이 알 리가 없지."

"모르겠단 말이야!"

"어쨌든 나는 당신을 사랑하지 않아. 결혼하겠다고 생각해본 적도 없어. 나는 항상 야메카와에게 보여주기 위해, 나의 승리를 확인하기 위해, 당신을 품은 거야. 지금 당신의 사랑을 받고 있는 건, 바로 나라고 말이야. 나는 야메카와 테츠야로부터 당신을 뺏었다고!"

오카노가 양복 안주머니에 손을 넣더니 두툼한 봉투를 꺼내 식탁 위에 놓았다.

"다만, 당신에게는 미안한 일을 했다고 생각해. 결과적으로 당신을 가지고 논 게 되었으니까 말이지."

나는 봉투에서 눈을 떼고 오카노를 노려보았다.

"이게 뭐야?"

"작지만 내 마음이야."

"놀리지 마!"

나는 봉투를 내던졌다. 봉투는 오카노의 가슴에 맞아 바닥에 떨어졌다. 숨이 거칠어졌다. 터질 듯한 괴로움을 억누를 수가 없었다.

"난 죽을 거야."

오카노가 등을 보였다. 구두를 신은 뒤 문에 손을 대고 있었다.

"정말로 죽어줄게!"

"마음대로 해. 나와는 이미 관계없는 일이야."

오카노는 조용히 말하며 뒤도 돌아보지 않고 방을 나갔다. 문이 닫히고 구두 소리가 멀어져갔다. 귀를 기울였다. 아무 소리도 들리지 않았다.

나는 울면서 싱크대 문을 열어 부엌칼을 집어 들고 수도꼭지를 틀었다. 왼손바닥을 위로 하고 흘러내리는 물속에 넣었다. 손목에 차가운 느낌이 전해졌다. 손목을 눈앞으로 가져오니 물이 묻어서 반짝반짝 빛이 났다. 파랗게 도드라져 보이는 혈관이 떨리고 있었다. 그곳에 칼날을 대고 긋자 빨간 꽃이 피어오르기 시작했다.

정신이 들어보니 나는 부엌 바닥에 쓰러져 있었다. 물이 흐르는 소리에 정신을 차리고 일어섰다. 현기증이 나서 싱크대에 매달려 몸을 일으켰다. 오른손을 뻗어 수도꼭지를 잠갔다.

슬쩍 왼손을 보니 손이 새빨갰다. 상처는 생겼지만 출혈은 이미 멈췄다. 바닥을 보니 쟁반 크기만 한 피 웅덩이가 생겨 있었다.

전화기를 쳐다봤지만 울리지 않았다. 귀를 기울여봐도 구두 소리는 들리지 않았다. 다시 한 번 왼손의 상처를 보다가 수돗물로 피를 닦았다. 힘껏 그을 생각이었으나 상처는 머리카락처럼 가늘고, 길이도 3센티 정도였다.

나는 걸레를 짜서 바닥의 핏자국을 닦았다. 말끔히 닦아지지 않았다. 세제를 뿌려 힘껏 문질렀다. 거품이 빨갛게 물들며 어느 정도 깨끗해졌다. 몸을 움직인 탓인지 숨이 찼다. 전신에 열이 나고 땀이 배어나왔다. 바닥에 새로운 혈흔이 생겼다. 손을 보니 왼손 상처가 터져서 피가 나오고 있었다. 나는 바닥 청소를 끝내고 손을 씻었다. 손의 물기를 닦은 후 상처에 입술을 댔다. 혀를 대니 욱신거렸다. 애무하듯이 상처를 핥았다. 피 맛이 입 안에 퍼졌다. 핥으면서 전화기를 돌아봤지만 여전히 울리지 않았다.

봉투가 떨어져 있는 게 보였다. 숙여서 봉투를 집으니 무거웠다. 내용물은 모두 만 엔짜리였다. 제일 위 한 장의 가운데를 잡고 둘로 갈랐다. 그것을 겹쳐서 둘로 찢고, 다시 한 번 같은 동작을 반복했다. 종잇조각을 바닥에 떨어뜨리곤 다음 장을 들어 같은 방법으로 찢었다. 한 장 한 장 천천히 찢었다. 모든 지폐를 찢고 나니 바닥에 종잇조각으로 이뤄진 작은 산이 생겼다. 나는 그것을 주워 모아 창가로 달려가서 창문을 열고 밖으로 내던졌다. 거무스름한 종이 눈보라가 밤바람을 타고 녹아갔다.

나는 다음 날 슈퍼마켓 아르바이트를 그만두었다.

반년 만의 거리였다.

오후라서 손님의 모습은 보이지 않았다. 5월의 상쾌한 햇빛이 비쳐 거리의 매력도 말라버린 것처럼 보인다. 그러나 태양이 서쪽으로 잠들면 다시 이상한 불빛이 흘러넘칠 게 분명하다.

나는 미나미신치의 길을 따라 '터키탕 백야' 앞에 섰다. 잠깐 간판을 보다가 아무런 주저 없이 안으로 들어갔다.

가게 안에 있던 젊은 남자가 바닥 청소를 하다가 손을 멈추고 나를 쳐다봤다. 나는 그 옆을 당당하게 지나갔다. 바닥을 청소하던 남자는 아무 말도 없이 자신의 일로 돌아갔다.

한 번 왔었기 때문에 매니저 사무실은 알고 있었다. 기억에 있던 문을 노크도 하지 않고 열자, 지난번의 매니저와 나보다 나이가 위인 듯 보이는 여자가 소파에 앉아 이야기에 열중하고 있었다.

매니저는 놀란 표정을 지었다.

나는 아무 말도 없이 옷을 벗었다. 속옷도 벗어 바닥에 떨어뜨렸다. 나체를 보여주려는 듯이 양손을 펼쳤다. 등을 꼿꼿이 세우고 턱을 당겼다.

매니저가 눈을 크게 뜨고 계속 깜박였다. 같이 있던 여자도 입을 딱 벌렸다.

"이곳에서 일하게 해주세요."

나 자신도 놀랄 정도로 침착한 음성이었다.

여자가 웃기 시작했다. 양손을 입가에 대고 유쾌하게 어깨를 들썩였다. 매니저가 쓴웃음을 지으며 손으로 머리를 긁었다. 부끄럽다는 생각은 조금도 들지 않았다.

"아카기 씨, 이 애 알아요?"

여자는 방울 굴러가는 목소리로 물었다. 매니저가 나를 본 채 고개를 끄덕였다.

"당신 말이야."

여자가 나에게 눈을 돌렸다.

"이런 일은 처음이지?"

"네."

"지금 필요한 건 뭐야?"

"돈이요."

나는 즉각 대답했다. 여자는 빙긋 웃으며 일어서서 내게 다가왔다.

몸집이 작아 내가 약간 내려다보는 상이었다. 여자의 원피스 밑으로 뻗어 있는 다리는 가늘었으나, 볼이나 입술은 통통했다. 그녀의 깊이 쌍꺼풀 진 눈에는 부드러운 빛이 충만했다.

여자가 내 왼손을 잡았다.

"당신, 재주 좋은 손가락을……."

말이 끊겼다. 여자의 눈이 손목의 상처로 향했다가 다시 얼굴을 들었다. 불쌍히 여기는 듯한 미소를 지었다.

"고생하고 있구나."

"아뇨……."

여자는 매니저를 돌아봤다.

"고용하면 어때? 이 애, 얼굴도 나쁘지 않고 몸도 대단히 예쁜데. 손가락도 가늘고 재주 있어 보여. 무엇보다 배짱이 있어."

"저 배짱이 무서운 거야, 여자는. 이봐, 알았으니까 옷 입어. 눈 둘 데가 없잖아."

"아카기 씨, 말은 똑바로 해야지. 여자 알몸을 지겨울 정도로 보는 사람이 말이야."

여자는 내 양손을 잡았다.

"당신, 열심히 해야 해. 여자 혼자서도 돈만 있으면 행복해질 수 있어. 카와사키에서 넘버원이 돼서 빌딩을 지은 사람도 있지."

"……네."

"난 사이토 스미코, 기명은 아야노."

"기명?"

"가게에서 부르는 이름. 예명 같은 거야. 일단 이 세계에서는 당신 선배니까, 아야노 언니라고 불러주면 기쁘겠는데. 당신 이름은?"

"카와지리 마츠코입니다."

"보기와는 다르게 특징 없는 이름이네. 이봐요, 아카기 씨. 이 애 기명을 내가 지어줘도 괜찮을까?"

"좋도록 해."

"그럼, 유키노(雪乃)는 어때? 당신, 눈처럼 살결이 희고, 눈이 약간 올라가 있어서 노려보면 아주 무서워 보여."

"그럼, 설녀(雪女)네."

매니저가 농담을 던졌다.

"당신은 어떻게 생각해?"

"좋다고 생각해요."

"그럼, 결정된 거야. 아카기 씨. 나, 이 애가 맘에 들었어. 교육 여하에 따라서는 이 가게만이 아니라 나카스에서 넘버원이 될지도 몰라."

"넘버원은 당신이야. 그 때문에 일부러 치바까지 가서 빼온 거니까."

"여하튼, 더블서비스일 경우에는 당분간 이 애를 파트너로 할 거야. 괜찮죠?"

"이봐, 이봐. 조금 전에도 이야기했지만, 아직 더블서비스 코스를 한다고 결정한 것도 아니야."

"아직도 그런 말을 하고 있어요? 요즘 예전 서비스를 계속하는 곳이 어디 있어요? 어디든지 풀코스가 상식이라니까요."

"요금이 비싸져. 손님의 주머니 사정을 헤아리는 것도 중요해. 그 균형을 잡는 것이 쉽지가 않단 말이야."

"사카에초에서도 호리노우치에서도 고급 가게가 번창하고 있어요. 지금부터는 요금이 문제가 아니고, 서비스 내용으로 승부해야죠. 그러기 위해서 날 부른 거 아닌가요?"

매니저가 팔짱을 꼈다.

"하지만, 한 명만 특별취급하면 다른 애들이 불만이 생길 텐데."

"교육은 화요일이죠. 그때 모두에게 확실하게 교육하지 뭐. 그러면 공평하잖아."

"알았어. 컨설턴트 아야노의 제안을 받아들이지."

매니저가 양손을 무릎에 대고 일어섰다.

"어디 가요?"

"화장실에."

매니저가 문손잡이에 손을 댔다. 나는 등 뒤에 대고 물었다.

"저…… 제가 다시 올 걸 알고 있었나요?"

매니저가 얼굴만 돌아봤다.

"뭐?"

"제가 처음 여기 와서 면접을 봤을 때 이 일은 제게 맞지 않는다고 했고, 다른 가게에는 가지 못하도록 못을 박기도 하고. 그건, 제가 틀림없이 다시 올 거라고 생각해서인가요? 그러면 각오를 단단히 하고 일에 최선을 다할 거라고 생각해서, 다른 가게로 가지 못하게 만든 것인가요?"

매니저는 입을 벌린 채로 움직이질 못하다가 곧이어 폭발하듯 웃어버렸다.

"이거 미안하게 됐네. 당신, 나보다 악당이야. 거기까지는 생각하지 못했는데. 이거 참 재미있군!"

매니저는 웃으며 방을 나갔다. 나는 남아 있는 아야노에게 시선을 돌렸다.

"아카기 씨는 그렇게까지 악당이 아냐. 그 사람, 얼굴은 무섭고, 말은 딱딱하고, 일에도 엄하지만, 쓸데없는 장난을 할 사람은 아니야. 그렇지 않았다면 나도 치바에서 여기까지 오지 않았지."

아야노가 약간 떨어져서 나의 나체를 감상했다.

"정말 예쁘다. 자, 옷 입어. 감기라도 걸리면 돈을 벌 수 없으니까. 이 일은 몸이 재산이야."

아야노는 웃으면서 말했다.

나는 옷을 입은 후, 아까까지 아카기 씨가 앉아 있던 소파로 가서 아야노와 마주 앉았다. 눈앞의 테이블에는 마시다 만 찻잔과 재떨이가 놓여 있었다. 재떨이에는 아무렇게나 꺾여 있는 꽁초가 한 개 버려져 있었다.

"이후에 아카기 씨가 접객 매너에 대해 설명하겠지만, 내가 약간 이야기해두겠어."

아야노의 표정이 딱딱해졌다.

"대답 안 해?"

"네, 네!"

"첫째로, 무조건 손님의 기분이 좋아지도록 모든 신경을 쓸 것. 처음 인사를 할 때부터 마지막 배웅할 때까지, 1초라도 정신을 놓지 말 것. 사정만 시키면 된다고 생각하면 아주 잘못된 생각이야. 일을 그르치면 틀림없이 손님들 사이에 전해지게 마련이거든. 무서울 정도로. 이것만은 명심하도록. 그리고 둘째로, 이건 기술적인 면에서의 이야기인데 지금부터 매일 아침이나 저녁 상관없으니 팔굽혀펴기와 스쿼트(squat) 체조를 20회 이상 할 것. 아무리 피곤해도 빼먹지 말고. 이 일에서 손님을 즐겁게 만드는 데 체중을 어떻게 실어주느냐가 최대의 포인트야. 너무 실어도 덜 실어도 안 돼. 적당히 조절하려면 팔, 다리, 허리의 근육을 확실하게 단련해놓아야 해."

"스쾃이란 게 뭐예요?"

아야노가 일어서서 소파 옆에 섰다. 발을 벌리고, 양손을 머리 뒤로 돌려 잡았다. 등을 세우고, 무릎을 구부려 허리를 내렸다가 바로 일어섰다. 아야노는 이 동작을 반복했다. 스커트가 접혀 올라가 허벅지가 드러났다. 무릎 밑의 가는 다리와는 대조적으로 허벅지의 근육은 왕성하게 약동하고 있었다. 10회 정도 연속으로 했는데 아야노는 숨 한 번 크게 쉬지 않았다.

"알겠지?"

"……네."

"대답 크게."

"네-엣!"

아야노의 눈빛이 부드러워졌다.

머지않아 아카기 씨가 돌아와서 곧 나에 대한 신입연수를 시작한다고 말했다. 실제로 고객을 상대하는 욕실에서 연습 상대인 남자에게 서비스 실습을 하기로 했다.

난 아카기 씨의 안내로 욕실로 향했다. 아야노도 함께 따라왔다.

탈의실에서 일할 때 입는 옷으로 갈아입었다. 탈의실이라고 해도 바닥에 카펫이 깔려 있고, 그 외에도 침대, 화장대, 전화, 레코드플레이어까지 있어서 조용한 1인실

방이나 다름없었다. 옷은 유카타와 비슷한 얇은 나일론 옷인데 허리 바로 밑까지만 내려와 있어 가랑이가 환히 보였다. 아야노도 갈아입었다.

탈의실 옆에 있는 욕실은 검은 타일이 쫙 깔려 있는 다다미 4개 반 정도의 넓이로, 욕조는 두 사람이 겨우 들어갈 정도의 크기였다. 정면 전체가 거울로 되어 있어 우리들 세 명을 비추고 있었다. 오른쪽 벽에는 물놀이할 때 쓰는 침대 크기의 매트 같은 것이 기대어 세워져 있었다.

탈의실로 돌아오니 드디어 연수의 시작이다. 우선 손님을 맞이하는 방법, 옷을 벗기는 방법부터 시작했다. 여기서 연습 상대인 남성은 다름 아닌 아카기 씨로, 아카기 씨를 상대로 본보기를 보여주는 사람은 아야노였다.

아야노가 노인을 돌보듯이 아카기 씨의 옷을 벗기고 자신의 옷도 벗는다. 가끔 부끄러워하는 듯한 모습을 보이면서 속옷을 벗었다. 그 동작은 여자인 내가 보아도 아름답고 요염했다.

이제 아카기 씨가 다시 한 번 옷을 입었다. 내 차례였다. 나는 익숙지 않은 손동작으로 몇 번이고 아카기 씨의 옷을 벗기고 나도 나체가 되기를 반복했다. 드디어 합격을 받고 욕실로 들어갔다.

욕실에서 아야노가 먼저 시범을 보였다. 아카기 씨를

의자에 앉히고 거품을 낸 비누를 빠짐없이 아카기 씨의 온몸에 바르자, 갑자기 그의 남성이 고개를 들었다.

나는 심장이 떨려서 정신이 나갈 정도였다. 그러나 두 사람은 아무 일도 없다는 듯이 계속했다.

"유키노, 잘 보고 있어?"

아야노가 노려보고 있었다.

"……네, 죄송해요."

"이 이후는 유키노가 할 거니까."

"네."

나는 입언저리에 힘을 줬다. 계속되는 아야노의 시범에 손발 움직임, 설명 하나까지 놓치지 않으려고 단단히 긴장했다. 내가 알몸인 것도 잊었다.

의자 서비스가 끝나자 매트를 사용한 서비스가 시작되었다. 우선 매트에 아카기 씨가 천장을 보고 누웠다. 아야노가 비누거품을 자신의 몸에 묻히고 아카기 씨의 몸 위에 겹쳐 가슴과 허리를 문지르듯이 돌리기 시작했다. 가끔 오른손이 아카기 씨의 남성을 어루만졌다.

"알겠어, 유키노? 이곳에서 체중을 얼마만큼 사용하느냐가 중요한 거야. 착실히 팔다리를 단련해놓지 않으면, 손님이 고통스러워할 뿐이니까!"

"네-엣!"

아야노가 전 코스의 시범을 한 번 보인 후 드디어 내 차례가 왔다. 나는 문자 그대로 아카기 씨와 아야노에게 발과 손을 잡히기도 하고, 땀을 뻘뻘 흘리면서 해냈다. 팔과 발, 허리의 근육이 비명을 지르고, 몇 번이나 쓰러지려고 했다. 나는 생전 처음이라 할 정도로 죽을 고생을 했다. 마지막 끝맺음으로 내가 아카기 씨 위에 올라 아야노의 지도를 받으며 허리 움직임을 빨리하자, 매트에 누워 있던 아카기 씨가 신음을 하면서 내 몸을 밀어냈다. 동시에 뜨뜻미지근한 액체가 내 아랫배로부터 가슴으로 달려왔다.

"어머머, 아카기 씨!"

아야노가 환호성을 질렀다.

아카기 씨가 매트에 책상다리를 하고 앉아 어깨를 늘어뜨리고 한숨을 쉬었다.

"아, 이게 웬일이야……. 나도 한물갔나 봐."

아카기 씨가 씁쓸한 표정으로 중얼거렸다. 아야노가 내 어깨를 감쌌다.

"너, 대단해. 저 아카기 씨를 보내버렸어."

나는 의미를 몰라서 아야노의 얼굴을 쳐다보았다.

"연습 상대의 남성이 사정하는 건 이 업계에서는 금기시되어 있어. 일을 핑계 삼아 즐긴다는 말이니까. 매니저로서는 이것 이상 굴욕적인 일이 없어. 그래서 말인데 유키노, 이 일은 다른 사람에게는 비밀로 해줘."

"아야노, 비밀로 해줄 수 있지?"

아카기 씨가 얼굴을 들었다.

"아무 말 안 할게. 빚 하나 진 거야."

"유키노도?"

"네. 말 안 할게요."

"고마워. 다행이네!"

아카기 씨가 우리들에게 절하는 흉내를 냈다.

"저도 빚이 하나 있네요."

내가 말하자 아카기 씨와 아야노가 동시에 웃었다.

다음 날부터 가게에 나갔다. 오후 5시에 가게에 출근해서 다른 여자들과 인사를 하고, 유액류 및 수건이 들어 있는 바구니를 받았다.

이날의 여자는 나를 비롯해 여섯 명. 나보다 젊은 애도 있었다. 아야노는 5시 반 정도에 출근했다. 오후 6시 정도부터 손님이 들어와서 아야노가 처음으로 지명을 받고 대기실에서 나갔다. 다른 여자들도 차례차례로 지명이 되었다. 언제부터인가 대기실에 남아 있는 건 나 혼자였다. 이대로 손님이 없는 것은 아닌가 하고 초조함에 가까운 기분이 부풀어올라 왔다.

오후 7시를 넘은 시간에 처음으로 지명을 받았다. 손님은 사십 대 후반의 샐러리맨이다. 부끄럽다고 느낄 여유도 없었다. 순서가 틀리면 어떻게 하나. 손님을 만족시키지 못하면 어떻게 하지. 화를 내면 어떻게 하지. 머릿속에서 불안감이 소용돌이쳤으나 정작 시작하니 몸이 스스로 움직여 정신을 차렸을 때는 손님의 뒷모습을 보며 배웅하고 있었다. 그동안 내가 무엇을 했는지 생각나지 않았다.

욕실 정리를 하면서, 이런 느낌을 어디선가 체험했던 적이 있다는 생각이 들었다. 자츠쇼노쿠마의 슈퍼마켓에서 3연속 벨트컨베이어를 완벽하게 사용했을 때의 뿌듯함과 비슷한 것이었다.

대기실에 돌아왔을 때 아카기 씨가 말을 걸어왔다.

"어땠어, 유키노?"

"그럭저럭 잘한 것 같아요."

"아까 그 손님, 유키노 이름을 확인하고 돌아갔어. 다음은 틀림없이 지명하고 올 거야. 손님 얼굴 확실하게 기억해둬."

"네-엣!"

"좋은 대답이야."

아카기 씨가 기분 좋게 웃으면서 대기실을 나갔다. 그와 엇갈려 나비넥타이 모습의 남자가 들어왔다. 어제 바닥 청소를 하던 그 젊은 남자다.

"유키노 씨, 손님이에요. 부-탁, 합니-다."

이날 나를 찾은 손님은 세 명이었다. 한 사람당 입욕료가 5천 엔, 서비스료가 8천 엔인데 그중 내가 받는 돈은 7천 엔. 첫날 내가 번 돈은 2만 천 엔이 되었다. 전날 준비금 명목으로 5만 엔을 받았기 때문에 단 이틀 만에 7만 엔 이상. 교사 시절의 월급을 훨씬 능가하는 금액이었다.

일이 끝나는 시간은 밤 12시. 나는 가게에서 불러준 택시로 자츠쇼노쿠마의 아파트에 돌아왔다. 택시 요금은 상당한 금액이었으나 처음 일주일간은 가게가 부담해주기로 했다.

집에 돌아오니 배에서 소리가 났다. 가게에서는 손님 받는 중간 중간에 식사를 할 수 있지만 도저히 먹을 수 있는 상태가 아니었다. 나는 물을 끓여 컵라면 용기에 부었다. 뜨거운 면을 먹으며 차차 잘해나갈 수 있을 것 같다는 생각이 들었다.

배를 채우자 잠이 왔다. 곧 눕고 싶었으나 참고 팔굽혀펴기를 시작했다. 한 번 하고 잠시 쉬고 하는 상태였으나 아야노가 추천해준 대로 20회를 했다. 스쾃 체조도 천천히 20회. 숨이 거칠어지고 손발이 덜덜 떨렸으나 이것으로 드디어 하루가 끝났다는 느낌이 들었다.

일주일 후, 나는 자츠쇼노쿠마의 아파트를 나와 스미요시의 맨션으로 이사했다. 미나미신치까지 택시로 5분 거리였다.

매주 화요일은 아야노에게 새로운 테크닉을 공부하는 교육을 받았다. 아카기 씨나 아야노가 새로운 기술을 소개하기도, 터키탕 여자들이 자신들의 아이디어를 내서 토론하기도 했다. 참가는 각각 자유였으나 백야에서 일하는 터키탕 여자의 대부분이 출석했다. 나도 빠지지 않고 참가했다. 어떤 때는 나 나름대로의 아이디어를 발표하여 채택되기도 했다.

동료 터키탕 여자로부터 들은 이야기에 의하면 백야에서는 기본적으로 초보자는 채용하지 않는다고 했다. 경험자라도 채용되는 것은 아카기 씨의 눈에 든 사람만 가능했다. 그래서 백야의 여자는 다른 가게의 여자들과는 일에 임하는 자세가 다르다고 했다.

초보자에게 있을 법한 따돌림도 이곳에는 거의 없었다. 그것도 모두 아카기 씨의 역량 때문이라는 것이 아야노의 의견이다.

2개월째가 되자 나도 지명을 많이 받기 시작했다. 소문을 듣고 지명했다는 손님도 나타났다. 팔굽혀펴기와 스쾃 체조도 쉽게 해치웠다. 그런 성과인지 체중을 실을 때의 미묘한 조정이 가능해졌고 손님으로부터 칭찬받는 일도 많아졌다. 아야노와 처음으로 더블서비스를 해본 것도 이즈음이었다.

더블서비스란 한 사람의 손님에게 터키탕 여자 두 명이 서비스하는 것이다. 요금이 두 배이지만 호흡이 맞는 콤비가 아니면 요금에 버금가는 효과는 나타나지 않았다. 그 때문에 아카기 씨도 주저했으나 아야노의 설득으로 도입하기로 결정했다. 손님들의 평판은 최고로, 일주일 후에는 역에서 파는 신문의 취재도 받았다. '아야노 · 유키노의 미녀 최강 콤비'라는 타이틀의 터키탕 취재 기사를 아야노와 크게 웃으면서 읽었다. 다만 기사 본문 중에 내가 중학교 교사 출신이라고 쓰여 있는 게 약간 꺼림칙했다. 인터뷰 때 나도 모르게 말해버린 것이다. 이 기사가 나간 후에 손님들이 "중학교 선생님이었다고?"라고 재미 반으로 물어오는 일이 많아졌다. 이럴 때마다 가슴 깊은 곳에서 쓰라린 기억이 되살아났지만, 얼굴에 나타내지는 않았다.

얄궂게도 지명 손님은 현격하게 늘었다. 지명을 받으

면 보수를 더 받는 시스템이었기 때문에 수입도 급상승했다. 2개월차에 월수입은 100만 엔을 넘어섰다.

3개월째에는 지명 손님이 줄을 서서 기다렸고 예약이 필요한 지경이 되었다. 다른 가게에서 스카우트 이야기도 있었으나 나는 웃음으로 받아넘겼다.

하루의 일을 마치고 가게를 나오려 할 때, 종업원 남자가 "매니저가 부르는데요"라며 나를 불러세웠다.

"그래, 고마워."

어제의 일당은 이미 받았다. 나는 무슨 일인지 몰라 불안해하며 매니저 사무실로 들어갔다.

아카기 씨는 사무 보는 책상에서 장부를 열심히 보고 있었다. 안경을 쓰고 불이 붙어 있는 담배를 손가락 사이에 끼고 있었다.

"매니저님, 부르셨어요?"

아카기 씨가 얼굴을 들었다. 담배를 비벼 끄고 안경을 벗으며 말했다.

"유키노, 미안. 집에 가는데 잡아서."

"뭐예요. 손님 불만이라도 있었나요?"

"그건 아니고……."

"확실히 말씀해주세요. 고칠 게 있으면 고칠게요."

아카기 씨가 두 번이나 고개를 끄덕였다. 그러고 나서 책상 서랍을 열어 안에서 봉투를 꺼내는데 꽤 두터워 보였다. 그는 봉투를 손에 들고 가까이 오더니 눈앞에 서서 표정을 풀었다.

"유키노, 아주 잘했어."

"네?"

"8월 매상은 유키노가 톱이야. 그래서 여기, 특별 보너스를 주려고 말이야."

아카기 씨가 봉투를 양손으로 잡고 내밀었다. 나는 입을 딱 벌린 채 아카기 씨의 얼굴과 봉투를 번갈아 쳐다보았다.

"받아. 유키노가 자신의 몸으로 쟁취한 돈이야."

나는 봉투를 손에 들었다. 무거웠다.

"제가…… 톱?"

"그래. 유키노가 이곳의 넘버원이 되었다는 거야. 축하해."

아카기 씨가 악수를 청해왔다. 나는 그 손을 잡았다.

"고……맙습니다."

"용무는 그것뿐이야. 조심해서 돌아가."

"네, 가보겠습니다."

나는 사무실을 나왔다. 다리가 바닥에서 떠 있는 느낌

이었다.

내가 톱.

내가 넘버원.

입 안에서 중얼거렸다.

한 번도 경험해보지 못한 충실감이 머리끝까지 꽉 차오르기 시작했다.

5

"제자라니……. 마츠코 고모가 학교 선생님이었단 말입니까?"

"국어선생님이셨어요."

"혹시 학교는……."

"오카와 제2중학교, 알고 있습니까?"

"제2중학교라면 저도 다녔는데요. 류 씨, 그럼 제 선배시군요."

류 요이치의 얼굴에 살짝 미소가 흘렀다.

"마츠코 고모는 어떤 선생님이셨습니까?"

"정말로 아름다웠지. 남학생뿐만 아니라 여학생 사이에서도 인기가 많았어요. 집이 가까워서 마츠코 선생님과 함께 등교하는 여학생이 있었는데, 언제나 자랑하고 다녔을 정도니까."

"음, 그 혐오스런 마츠코가?"

내가 오쿠라를 노려보자 그는 슬쩍 다른 곳을 쳐다봤다.

"마츠코 고모는 언제까지 선생님이셨어요? 실종되었다고 들었습니다만."

류 요이치가 얼굴을 찡그렸다.

"선생님으로 오신 지 2년째 되는 5월이었을 겁니다. 제 책임입니다. 제가 마츠코 선생님의 일생을 두 번이나 망쳐버렸습니다. 첫 번째가 바로 그때였어요."

"실종된 것은……."

"저어."

오쿠라가 끼어들었다.

"난, 잠깐 일이 있어서……."

그는 오른손을 가볍게 올려 내게 인사한 뒤 류 요이치를 슬쩍 쳐다보곤 집으로 뛰어갔다. 자기 집 문을 열고 들어가면서 한 번 돌아보더니 쾅 하고 닫았다.

뭐야, 저놈.

나는 류 요이치에게 눈을 돌렸다.

"지금부터 무슨 예정된 할 일 있으세요?"

"없어요."

"그러면 걸으면서 이야기 좀 할까요?"

우리들은 누가 먼저랄 것도 없이 아라카와 강으로 향했다.

나는 걸으면서 류 요이치를 곁눈질로 살짝 보았다. 류 요이치는 무심한 눈초리로 지면만 바라보고 있었다.

"아까도 말했지만, 전 마츠코라는 고모가 있다는 걸 최근에야 처음으로 알았어요. 뒤처리를 하라고 아버지한테 부탁받았을 때, 그다지 할 마음이 없었어요. 만나본 적도 없으니까 타인과 다를 게 없었죠. 그래도 제 여자 친구가, 아스카라고 합니다만, 마츠코 고모 일이 신경 쓰였는지 같이 와주었어요."

"그날 쇼 씨와 함께 있던 그 여자분이군요."

"그렇습니다."

"오늘은 함께 있지 않네요?"

"고향에 돌아가버려서……."

"그랬군요."

류 요이치가 하늘을 올려다보았다. 나도 얼굴을 들었다. 아파트 베란다에 말리기 위해 걸어놓은 이불이 보였다. 커다란 이불 두 개와 한 치수 적은 이불 한 개가 나란히 널려 있었다.

"류 씨도 오카와 시에서 태어나셨나요?"

"네, 열다섯 살까지 살았지요."

"그 이후는요?"

"상해 사건을 일으켜서 사세보 초등소년원에 들어갔어요. 그리고 열여덟 살에 하카타로 나와서 야쿠자에 가입했죠……."

나와 류 요이치는 보육원을 돌아 아라카와 강 제방을 올랐다. 바깥쪽의 중단도로를 건너 제방 본체의 돌계단을 올라 정상에 다다르자 걸음을 멈췄다. 우리들은 나란히 서서 아라카와 강의 강줄기를 내려다보았다.

"전, 마츠코 고모가 이 강을 보면서 울었다는 사실을 알았을 때, 갑자기 남이 아니라고 생각했습니다."

"치쿠고 강과 비슷하거든요."

나는 류 요이치의 옆얼굴을 올려다봤다.

"그렇죠?"

눈을 다시 강으로 옮겼다.

"그곳에서 태어나 자란 사람이 이곳에 서면 같은 생각을 하게 될 거라고 생각합니다. 그리고 자신의 고향에 대한 향수에 젖어……. 마츠코 고모가 어떤 기분으로 이곳에 서서 울고 있었을까를 생각하면, 나까지도 서글퍼져 버려서……."

바람이 불었다. 제방 끝에서 파도가 쳤다.

“마츠코 고모의 일을 좀 더 알고 싶어졌어요. 어떤 인생을 보내고, 이곳에 오게 되었는지……. 아무튼, 적당한 표현이 생각나지 않지만 마츠코 고모에 대해 더 알게 되고, 조금이라도 이해하게 된다면 마츠코 고모도 기뻐하시지 않을까 해요.”

류 요이치는 천천히 고개를 끄덕였다.

“마츠코 선생님이 학교를 그만두게 된 것도, 실종된 것도, 모두 내 탓입니다. 내가 상해 사건을 일으켜서 소년원에 들어가기 직전의 일인데요. 난 수학여행지에서 돈을 훔쳤어요. 딱히 돈이 필요해서 그런 건 아닙니다. 집은 가난했지만요. 다만 눈앞에 돈이 무방비 상태로 놓여 있으니까 훔친 것뿐입니다. 죄의식조차 없었지요. 반대로 이 일로 학교가 곤란해지면 재미있겠다고 생각했어요. 사건은 금방 발각되었고, 선생님들 사이에서도 소동이 일어났죠. 난 원래 문제아 취급을 받았기 때문에 내가 한 짓이라고 짐작을 했는지 담임이셨던 마츠코 선생님이 나를 추궁했습니다. 나는 모른 척해버렸습니다. 그래서 마츠코 선생님은 책임을 느꼈는지 자신이 훔친 것으로 하고 변상해서 해결하려고 했었습니다. 하지만 그것이 학교 측에 알려져서 진짜로 그녀가 훔친 것으로 변해버렸어요……. 마츠코 선생님은 우리 집까지 와서 내게 죄를 인정해달라고 하셨죠. 궁지에 몰려 있는 모습으로 보였어요. 나는 그런 마츠코 선생님을 차갑게 돌려보내고…… 곧 학교에 전화를 걸었지요. 지금 금방 마츠코 선생님이 학생인 나의 집에 들이닥쳐 죄를 뒤집어쓰라는 협박을 했다고……."

류 요이치는 괴로운 듯 말을 끊었다.

"마츠코 고모가 싫었나요?"

"그럴 리가……. 오히려 좋아했지요. 동경했어요. 왜 그런 일을 했는지 지금도 모르겠어요. 왜 죽을 정도로 좋아했던 선생님에게 그랬는지……. 결국은 내 말이 결정적으로 작용해서 마츠코 선생님은 학교에서 쫓겨났습니다. 소문에는 그대로 집을 나가 행방이 묘연해졌다고 했습니다. 그 사실을 알았을 때 난 내가 무슨 생각을 했는지, 무슨 짓을 해버렸는지 알 수 없을 지경이었어요. 마츠코 선생님을 그리워하면서 동시에 미워했습니다. 왜 이 정도 일로 사라졌는지를 생각하면 화가 나서 견딜 수가 없었어요. 머릿속이 엉망진창이 되어 정신을 차려보니, 다른 학교 학생을 때려눕혔더군요."

"다시 만나신 적은?"

"내가 스물일곱 살 때의 일이니까 12년 후네요. 도쿄 한복판에서였습니다."

"그 12년간의 소식을 아는 분은 안 계시나요?"

류 요이치가 내 얼굴을 봤다.

"나도 마츠코 선생님에게 조금은 들은 바 있습니다만 그다지 입에 올리고 싶지 않네요. 꼭 알고 싶으면 사와무라라는 여자를 찾아보시기 바랍니다."

"사와무라?"

"마츠코 선생님이 히노데마치에 살고 있다는 사실을 내게 알려준 분입니다."

류 요이치가 돌계단에 앉았다.

"앉지 않을래요?"

난 류 요이치를 바라보며 곁에 앉았다.

"난 14년 만에 출소해서 마츠코 선생님에게 사죄하고 싶었어요. 그녀의 인생을 두 번씩이나 엉망으로 만들어 버린 것을 용서받을 수는 없다고 생각했습니다. 그러나 어떻게 해서든지 만나서 빌고 싶었어요. 마츠코 선생님의 소식은 알 수가 없었습니다. 그래서 찾아간 것이 사와무라 씨였어요. 그 사람이라면 마츠코 선생님이 있는 곳을 알 수 있을 거라고 생각했지요. 내가 만나러 가자 사와무라 씨는 무서운 모습으로 나를 노려보았습니다. 당연하다고 생각해요. 나는 엎드려 울며 부탁했습니다. 사와무라 씨도 내 진심을 이해해주셨는지 이야기를 해주셨습니다. 사실은 사와무라 씨도 마츠코 선생님과는 20년 가까이 연락을 못 했지만, 바로 며칠 전에 우연히 만났다고 하더군요. 그때 나눈 대화로 마츠코 선생님이 히노데 마치의 아파트에서 혼자 살고 있다는 사실을 알았습니다만, 자세한 주소까지는 듣지 못했지요."

류 요이치가 일어서서 뒷주머니에서 지갑을 꺼내더니 안에서 한 장의 명함을 꺼냈다.

"나에게는 더 이상 필요치 않네요."

난 명함을 받았다. 명함에는 '사와무라 메구미. 사와무라기획 대표이사'라고 인쇄되어 있었다.

"사장님입니까?"

"약간 독특한 사람입니다만 사업수완이 좋다고, 업계에서는 유명하답니다."

"그런 사람과 마츠코 고모가 어떻게 알았을까요?"

"그건 제 입으론 말씀드릴 수가 없네요."

난 명함을 뚫어져라 쳐다봤다.

마츠코 고모가 살고 있던 오래된 아파트와 업계 유명인이라는 사장의 명함이 아무리 생각해도 연결되지 않았다. 사와무라기획이란 회사가 어떤 회사인지는 떠오르지 않았지만 왠지 어디선가 본 듯한 느낌이 들었다.

명함에 그늘이 졌다. 뒤를 돌아보니 양복을 입은 남자

두 명이 서 있었다. 나와 류 요이치가 일어서서 주위를 둘러보니 여기저기에 그 자리에 어울리지 않는 분위기의 남자들이 있었다.

"류 요이치인가?"

한 명이 경찰수첩을 보였다.

"물어볼 말이 있으니 경찰서까지 가주시지."

"카와지리 씨의 일로 의심하는 건가요?"

형사들이 서로 얼굴을 쳐다본다.

"그래."

"알겠습니다, 가지요."

"류 씨……."

류 요이치가 나를 보며 고개를 끄덕인다.

"류 씨, 하지 않은 일을 했다고 하면 안 돼요. 괜한 책임감 같은 거 느끼면 안 돼요."

"알고 있어요. 고마워요, 쇼 씨."

류 요이치가 남자들 사이로 들어가 돌계단을 내려갔다. 난 제방 제일 위에 선 채로 류 요이치의 뒷모습을 지켜보았다. 그가 한 번 돌아보며 머리를 살짝 숙였다.

"이러면 안 되지. 우리에게 연락해줘야 할 것 아닌가?"

깜짝 놀라 돌아보니 전에 선글라스를 썼던 고토 형사가 서 있었다.

"마츠코 고모를 죽인 건 류 씨가 아닙니다."

"그걸 지금부터 조사하는 거야."

"어떻게 여기 있는 걸……."

갑자기 정신이 들었다.

"그 콧수염 자식! 그놈이 연락한 거야! 그렇죠?"

"그건 말할 수 없어. 업계의 규칙이라서 말이야. 지난번 여자애는 없네? 차였구나?"

"아녜요!"

"그렇게 심통 부리지 마. 그런데, 아까 그 남자한테서 받은 명함 좀 보여주지 않을래?"

난 양손으로 명함을 꽉 쥐었다.

"싫어요. 보고 싶으면 영장 가지고 오시든가요."

고토 형사가 어깨를 움츠렸다.

"그래, 좋아. 그 친구에게 들을 테니까."

고토 형사가 휴우, 하고 숨을 내쉬었다. 그는 아라카와 강을 한 번 힐끗 보고 내 어깨를 툭 치며 "그럼 이만. 소년이여, 큰 뜻을 품게나"라는 의미도 알 수 없는 말을 남기고 제방을 내려갔다.

난 제방의 제일 위에 혼자 남아서 류 요이치에게 받은 명함을 다시 봤다. 뒤를 돌아보았으나 고토 형사는 없었다. 휴대전화를 들고 명함에 있는 전화번호를 누르자 누군가 금방 전화를 받았다.

“네, 사와무라기획입니다.”

부드러운 남자의 목소리가 들렸다.

“저기, 사와무라 메구미라는 분 계십니까?”

수화기의 저쪽이 조용해졌다.

“실례지만, 누구십니까?”

“카와지리 쇼라고 합니다.”

“용건은요?”

“카와지리 마츠코라는, 그러니까 그분이 제 고모님입니다만, 그분에 대해서 물어보고 싶은 것이 있어서…….”

“잠깐 기다려주세요.”

의심스럽게 생각하는 목소리였다. 자동으로 흘러나오는 피아노곡을 들으면서 1분 정도 기다렸다.

“사와무라입니다.”

나른한 여자의 목소리였다.

“저, 전 카와지리 쇼라고 합니다.”

“마츠코의 일로 이야기할 게 있다던데, 당신은 마츠코와 어떤 관계죠?”

“조카입니다. 최근에 사와무라 씨께서 마츠코 고모를 만나셨다고 들었습니다. 그래서…….”

“누구한테서 들었지?”

"류, 라고 하는 남자입니다."

"흠, 그 남자도 만났군. 살고 있는 곳은 몰라. 그 사람한테도 말을 했을 텐데."

"아뇨, 주소는 알고 있습니다. 전 그저, 만나셨을 때의 마츠코 고모님의 모습에 대해 듣고 싶어서……."

"주소를 안다면 본인에게 들으면 되잖아. 그런데, 어디에 있지, 마츠코? 나도 마츠코한테서 연락을 기다리고 있는데."

"그게 저…… 마츠코 고모는 돌아가셨습니다."

"……뭐라고?"

"마츠코 고모가 돌아가셨단 말입니다."

"언제?"

목소리가 가라앉았다.

"일주일 정도 전에 살해당했습니다."

"살해당해? 누구에게?"

"범인은 아직……."

"당신, 농담하는 거 아니겠지? 만약 거짓말이라면 가만두지 않을 거야!"

"아, 아녜요. 정말로 돌아가셨어요. 제가 아파트 정리를 했으니까요."

"그래……, 마츠코가 죽었다고……."

아무 소리도 들리지 않았다.

"저……."

"근데 말이야."

목소리가 한층 높아졌다.

"나한테 무슨 용건이지?"

"전 마츠코 고모에 대해 아무것도 모릅니다. 만약 생전의 마츠코 고모의 소식을 알고 있는 분이 계신다면, 만나서 이야기를 듣고 싶어서……."

"들어서 뭘 하려고?"

"어느 정도는 마츠코 고모를 이해해줄 수 있지 않겠나, 해서……."

"흠."

"말씀 좀 해주실 수 없나요?"

"내 연락처는 그 남자가 알려주었나?"

"네."

"그 남자도 알고 있나, 마츠코가 죽은 걸?"

"제가 전해드렸습니다."

"뭔가 한 말은 없었어?"

"울었습니다. 마츠코의 인생을 엉망으로 만든 게 자신이라고."

한숨이 들려왔다.

"쇼, 라고 했지?"

"네."

"어떤 한자를 쓰지?"

"대나무 죽(竹)에, 날 생(生) 자를 씁니다."

"쇼(笙), 좋은 이름이야."

"고맙습니다."

"4시부터 15분간만. 그래도 좋다면 만나지."

"고, 고맙습니다. 그러면, 이 사와무라기획이라는 회사로 가면 되겠지요?"

"아니, 지금부터 밖에서 사람을 만나니까. 그래, 팰리스 호텔 로비에서 기다려."

"팰리스 호텔?"

"황거 바로 앞에 있어. 장소를 모르면 경찰한테 물어봐. 오후 4시야. 1분이라도 늦으면 돌아갈 거야."

"저…… 어떻게 알아보죠?"

"로비에서 제일 멋진 여자에게 말을 걸어. 그게 바로 나야."

전화가 끊겼다.

6

1973년 5월.

나는 맨션으로 돌아오자마자 컬러텔레비전의 스위치를 켰다. 오늘의 심야 영화는 미국 서부 영화였다. 핸섬한 남자배우의 클로즈업된 모습을 보면서, 속옷만 남기고 옷을 벗었다. 빠른 영어와 가끔 들리는 총성을 들으며 팔굽혀펴기, 배 근육운동, 등 근육운동, 스쾃 체조를 각각 30회씩 실시했다. 속옷을 벗고 거울 앞에 서서 군살이 붙어 있지 않은지, 체형이 무너지지는 않았는지 확인했다. 샤워를 한 후에 전신을 손질하고, 맨살에 직접 실크 파자마를 입었다. 파자마 색은 그날 기분에 따라 결정한다. 오늘은 베이지색이다. 식기 찬장에서 유리컵을 꺼내 헤네시를 따랐다. 금고에서 꺼낸 예금통장을 오른손에, 유리컵을 왼손에 들고 소파에 드러누워서 통장을 여유 있게 넘기면서 헤네시를 마셨다. 이것이 나의 하루일과를 마무리 짓는 방식이었다.

통장에는 1년 전에는 상상조차 할 수 없었던 금액이 적혀 있었다. 정말로 빌딩이라도 세울 수 있을 것 같은 기분이 들었다.

통장과 오늘 벌어들인 현금을 금고에 넣고, 담배에 불을 붙이곤 과감히 깊게 빨아 천천히 내뱉었다. 여자의 신음이 들렸다. 텔레비전에서 핸섬한 남자 배우와 글래머 여자 배우가 키스하는 장면이 나오고 있었다. 텔레비전 스위치를 끄자 방 안은 조용해졌다. 담배를 피우면서 창가에 서서 아래를 내려다봤다. 눈 아래에는 모든 것이 잠든 거리와 검고 조용한 강의 흐름이 펼쳐지고 있었다.

사에키 선생이 데이트 신청을 했던 날 석양도, 집을 뛰쳐나올 때 아침도, 야메카와 테츠야와 살았던 나날도, 오카노 타케오를 그리워했던 밤도 이미 먼 옛날 같은 느낌이 들었다. 이젠 카와지리 마츠코라는 이름에 그리움조차 느껴졌다. 지금의 나는 백야의 '유키노'다. 자타가 인정하는 넘버원. 돈도 있고 가지고 싶은 물건은 뭐든지 살

수 있다. 지금부터 두 달 정도 지나면 스물여섯 살의 생일이 온다. 작은 개라도 하나 키울까, 하고 생각했다.

다음 날 가게에 들어가니 양복을 입은 낯선 남자가 있었다. 배가 불뚝 튀어나와 있었으나 나이는 젊어 보였다. 얼굴 윤곽이 뚜렷해서 일본 사람과 달라 보이기 때문에 그렇게 보였는지도 모르겠다. 손님이 아닌 것은 금방 알아봤다. 문을 열기까지는 약간 시간이 남은 데다, 거리낌 없이 가게 안의 이곳저곳을 가리키며 종업원에게 지시를 하고 있었다.

"안녕하세요?"

내가 인사를 하자 남자 종업원 하나가 이 사람이 유키노라고 남자에게 보고했다. 남자의 얼굴에 인위적인 미소가 흘렀다.

"이거, 우리 가게의 넘버원이 일찍 출근하셨군요."

나는 적당히 애교 섞인 웃음을 보냈다. 옆에 있는 남자 종업원에게 눈으로 물었다.

"오늘부터 이곳의 매니저로 일하실 요시토미 씨입니다."

나는 숨을 멈추고 요시토미라는 남자를 바라봤다.

"요시토미입니다. 오늘부터 이 가게를 관리하게 되었습니다."

"아카기 씨는?"

"그만두셨습니다."

"도대체 어떻게 된 겁니까!"

내 말에 요시토미가 입가를 찡그렸다.

"당신하고는 관계없는 일이잖아? 누가 매니저든 당신은 지금처럼 열심히 일해줘요."

"그래도 아카기 씨에게는 신세를 많이 져서……."

"실은, 아카기 씨가 이 가게의 경영방침에 관해서 사장과 대립했습니다. 뭐, 사실상의 해고라고 할 수 있죠."

"해고……. 그럼 이제부터 어떻게 되는 거지요, 아카기 씨는?"

"글쎄요, 거기까지는 듣지 못했어요. 우리들과는 관계없는 일이니까."

요시토미는 그렇게 말하며, 이 이상 이야기할 필요 없다는 듯이 등을 보이며 사라졌다.

그날 대기실에서는 입만 열면 아카기 씨의 이야기가 나왔다.

"그 사람 굉장히 고집이 있어서 윗사람과 싸우는 일은 조금도 두려워하지 않는 성격이지."

"그래도 섭섭해, 아카기 씨가 그만두다니."

"새로 온 요시토미라는 남자, 어떻게 생각해?"

"혼혈인가?"

"뚱뚱한 주제에 여자 같은 얼굴이, 아무래도 마음에 안 들어."

"아야노 언니는 어떻게 생각해?"

골똘히 생각하던 아야노가 질문을 받고 눈을 들어 무리하게 웃음을 지었다.

"나는 그것보다 왜 아카기 씨가 그만두었는지가 신경 쓰여."

"경영방침 때문에 사장과 대립했다고 들었는데."

나는 아야노를 바라보며 대답했다.

"……가게 경영방침, 어떻게 변할까?"

아야노의 이 한 마디에 모두 입을 다물었다.

그날 심야 택시로 집에 돌아오자, 맨션 앞에 자동차가 한 대 서 있었다. 무당벌레처럼 생긴 낡은 자동차였다. 안에 사람 모습이 보였다. 내가 택시에서 내려 맨션에 들어가려 하자 자동차에서 사람이 내렸는데 남자 같았다. 이곳으로 가까이 오기 시작하자 덜컥 겁이 났다. 내가 뛰어가려 하자, "유키노!" 하고 외치는 소리가 들렸다. 들은 적이 있는 목소리다. 나는 멈춰 서서 돌아보았다.

"아카기 씨!"

아카기 씨가 양손을 바지 주머니에 넣고 천천히 걸어왔다.

"들었지?"

아카기 씨의 입가에 수줍은 아이 같은 웃음이 살짝 떠올랐다.

"왜 그만두셨어요?"

"이야기하자면 길어."

"괜찮아요. 여기서는 불편하니 집으로 들어가죠."

"아니, 나는 가게 여자 집에는 들어가지 않는 걸 원칙으로 하고 있어."

"더 이상 가게와는 관계없는 거 아닌가요?"

"그런 문제가 아냐. 오늘은 마지막 인사도 제대로 하지 못해서, 그래서 기다리고 있었어."

나는 입을 다물고 아카기 씨의 얼굴을 바라보았다.

"유키노, 여러 가지로 신세 많이 졌어."

"저야말로요."

"이 장사도 오래 해왔지만, 신입연수 때 실례한 건 유키노뿐이었어. 마치 유키노에게 동정을 뺏긴 기분이었지."

나는 왈칵 눈물이 났지만 애써 웃음을 지었다.

"아카기 씨는 지금부터 어떻게 할 거예요?"

"고향으로 돌아갈까 해."

"어디예요?"

"야쿠모……. 말해도 모르겠지. 하코다테보다 멀어."

"홋카이도인가요!"

"응, 홋카이도야."

"멀군요."

"멀지."

아카기 씨가 다정한 눈빛으로 하늘을 쳐다봤다. 구름 한 점 없는 별이 총총한 하늘이었다.

"멀어."

아카기 씨는 중얼거리더니 숨을 내쉬었다.

"뭐, 그렇다는 말이야."

"아카기 씨……."

"요시토미라는 남자도 그리 나쁜 사람은 아니야."

"네."

"건강에 신경 써. 안녕."

아카기 씨가 등을 보이며 걸어갔다.

"아카기 씨."

아카기 씨가 따라오지 말라고 말하는 듯이 오른손을 들었다. 자동차에 타더니 시동을 거는 소리가 들렸다. 곧이어 헤드라이트가 켜지고 경적 소리가 들렸다.

나는 머리를 숙였다. 차가 출발하는 소리가 들리더니

어느새 배기가스 냄새만 남기고 사라졌다.

"고마워요!"

나는 머리를 숙인 채 소리를 질렀다.

아야노가 걱정하던 경영방침의 변화는 일주일 후에 나타났다.

그날, 세 명의 신참들이 들어왔다. 세 명 모두 경험이 없는 풋내기로 현재 대학생이라고 했다. 신입연수 때에는 내가 모범을 보였는데, 세 명은 부끄러워서 소란만 떨었다. 요시토미 씨에게 이래서는 손님 앞에 내놓을 수 없다고 말했으나 거절당했다. 그래서 손님들에게 내놓은 결과, 손님들의 반응은 예상 외로 좋았다. 특히 세 명 중에서 원래 이름이 '레이코'라고 하는 애에게 지명이 집중되어, 석간신문에서도 레이코를 소개했다. 그녀는 한 달 후에는 나와 아야노를 제치고 넘버원으로 올랐다.

레이코는 얼굴이 둥글고 짧은 머리를 한, 학생이라는 느낌이 확실히 드러나는 스무 살 아가씨였다. 특히 웃으면 반달이 되는 눈과 보였다 안 보였다 하는 덧니가 확실히 애교 넘쳤다. 그러나 석간신문의 기사에 의하면, '일단 옷을 벗으면 170센티미터의 늘씬한 몸매와 멜론을 나란히 놓은 것 같은 풍만한 유방, 둥글게 잘록한 흰 허리에서 성스러울 정도의 빛을 발하기 시작한다. 레이코 양의 동안과 글래머 몸매의 언밸런스는 남자들의 색욕을 강렬하게 돋운다'라고 쓰여 있었다.

손님의 지명으로 한 번 레이코와 더블서비스를 한 적이 있으나 레이코는 특별한 테크닉을 구사하는 것도 아니고 손님이 요구하는 대로 따르며, 귀를 막고 싶을 정도로 간드러진 소리만 지를 뿐이었다. 힘이 드는 서비스는 나에게 맡겨버렸다. 이 손님은 그 후 레이코를 단독 지명했다.

항상 아야노 · 유키노 콤비의 더블서비스 코스를 지명해주는 단골손님이 있었다. 여기에서 한 달 동안의 활력을 얻는다고 이야기하는 활달한 사장이었다. 그 사장이 얼마 동안 안 보인다 싶더니만 레이코에게 가버린 것을 알아챘다. 어떻게 알았냐 하면 친절하게도 레이코가 가르쳐줘서 알 수 있었다.

"유키노, 오늘 네 방에서 자도 돼?"

어느 날, 귀가 준비를 하는 나에게 아야노가 물었다. 이런 일은 처음이었다.

"잠깐 이야기할 게 있어. 괜찮으면 들어줄래?"

"좋아요."

나는 갑작스러운 요구에 당혹해하면서 대답했다.

둘이서 같이 가게를 나오자 미나미신치 거리에 네온이

꺼져 있었다. 모든 가게가 문 닫을 시간이었다. 거리 여기저기에 사람을 기다리는 택시나 고급차가 눈에 띄었다. 대부분 택시는 가게 바로 앞에, 고급차는 가게에서 약간 떨어진 모퉁이 근처에 서 있었다. 고급차를 타는 사람은 대부분 터키탕 여자의 기둥서방이라고 들었다. 마중 온 사람이 있는 터키탕 여자는 자랑스러운 표정으로 고급차에 타고, 아무도 마중 나오지 않은 여자나 종업원들은 삼삼오오 택시로 향했다. 왠지 피곤함이 느껴지는 광경이었다.

나와 아야노는 적당한 택시를 골라 탔다.

"스미요시, 세이카 여고. 아시죠? 가까워서 죄송해요."

나는 운전사에게 목적지를 알렸다. 운전사가 "세이카 여자고등학교요"라고 대답하고는 택시를 출발시켰다.

세이카 여고를 지난 로터리에서 우회전해서 조금 더 가면 내가 사는 맨션이 있다. 심야의 도로는 교통량이 적어서 금방 도착할 수 있었다. 택시비는 내가 냈다.

맨션에 도착해 아야노가 먼저 화장을 지우고 샤워를 했다. 갈아입을 속옷은 가지고 있다고 해서 실크 파자마를 내놓았다.

아야노에 이어서 나도 샤워를 했다. 파자마로 갈아입고 거실로 돌아오니 아야노가 창가에 서서 밖을 내다보고 있었다.

"여기 나카 강이 보이네, 멋있다."

아야노가 웃으며 창가에서 돌아와 소파에 앉았다.

"아야노 언니, 술 마실래?"

"브랜디 있어?"

"헤네시밖에 없는데."

"좋아. 그리고 오늘 밤만은 아야노 언니가 아니라 스미코라는 본명으로 불러주지 않을래?"

나는 헤네시 병과 유리잔을 놓으며 아야노의 얼굴을 쳐다보았다.

"나도 유키노가 아니고, 마츠코라고 불러도 될까."

"물론…… 좋지. 근데, 난 학생 때는 마츠라고 불렸어."

"어머, 그거 좋네. 그럼 나는 스미라고 해줘."

아야노인 스미코가 웃었다.

나는 스미코와 마주 보고 앉았다. 헤네시를 유리잔에 붓고 들어 올렸다.

"마츠와 스미, 여자들의 우정에 건배!"

스미코가 쾌활한 목소리로 건배를 했다.

"여자들의 우정을 위하여!"

유리잔이 부딪치며 청량한 음색이 울려 퍼졌다.

스미코가 잔을 입에 대고, 흘려넣는 것처럼 마신 뒤 얼굴을 찡그리며 눈을 깜박였다.

"아카기 씨, 마츠에게도 왔었지?"

"네."

"마츠. 이곳에선 네, 라고 대답하지 않아도 좋아. 볼 거 안 볼 거 다 보여준 사이잖아."

나는 웃음을 터뜨렸다.

"그렇게 말하면 그러네."

"그래, 그래. 형식은 따지지 말자."

"그럼…… 스미 언니한테도 아카기 씨가?"

"그럼. 갑자기 방에 찾아와서 신세 졌다, 라고 말했어. 난 눈물이 날 것 같아서, 방으로 들여서 이야기하려고 생각했어."

"그런데 아카기 씨는 들어가지 않았지?"

"그래. 융통성이 없다고 해야 하나. 이런 장사를 하는 사람치고는 보수적이라고 해야 하나. 하긴, 나이가 좀 많잖아."

"그런 면이 좋았는데 말이야."

스미코가 빙긋 웃었다.

침묵이 흘렀다. 나와 스미코는 잠시 동안 말없이 잔을 비웠다.

"나 말이야."

스미코가 잔을 바라보면서 입을 열었다.

"가게를 그만두려고 해."

나는 놀라지 않았다.

"역시 스물여덟이 되니 힘드네. 정신적으로도 육체적으로도 말이야."

"슬퍼지네. 아야노 언니가……."

"스미."

"스미 언니가 그만두면, 그만두고 뭘…… 할 건데?"

"일단은 고향인 센다이로 돌아갈 거야. 부모님도 아직 살아 계시고. 내가 터키탕에서 일한 건 아직 모르지만 말이야."

스미코는 입가에 자조적인 웃음을 띠더니 갑자기 눈을 쳐들었다. 그 눈동자에 소녀 같은 빛이 떠올랐다.

"나, 꿈이 있어."

"꿈?"

나는 그 말의 황홀함에 이끌려 몸을 일으켰다.

"어떤 꿈?"

"조그만 음식점을 하고 싶어. 돈은 조금 벌어도 오래 할 수 있는 장사잖아. 이후 30년이나 40년이 지나서 허리가 꼬부라져 몸을 제대로 가누지 못하는 할머니가 되어도 계속할 수 있다면, 정말 멋질 거라고 생각해."

스미코가 즐거워 보이는 얼굴로 이야기를 했다. 나도 마음이 들뜨는 기분이었다.

"와! 그거, 진짜 좋다. 개점하면 연락해요. 꼭 찾아뵐 테니까."

"물론, 마츠에게 제일 먼저 연락하지."

"부럽다. 확실한 꿈이 있다는 게."

"마츠는 뭔가 생각한 거 없어? 자신의 미래나 꿈."

"내 꿈……."

나는 생각했다. 열심히 생각했으나 머리에 떠오르지 않아서 웃음을 지었다.

"나는 좀 더 이곳에서 열심히 일해볼게. 돈도 모으고. 그래, 결혼해서 애를 낳고……. 평범하지만……."

"결혼해서, 애를 낳고……. 좋겠네."

스미코가 진지하게 말했다.

"이봐, 마츠. 아카기 씨가 독신이잖아. 알고 있었어?"

"그래요?"

"15년 전에 부인이 병으로 죽었다나 봐."

"애들은?"

"없는 거 같은데."

스미코가 지그시 나를 봤다.

"아카기 씨, 마츠를 좋아했어."

나는 웃었다.

"설마."

"물론 그렇다고 해서 마츠를 특별취급할 사람은 아니지만, 염두에 두고 있다는 사실은 알 수 있지."

"그랬었나……."

"쫓아가 보지 그래?"

"네?"

"아카기 씨, 아직 하카타에 있어."

"그래요?"

"하지만 결국 내일 출발하나 봐."

"홋카이도로?"

"그래. 비행기로 도쿄까지 가서, 그곳에서 국철로 갈아탈 것 같아. 그러니, 쫓아가려면 내일밖에 없어."

"……쫓아간다니, 내가 왜……."

나는 스미코가 왜 이런 이야기를 하는지 이해할 수 없었다.

"아카기 씨를 남자로 생각해본 적은 없어?"

"나는……. 뭐라 할까, 의지할 수 있는 오빠나 부모 같은 느낌이랄까?"

말이 막혔다. 내 입에서 나온 부모라는 울림이 가슴을 찔렀다. 심장이 격렬하게 고동치기 시작했다.

"내일 16시 30분 하카타발 도쿄행, 토아 국내항공 326편. ……아이 참, 연기하기 어렵다, 어려워."

스미코가 부루퉁한 얼굴로 나를 노려봤다.

나는 눈을 크게 떴다.

"혹시 아카기 씨가 스미 언니한테 부탁한 거야?"

"그래. 유키노에게 전해달라고. 사실 오늘은 그걸 말하고 싶었어."

나는 말을 할 수가 없었다.

"알겠지. 아카기 씨는 마츠와 함께 가고 싶은 거야. 하지만 자기 입으로는 마지막까지 말할 수가 없었지. 그래서 내가 나선 거야."

당황함과 괘씸함이 북받쳐 올랐다.

"아카기 씨…… 나빠."

"정말 나쁘지. 여하튼 전해주었으니까 다음은 마츠가 결정할 일이야."

"난…… 어쩌면 좋아?"

"나도 모르겠어. 그렇지만 하나 꼭 말할 수 있는 건, 이 일은 언제까지나 계속할 수 없다는 사실이지."

"스미 언니라면 어떻게 할 거야?"

"당연한 걸 뭘 물어봐. 따라가야지. 목을 끈으로 동여매 놓고 절대로 놓치지 말아야지."

스미코가 유쾌하게 웃었다.

다음 날 12시가 되기 전에 눈을 떴다.

스미코는 아침밥도 먹지 않고 돌아갔다. 아카기 씨 이야기는 하지 않았다.

나는 혼자 남겨졌다. 식사할 기분도 안 나고 신문도 보지 않았다. 그저 멍하니 있으면서 생각을 정리했다. 시곗바늘은 가차 없이 돌아갔다.

오후 3시가 넘었다. 공항에 가기에는 빠듯한 시간이다. 난 샤워를 했다. 옷을 갈아입고, 화장을 하고, 전화로 택시를 불렀다. 경적 소리를 듣고 방을 나섰다.

엘리베이터의 램프를 올려다보면서 아카기 씨의 얼굴을 떠올렸다. 로비에 대기해 있던 택시에 올라탔다.

"어디 가시죠?"

운전사가 물었다. 나는 숨을 들이마시며 눈을 감고 대답했다.

"미나미신치."

대기실에 들어선 아야노가 내 얼굴을 보자마자 쓴웃음을 지었다. 나는 일어서서 아야노 앞에 섰다.

"아야노 언니, 어제 고마웠어요. 죄송해요."

나는 정중히 머리를 숙였다.

“유키노가 결정한 건데, 뭐. 내가 뭐라고고 할 권리는 없어.”

아야노가 자비로우면서도 안타까워하는 눈길로 쳐다봤다. 시계를 올려다보니 오후 5시가 넘었다.

“지금쯤 구름 위겠네.”

나는 시계를 보면서 쓸쓸하게 중얼거렸다.

일주일 후 아야노가 가게를 그만두었다. 센다이로 돌아가는 날에는 공항까지 배웅을 나갔다. 배웅하러 나온 사람은 나 하나뿐. 출발을 얼마 남겨놓지 않고 아야노는 눈물을 흘렸다. 나도 울어버렸다. 난 아야노와 악수를 하고 편지하겠다는 약속을 한 뒤 헤어졌다.

아야노에 이어서 몇 명의 터키탕 여자가 그만두었다. 가게의 남자 종업원 한 명도 모습이 보이지 않았다. 백야에서는 어느 사이에 내가 가장 오래된 여자가 되어 있었다. 동시에 항상 해왔던 테크닉 교육도 열리지 않았다. 요시토미 씨가 “이제부터는 신참같이 보이는 여자가 인기 있을 거야. 잔재주 테크닉은 필요 없어”라고 선언했기 때문이다. 내 고객도 차차 레이코나 다른 신입 여자애들에게 빼앗겼다. 대기실에 있는 시간이 주체할 수 없이 늘어났다. 이달의 수입은 1년 만에 100만 엔을 밑돌았다.

"유키노, 넌 월 얼마 벌어?"

두 달 전부터 나를 매주 지명해준 남자가 돌아가기 전에 물었다.

나이는 서른 살 전후. 키가 크고 권투 선수 같은 근육질의 몸이고, 야성미를 느끼게 했다. 언제나 어두운 색 셔츠에 흰 양복을 입고, 둘둘 만 주간지를 옆구리에 끼고 나타났다. 변태적인 서비스를 강요하는 일도 없고 돈 지불도 깨끗한 손님 중의 하나였다. 남쪽 계통의 거뭇한 얼굴은 그런대로 미남이고, 가끔은 재치 있는 농담으로 웃기기도 했다. 이러면 여자가 싫어할 리가 없다. 보통이라면 다른 가게의 스카우트라고 생각하고 적당히 처리했겠지만, 이 남자에게는 "100만 엔 정도?"라고 정직하게 대답했다.

남자는 배웅하기 위해 정좌하고 있는 내 앞에 앉아 물끄러미 내 눈을 바라봤다. 낮은 음성으로 "유키노, 나하고 손잡지 않을래?"라고 말했다.

"손을 잡자고? 스카우트 아니야?"

"난 혼자야."

"같이 뭘 하는데?"

"오고토에 가자고."

"오고토라니?"

“시가 현, 비와 호수 옆. 이곳보다 훨씬 많은 돈을 모을 수 있어. 유키노라면 월 200만 엔은 거뜬할걸.”

“당신은 기둥서방이고?”

“난 유키노의 매니저 겸 보디가드를 하는 거지. 유키노가 차를 탈 때는 내가 운전사를 할게. 가게의 출퇴근도 물론 내가 시켜주고. 식사도 내가 준비할게. 가게 애들이 귀찮게 하면 내가 가만히 있지 않지. 유키노는 안심하고 일을 해. 돈도 저축하고 말이야.”

“왜 날 선택한 거야? 요즘 잘나가는 애들 중에 레이코나 다른 애들도 있는데.”

남자가 내 어깨를 다정하게 만졌다.

“그런 애들은 젊기만 한 신참 여자애들이잖아. 손님에게 이것저것 요구하고, 자기들도 섹스를 즐기면서 제 할 일 다했다고 생각하지. 난 그런 애들이 제일 싫어. 그렇지만 유키노는 달라. 유키노한테는 프로 의식이라고 할까, 손님을 대하는 성의를 느낄 수가 있어. 난 그에 반한 거지.”

“말 참 잘하시네요.”

“진심이야.”

“글쎄.”

그렇게 말하면서 난 입가에 미소를 지었다.

"알았어, 생각해볼게."

"다음 휴일은 언제야?"

"화요일."

남자가 주머니에서 종잇조각을 꺼냈다. 손으로 그린 간단한 지도와 '딘'이라는 이름, 그리고 전화번호가 쓰여 있었다.

"화요일 오후 3시, 그 다방으로 와. 기다릴게."

남자가 내 볼에 키스를 하고 나갔다.

난 처음으로 검은 속옷을 입고 거울 앞에 섰다. 어깨까지 흘러내린 머리는 전체적으로 웨이브 파마를 했다. 미용사의 추천으로 일단 해봤으나, 검은 속옷과 잘 어울려 내가 봐도 놀랄 정도로 섹시했다.

난 만족해서 검은 스타킹과 짧은 미니스커트를 입었다. 상의는 옷깃이 긴 흰 블라우스. 단추를 네 개 풀어 브래지어가 들여다보이지 않을 정도로 가슴을 드러냈다. 이 블라우스는 허리 부분이 좁기 때문에 가슴이 풍성해 보였다. 접은 소매 끝 모양은 새 날개처럼 생겼다. 요즘 패션지에서 볼 수 있는 날개 모양 깃도 마음에 들었다.

블라우스 위에는 검은색 레이스 니트 카디건을 걸쳤다. 단추는 배 부분의 세 개만 잠가 허리 부분의 날씬함을 거침없이 어필했다.

왼쪽 손목에는 단골손님이 유럽여행 기념으로 선물해 준 명품 손목시계를 찼다. 그리고 마지막으로 아끼는 샤넬 립스틱을 입술에 발랐다. 모노톤 정장에 이 립스틱은 유달리 빛이 났다.

정신을 차리고 보니 거울 속의 붉은 입술이 웃음을 머금고 있었다.

난 한 번 숨을 내쉬고 흰 켈리백을 손에 들고 일어섰다. 검은 가죽 구두에 발을 넣고 맨션을 나섰다. 습기 찬 바람이 볼을 매만져서 하늘을 쳐다보니 온통 어두운 회색이었다.

가게 밖에서 손님을 만나는 것은 금지였다. 가게에서 발각되면 즉시 해고당해도 이상하지 않았다. 그러나 나는 약속시간에 다방 '딘'으로 향했다. 택시 운전사는 지도를 보자 금방 어딘지 알고 출발했다.

'딘'은 기와로 된 오두막집 스타일의 조용한 가게였다. 입구에는 성조기가 달려 있었다. 세 대만 세울 수 있는 주차장에는 붉은 쿠페가 한 대 보였다. 가게 안으로 들어가자 미국의 포크송이 흐르고 있었다.

"어서 오세요."

침착한 남자 목소리가 들렸다. 카운터에 주인으로 보

이는 마른 남자가 유리잔을 닦고 있었다. 머리도 콧수염도 하얀색이었으나 등을 꽉 펴고 서 있어서인지 명품 셔츠가 멋있게 보였다.

손님은 한 사람뿐이었다. 카운터 쪽이 아니고 구석 테이블에 앉아 있었다. 폴로셔츠에 면바지를 입은 캐주얼한 차림이었다. 나와 눈이 마주치자 평소에 짓던 미소를 띠며 읽고 있던 주간지를 덮었다. 난 그 테이블에 가서 앉았다. 남자는 아직 커피에 입을 대지 않은 듯했다.

"올 거라고 믿고 있었어."

난 미소로 대답했다.

가게 주인에게 아이스커피를 주문했다. 나는 가방에서 담배를 꺼내 한 개비를 입에 물었다. 라이터를 찾는데 눈앞에 지포 라이터가 나타났다. 남자가 지포 라이터의 뚜껑을 열고 불을 붙였다. 나는 담배 끝을 불에 대고 들이마시면서 남자를 쳐다봤다.

"고마워."

"천만의 말씀."

남자가 셔츠 주머니에 지포 라이터를 집어넣었다. 그는 즐거워 보이는 얼굴로 날 쳐다봤다.

"놀랐어. 영화배우가 아닌가 착각했어."

"인사치레는 거기까지만 해."

"인사로 하는 말이 아니야. 평소에는 옷을 안 입고 있으니까 못 알아본 거지."

남자가 웃었다. 난 나도 모르게 카운터를 쳐다봤다. 주인 남자는 묵묵히 손을 움직이고 있었다. 난 남자를 노려보았다. 남자가 두 손을 합쳐 미안하다는 듯 절하는 흉내를 냈다. 난 "바보"라고 중얼거렸다.

아이스커피가 왔다. 나는 담배를 비벼껐다. 시럽과 밀크를 전부 넣고 빨대로 저어서 한 모금 마셨다.

"아, 맛있네."

"그렇지. 여기 마스터는 진짜 프로야. 꼭 유키노처럼 말이지."

난 픽하고 웃고 아이스커피를 다시 한 모금 마셨다. 남자가 컵에 입을 댔다.

"난, 오노데라 타모츠라고 해."

난 남자의 이름을 입 안에서 반복했다.

"난, 카와지리 마츠코."

"마츠코라, 약간 부르기 힘드네."

"유키노라고 불러도 좋아. 그게 편하면 말이야."

"그래? 그럼, 유키노로 하지."

"난 뭐라고 부르면 되나?"

"오노데라라고 불러."

“알았어, 그렇게 할게.”

오노데라의 눈썹이 살짝 올라갔다.

“유키노는 이쪽 일을 얼마 동안이나 한 거야?”

“1년 조금 넘었나.”

“돈 좀 모았겠지?”

“그럭저럭.”

“잘 불리고 있어?”

“은행 직원 권유로 정기예금 넣고 있어.”

오노데라가 콧방귀를 뀌었다.

“꽤나 신중하시군. 나라면 국공채를 살 거야. 다음은 주식으로 한판 크게 해야지. 그래도 국공채가 제일 안전하고 유리할 거야.”

“잘 알아?”

“응, 조금. 금융 회사에서 근무한 적이 있거든.”

“그렇구나.”

“내게 맡겨주면 2년 내에 두 배로 불려주지.”

“고맙지만 그렇게까지는 바라지도 않네요.”

“그래도 여기에 왔다는 것은 이미 나와 함께하겠다는 뜻 아냐?”

난 말이 막혀 우물거렸다.

“그러네. 그렇게 되겠네.”

오노데라가 히죽 웃었다.

"손해 보는 일은 없을 거야."

난 아무 말 없이 오노데라를 쳐다봤다.

"왜 그래?"

"믿어도 되겠지?"

"당연하지."

오노데라가 화난 표정을 지었다.

난 오노데라를 정면으로 쳐다봤다. 오노데라는 눈을 돌리지 않고 내 시선을 받아주었다.

"알았어. 당신을 믿어주지."

오노데라의 표정이 부드러워졌다.

"그렇게 결정했으면, 우선 인사라도 교환해야 하지 않겠어?"

오노데라가 영수증을 손으로 잡고 일어서고는 나를 내려다보며 상냥하게 웃었다.

"그렇지?"

"그러네."

가게를 나와 붉은 쿠페의 조수석에 앉았다. 오노데라가 뛰어난 핸들 감각으로 차를 출발시켰다. 가속이 붙자 몸이 좌석에 착 달라붙었다.

오노데라의 옆얼굴을 보면서 이제부터 이 차에 타는

일이 많아지리라고 생각했다.

"드디어 내리는군."

정면 유리창에 빗방울이 묻어났다. 빗방울은 보는 사이에 어느샌가 늘어나면서 점점 커졌다. 와이퍼가 움직이기 시작했다.

"이거 장대비가 내리네."

나는 조수석에서 와이퍼에서 나는 규칙적인 소리와 타이어에서 나는 빗물 튀는 소리를 들으면서 차창 밖을 멍하니 바라봤다.

본 적이 없는 거리의 모습이다. 지금 어디를 달리고 있는지, 상상도 할 수 없었다.

좌석에 몸을 맡기고 있는 사이에 갑자기 의식이 멀어졌다. 꿈과 현실의 경계선을 헤매고 있는 순간, 뇌리에 창백한 얼굴이 스쳤다. 차가운 밤, 빗줄기를 맞고 있는 그 얼굴…….

"왜 그래?"

오노데라의 목소리가 들렸다.

"뭘?"

"지금, 소리를 질렀잖아? '안 돼!'라고."

"……아무것도 아니야. 잠꼬대였나 봐."

"나쁜 꿈이라도 꾼 거야?"

"그런 것 같아……."

"신경 쓰이는 일이 있으면 뭐든지 이야기해. 지금부터 우리들은 파트너니까."

"비가 싫어."

"비?"

"비에 대한 좋은 추억이 하나도 없어."

"그래?"

"……."

"이제부터 좋은 추억을 만들면 돼."

한참 달린 후 오노데라가 핸들을 꺾었다. 차는 러브호텔로 들어갔다.

4면이 거울로 된 방에 들어가자 오노데라가 갑자기 키스를 했다. 강하게 안으면서 내 귓가에 사랑해, 라고 속삭였다. 나는 정말로, 라고 되물었다. 오노데라가 정말 사랑해, 라고 말하며 내 옷을 벗기기 시작했다. 나는 오노데라의 손에 몸을 맡겼다.

오노데라의 애무를 받으면서, 남자에게 안기는 것이 오랜만이라고 생각했다. 참 이상한 일이다. 천 명 이상의 남자에게 섹스를 제공해오고, 오노데라와도 몇 번에 걸쳐 살을 맞대왔는데 안겨 있다는 감각이 없었다.

그건 어디까지나 직업이다. 그 증거로 일을 했다는 충

만감은 느꼈어도 성적 쾌감을 느낀 적은 없었다. 그런데 지금은 황홀해질 정도로 흥분을 느끼고 있었다.

오노데라의 섹스는 거칠었다. 정말로 죽을 것 같은 오르가슴을 몇 번이나 느꼈다.

오노데라가 사정을 끝내고 샤워를 하러 갔을 때 나는 침대에 대자로 누워 있었다. 의식이 몽롱하고 전신의 뼈가 다 녹아버린 느낌이었다.

샤워를 마치고 돌아온 오노데라가 몸단장을 시작했다.

"일주일 후에 출발한다. 준비해둬."

오노데라가 말했다.

"언제까지 누워 있을 거야. 빨리 샤워하고 와."

나는 비틀거리며 오노데라의 말에 따랐다.

큐슈를 떠나기 전날, 난 혼자 국철 나가사키 본선을 탔다. 사가 역에서 내려서 역 앞에서 택시를 잡고 "오노시마로 가주세요"라고 행선지를 말했다.

차창의 광경이 건물들이 나란히 서 있는 시가지에서 논밭이 펼쳐지는 교외로 변해갔다. 2년 전에는 없었던 건물이 여기저기에 보였고 도로도 깨끗하게 변했다.

드디어 차는 좌회전해서 하야츠에 교에 접어들었다. 하야츠에 강에 놓인 이 다리를 건너면 그곳은 이미 오노시마다.

"다리는 다 만들어졌나요?"

난 택시 운전사에게 물었다.

"다리 말입니까?"

"저기, 치쿠고 강에 놓는, 꽤나 오래전부터 만들기 시작했던 다리 있잖아요. 오노시마하고 후쿠오카 본토를 연결하는 다리요."

"아, 신덴 대교요. 교량 공사는 상당히 진전됐는데요, 완공은 내년 봄이라고 했어요."

"그럼, 치쿠고 강을 건너는 데는 지금도 나룻배를 이용하나요?"

"손님은 오노시마 분이신가 봐요?"

"네, 귀향은 2년 만입니다만."

"많이 변했습니까? 여기도?"

"그러네요. 신호등이 늘어난 거 같아요. 다음 사거리에서 우회전해주세요."

운전사가 오는 차를 비켜선 다음에 우회전했다. 차 두 대가 겨우 비켜갈 만한 도로에 들어섰다.

차는 내가 집을 뛰쳐나왔을 때의 도로를 반대로 가고 있었다. 그때는 자전거로 1시간 걸려서 사가 역까지 달렸었다. 아주 먼 옛날의 일이다.

눈에 익은 붉은 기와지붕이 보였다. 나는 켈리백에서 선글라스를 꺼내 썼다.

"저기 이층집 앞에 서주세요."

차가 정지했다.

"곧 돌아올 테니까 기다려주세요."

켈리백을 손에 들고, 차에서 내렸다. 집 앞에 서서 올려다봤다. 2년 만의 우리 집. 목조 2층 구조의 오랜 세월이 깃들어 있는 집.

검은 새 두 마리가 교차하듯이 날아오더니 지붕에서 삐져나온 전선에 내려앉았다. 꼬리털이 길고 어깨와 배가 흰색인 걸로 보아 까치임이 분명했다. 어릴 때부터 자주 보아온 새지만, 다시 생각해보니 하카타에서는 본 적이 없었다.

집 앞에는 자전거가 없었다. 엄마가 외출해서 안 돌아오신 것 같았다. 현관에 서서 문을 잡아당기니 스르륵, 하고 열렸다.

그리운 냄새가 풍겨왔다. 나는 선글라스를 벗고 거실을 둘러봤다. 거실의 거무스름한 자국, 기둥의 상처. 아무것도 변한 게 없었다.

구두를 벗고 올라갔다. 무의식중에 발이 불단이 있는 방으로 가서 아버지 사진을 손에 들었다.

"정말로 돌아가셨네."

나는 아버지 얼굴을 뇌리에 새기고 사진을 원래대로 돌려놓았다.

불단 옆의 공간에서 상자 하나를 발견했다. 칙칙한 녹색 뚜껑에는 차의 브랜드명이 쓰여 있었지만 글씨가 벗겨져서 제대로 읽을 수가 없었다. 주저앉아 상자를 잡아당기자 묵직한 느낌이 팔로 전해졌다.

뚜껑을 여니 대학노트가 꽉 차 있었다. 제일 위의 노트 표지에는 '1971년'이라고 만년필로 쓰여 있었다. 아버지의 글씨다. 그 밑의 노트에는 '1970년'이라고 쓰여 있었다. '1971년' 노트를 열어보고서야 이 노트가 아버지의 일기임을 알았다. 아버지가 일기를 쓰고 있다는 사실은 상상도 하지 못했다.

나는 마지막 날짜를 찾았다.

1971년 8월 27일이었다.

'아침부터 기분이 시원치 않다. 식욕 없음. 더위 탓인가? 마츠코로부터 연락 없음.'

전날에도 그 전날에도 일기의 마지막은, '마츠코로부터 연락 없음'이란 한 문장으로 끝나 있었다.

더욱 날짜를 거슬러 올라갔다. 페이지를 넘기는 손이 나도 모르게 떨렸다. 내가 집을 나간 날, 아버지는 뭐라고 써놓았을까?

“누구세요?”

사람의 소리에 반사적으로 일기를 덮었다. 돌아보니 앞치마를 두른 젊은 여자가 서 있었다. 손에 든 장바구니에서 무가 머리를 내밀고 있었다. 머리에는 헤어밴드를 했고 약간 검고 갸름한 얼굴에 천진난만함이 남아 있는 눈과 코를 가졌다. 결코 미인은 아니지만 꽉 다문 입술과 눈에는 의젓함이 어려 있었다.

“뭡니까, 당신. 함부로 남의 집에……!”

여자가 숨을 삼켰다.

“혹시…… 당신이 마츠코 씨?”

나는 일기를 상자에 도로 넣고 일어섰다. 선글라스를 다시 쓰고 머리를 뒤로 젖혔다.

“걱정하지 마. 민폐 끼치러 돌아온 거 아니니까.”

“저…… 처음 뵙겠습니다, 전 노리오 씨의…….”

“그런 건 듣고 싶지 않아.”

나는 켈리백에서 봉투를 꺼내 여자에게 내밀었다.

“노리오에게 돌려줘. 이자도 함께 넣었어.”

여자가 장바구니를 밑에 내려놓고 내 얼굴과 봉투를 교대로 보면서 받아들었다.

“봐도 돼.”

여자가 봉투 속을 보고 눈을 동그랗게 떴다.
“이렇게나…….”
“신경 쓰지 마. 지금 나에게는 푼돈이야.”
“형님, 대체 뭘…….”
“형님이라고 부르지 않아도 괜찮아. 어쨌든 건네줘.”
여자가 양손으로 봉투를 쑥 내밀었다.
“이건 받을 수 없습니다.”
나는 코웃음 쳤다.
“당신, 무슨 소릴 하는 거야? 이건 노리오에게 갚을 돈이야. 당신하고는 관계없어.”
“관계있습니다. 나는 그 사람의 아내입니다. 남편에게 아무 말도 듣지 못한 이상, 이런 큰돈을 함부로 받을 수는 없습니다.”
“당신, 건방져!”
나는 봉투를 바닥에 내동댕이치고 손을 번쩍 들었다.
여자의 얼굴이 질린 표정이다. 그러나 다음 순간, 눈을 뜨고 주먹을 쥐며 얼굴을 들이댔다.
“때리고 싶으면 때리세요. 그래도 이 돈만은 형님 손으로 직접 그 사람에게 건네주시기 바랍니다.”
나는 여자의 뺨을 때렸다. 여자가 짧게 비명을 지르며 맞은 볼을 손으로 감쌌다. 나를 쳐다보는 눈에 분함이 서려 있었다. 나는 오른손을 꽉 쥐었다. 이를 악물고 다시 한 번 번쩍 들었다.

그때였다. 어지러운 발소리가 쿵쾅거리며 계단을 굴러 내려왔다. 발소리는 방으로 뛰어들어오더니 내 눈앞에서 멈춰 섰다.

내 몸은 쇠사슬로 묶인 것처럼 경직되었다.

"쿠미……."

"역시 언니구나."

쿠미는 입을 열고 괴로운 듯 숨을 쉬었다. 창백한 둥근 얼굴이 보기 흉하게 부어 있었다. 그러나 엄마를 닮은 눈은 변함없이 아름다웠다. 그 눈이 나를 쳐다보고 있었다. 눈에 고인 눈물이 뺨으로 흘러내렸다.

"언니…… 드디어……."

울기 직전의 얼굴은 어린애처럼 엉망이었다. 양손을 올리고 소리를 지르며 내 목에 안겨왔다.

"우와! 언니가 돌아왔다, 언니가 돌아왔어!"

쿠미의 냄새. 어릴 적부터 맡아온 친숙한 쿠미의 냄새.

"언니, 언니가 돌아왔다!"

쿠미가 외쳐대는 소리가 뇌리를 파고들었다. 나는 비명을 지르며 쿠미를 밀어버렸다. 쿠미가 마루 위를 뒹굴었다.

"아가씨!"

여자가 뛰어가서 쿠미를 안아 일으켰다.

"뭐하는 거예요! 아가씨는 환자인데!"

여자는 날카로운 소리를 빽 질렀다.

쿠미는 우는 건지 웃는 건지 잘 모르겠는 얼굴로 언니가 돌아왔다고 계속 소리를 질렀다.

나는 자신이 뭘 하고 있는지 알 수 없었다. 다만 무서웠다. 뭐가 무서운지, 왜 무서운지 모르겠다. 그러나 경련이 다리에서 등으로 올라와 미칠 것 같았다.

나는 달렸다. 황급히 구두를 신고, 앞으로 쓰러질 뻔하며 집을 나왔다. 뒤에서 울며 소리치는 쿠미와 여자의 목소리가 환청처럼 들렸다. 언니, 언니, 마츠코 형님, 가면 안 돼요, 돌아와요, 언니, 언니…….

나는 귀를 손으로 막고 달려가서 기다리고 있던 택시에 몸을 실었다.

"출발하세요, 빨리!"

"어디로요?"

"일단 출발해요!"

차가 움직이기 시작했다.

선글라스를 벗고 뒤를 돌아보았다.

여자와 쿠미가 집 밖에 나와 있었다. 두 사람 다 맨발이었다. 여자는 쿠미를 뒤에서 껴안고 꼼짝도 하지 않은 채 이쪽을 보고 있었다. 쿠미는 커다란 입을 벌리고 울부짖었다. 그 모습이 점점 작아졌다.

두 번 다시 이곳에는 돌아오지 않을 거야.

내게는 이제 돌아올 이유도, 돌아올 곳도 없다.

혐오스런 마츠코의 일생 上 (원제 : 嫌われ松子の一生)

1판 1쇄 2017년 10월 30일
3쇄 2022년 3월 30일

지 은 이 야마다 무네키
옮 긴 이 지문환
발 행 인 주정관
발 행 처 북스토리(주)
주 소 서울특별시 마포구 양화로 7길 6-16 서교제일빌딩 201호
대표전화 02-332-5281
팩시밀리 02-332-5283
출판등록 1999년 8월 18일 (제22-1610호)
홈페이지 www.ebookstory.co.kr
이 메 일 bookstory@naver.com

ISBN 979-11-5564-155-2 04830
979-11-5564-154-5 (세트)

이 도서의 국립중앙도서관 출판시도서목록(CIP)은 서지정보유통지원시스템 홈페이지(http://seoji.nl.go.kr)와 국가자료공동목록시스템(http://www.nl.go.kr/kolisnet)에서 이용하실 수 있습니다. (CIP제어번호 : CIP2017024255)